U0046599

扛著Boss拚下限 中

前方高能，非戰鬥人員請迅速撤離！

三千琉璃——著

目次

Ch.01 這絕對不是和諧的一家

無聲的音波在天地間迴盪著。

這波紋從無數座垃圾山上傳來，如同被石頭砸中的湖心一層層泛起，在空中規律地散開，契合著某種類似心跳的節奏。波紋與波紋偶爾在空中交會，構成了宛如蜘蛛網的格子圖案。夏黃泉突然有股直覺——所有人都是被困住的獵物，而狩獵者，正隱藏在人們看不見的陰暗角落，用猩紅而寒冷的雙眼注視著他們。

「走！」

「什麼？」

「馬上走！」夏黃泉一把扯下言必行的雙手，一邊將他朝車子的方向拖，一邊高聲喊了起來，「所有人都上車，馬上開回去！！！」

軍人以服從命令為天職，夏黃泉顯然並不具備發出命令的資格，但即便如此，他們仍舊明顯地愣住，而後看向此次行動的負責長官。

同樣剛下車不久的許安陽愣了愣，皺起眉頭，面色嚴肅起來：「小夏，這不是可以隨便開玩笑的事情。」

「我沒有開玩笑！」夏黃泉直接將言必行塞回了後座，「這裡很危險，相信我！」

「……」

這位掌握命令權的中年男性與女孩對視著，似乎在質疑什麼，又似乎在確定什麼，就在夏黃泉再想說些什麼的時候，他果斷地一點頭：「所有人上車，先退回橋頭！」

「是！」

伴隨著許安陽的命令，原本下車的人們動作迅速地收拾好器材和剛採集到的物品，井井有條又十分有效率地跳上了車，夏黃泉亦拉開車門，準備坐上去。

就在此時，異變突生！

「咚！！！」

「咚咚！！！」

「咚咚咚！！！」

如果說之前的聲音宛如心跳，那麼此刻就彷彿在擂鼓，不知名的怪物在人類毫無知覺的時刻敲響了戰爭的鼓點，以此散播絕望與恐懼。

「這是什麼？」許安陽驚訝地問道。

他們……能聽到了嗎？

來不及回答，夏黃泉再次大聲叫道：「不要停，馬上開車撤退！」

這一次，沒有人再敢延誤。

而夏黃泉也果斷放棄上車，直接翻身而上，單腿跪在車頂，以低重心的姿勢維持著平衡，並且持續觀察四周的景象。

跳動著……

是幻覺還是真相？

「阿商，是我眼花了嗎？我好像看到那堆垃圾跳了一下。」

車裡的言必行突然出聲。

「不，不是錯覺。」

商碧落也冷冷地點明了這的確是真實。

「這到底是怎麼回事?」向來沉著穩重的許安陽難掩驚訝，隨著一聲輕響，他拿起了某個東西，高聲說道，「所有人員注意，從此刻起進入正式戰備狀態，以最快速度迅速撤離！」話音剛落，只聽到「轟！」地一聲，絲毫沒有防備的人只覺得耳朵一疼，嗡嗡作響，暫時失去了聽覺。

到底發生什麼事?這是所有人心中共同的疑惑！

只有漸漸習慣車速站直身體的夏黃泉，才看清楚了剛才的一切——垃圾山炸開了。

不是因為任何外力，而是突如其來地就好像再也承受不住內部的壓力般，爆開！

這不是結束，而是開始！

「轟轟轟轟轟！！！」

這樣的聲音在N市接二連三地響起，四面楚歌，一下下，一聲聲，一陣陣，天空彷彿在搖晃，大地彷彿在顫動，就像是一隻自沉睡中醒來的遠古巨獸，站起身抖落背上千萬年來堆積的厚重泥土，再狠狠跺了下腳，以這種震天動地的態勢，向所有人彰顯自己的存在。

快速撤離著的人們如同點燃了一串爆竹的孩童，完全不明白這此起彼伏震耳欲聾的響聲是從何而來，只能呆愣愣地待在最危險的位置，以驚慌失措的心情等待著大人的拯救。

「再加快速度！快！」

「來不及了……」商碧落喃喃低語，他想，他終於知道女孩的緊張與憂愁從何而來了，雖然知道她充滿了祕密，但這簡直已經到了匪夷所思的地步，那所謂的「預言」能力如果是真的，那麼，她所預言的關於「他和她的未來」，又有多少可信度呢？

「來不及了……」另一個這樣說的人，是夏黃泉。

伴隨著垃圾山爆開，無數在高溫下熔成一體的形狀扭曲的「石板」轟然飛起，其實夏黃泉不知道那種材料複雜的玩意兒能不能被稱為石板，但現在不是想這些的時候。

「危險！」

石板的攻擊是無目標無規律的！

所有人都是目標！

來了！

女孩的瞳孔瞬間縮緊，她毫不猶豫地拔出腰間的長刀，跳起身用盡全力地豎斬而下，相接的瞬間，她略微鬆了口氣，因為石板雖然堅硬，但以她的力氣還勉強可以應付，但是，卻比她所想的還要厚！

死氣爆發！

儲存在長刀中取自喪屍的死氣如同傳說中的劍氣一般，快速地自刀身爆出！在夏黃泉的眼中，死氣如同一團漆黑的火焰，在銳利的武士刀上寂靜地燃燒著，熟練地控制著火焰的大小，那一大塊突然襲來的石板終於被夏黃泉斬落車下。

落地的瞬間，石板發出了一聲巨響，濺起了滿地的灰白色塵土。

「黃泉！」商碧落動作敏捷地從窗口探出身體，向落到地面的夏黃泉伸出手，「拉住我的手！」

雖然她的速度無法與汽車媲美，但短時間的爆發完全可以追上，不過瞬間，夏黃泉便握住青年溫熱的手，被他拉進了車廂，才剛舒了口氣，突然又聽到一聲巨響，卻並不是熟悉的垃圾山爆開的聲音。

除了她之外再沒有人可以斬落石板，那麼……這聲音是……

她動作僵硬地回轉過頭，只見一輛運兵貨車被石板砸個正著，車廂上瞬間凹陷出一個肉眼可見的巨坑，車輛也因為慣性朝一旁歪去。司機在這時發揮了強大的應變能力，只見他快速地轉動方向盤，居然借助著瘋狂轉向的動作，化解了本來應該翻倒在地無法行駛的命運。

死傷卻不可避免。

夏黃泉已經嗅到了空氣中傳來的血腥味。

並不是沒有見過人死去。

來W市的途中，也曾有士兵在與喪屍的對抗中喪生。

然而這還僅僅是石板爆開，所謂的「中級喪屍」尚未出現，如果面臨那樣的敵人，人類真的有勝算嗎？

「現在不是胡思亂想的時候！」

除了青年，沒有人會在這種時刻關注女孩的神態變化，在商碧落幾乎可以說是嚴厲的喝斥聲中，夏黃泉快速回過神來，在這種危急時刻，其餘的一切都成了小事，她笑了笑：「對，現在不是胡思亂想的時候。」

【危機觸發，黃泉之眼中級進化完成。】

來了！

果然天無絕人之路。

在上次喪屍進化時她的黃泉之眼完成了初級進化，這次果然也是如此嗎？

大串的資訊流再次被灌輸進她的腦海，她集中精神努力吸收著這其中包含的關鍵訊息，短短幾秒鐘，大腦運轉的效率到達驚人的地步，女孩這輩子從沒有這麼努力過，危險激發潛能，說的也許就是這麼一回事。

這次獲得的是兩個技能，雖然只是輔助技能，但恰恰是現在的她所需要的。

不再猶豫，夏黃泉果斷地跳下了車，商碧落只覺得眼前一花，某個瞬間，他覺得自己看到了女孩身後扇動著一對漆黑的羽翼，但轉瞬即逝，快得如同錯覺。

剛才的一切看似過了很長時間，其實距離石板爆炸才短短一兩分鐘而已，而女孩所得到的也並非是什麼狗血的天使雞翅或者惡魔雞翅，而是——**「死氣加速」**與**「死氣飛躍」**。

顧名思義，當使用「死氣加速」時，原本只可作用於刀身的死氣會快速地流轉到她的腳上，提高速度；而「死氣飛躍」則是氣流匯集到她背後，產生一個翅膀形狀的推動器，這並不能讓使用者如鳥類一般飛翔於空中，卻能幫助她完成各種中短距離的飛躍動作。

這兩個技能與「死氣吸收」、「死氣爆發」一樣，只有在握刀的情況下才可以使用。夏黃泉無比慶幸，從前在刀中儲存了足夠數量的死氣，否則即使有技能也會因為沒「法力」而無法使用。

死氣加速！

如果有人與女孩一樣有著「黃泉之眼」，就會驚訝地看見，兩股漆黑的氣流分別順著女孩握刀的雙手快速流動到雙腿，直到腳踝處才停下來，如同兩團在夜風中閃爍的篝火微微顫動著，卻帶給使用者快速到可怕地步的速度。

宛如一道疾風！

所行經處留下蹤影，卻難覓身形。
因為有前車之鑑，開車的司機們都小心地規避著四周爆射而來的石板，但即便如此，巨大的車廂注定了它們不可能完全躲避。
年僅二十歲的年輕司機注視著前方飛射而來的石板，以現在的速度繼續行駛，被砸中的毫無疑問會是後車廂，戰士的手指顫了顫，電光石火間，居然緊急地踩下了煞車板——這樣做，被砸中的將是駕駛座！
即便做出了這樣的決定，他也不是那種可以坦然受死的英雄，他雙手攥緊方向盤，緊緊地閉上了雙眼，等待著命運的喪鐘鳴徹天地……
什麼？
沒有等到意料中疼痛的司機睜開雙眼，驚訝地看到一個剛剛落地的身影，她的腳邊，靜靜地躺著兩塊石板，切口平滑而整齊。
「！！！」
「還愣著做什麼？開車！」
「啊，是！」
夏黃泉無暇關注這小小的插曲，一雙如煙霧般虛幻的漆黑翅膀快速地出現在她的背後，與腳踝的火焰相映成輝，她深吸了口氣。
死氣飛躍！
只一瞬間，便落到了最近貨車的車頂。
跳起！
斬落！！

刀光閃耀，石板於空中分離，身著黑衣的女孩如一道漆黑的光芒，於車隊間動作迅速地穿梭著。

在此刀面前，沒有不可斬斷之物！

她不是什麼偉大的人物，更不是英雄，她這麼做的原因也並非擁有什麼偉大的情操，如果非要問到底是什麼驅使夏黃泉這麼做，她大概會說——

「身為強迫症患者看到東西就想砍不行嗎？！」

什麼時候得的強迫症？

就在剛才！

不服來咬她啊，混蛋喪屍！！！

❖

「砰！！！」

伴隨著最後一聲巨響，突如其來的石板爆炸終於停息，然而夏黃泉不僅未能鬆口氣，反而更加提心吊膽起來。

「那、那是什麼？」

有誰發出這樣的驚呼。

順著人聲看去，根本不需要特意尋找，四面八方，凡是垃圾山存在的地方，都有同一種東西。

蘚。

某種類似蘚的血紅色物體。

誰也想不到在那一座座暗淡無光的垃圾山中居然有這種東西，它不是死物，而是活著的——以強而有力的節拍震動著，一下下，一聲聲，以這種恐怖的形式彰顯了自己的存在。

如此看來，之前的心跳聲、波紋以及石板的炸開，都是因為他們！

就在此時，最糟糕的情況發生了——車隊停了下來。

言必行驚訝地問道：「出了什麼事？」

「前面的路被石板堵住了！」許安陽得到了這樣的匯報。

「可真是最糟糕的情況。」商碧落皺眉，抬起手敲了敲車頂，「妳怎麼看？」

已然回到這輛車頂端的夏黃泉默然無語，幾乎在車隊停下的同一瞬間，她得到了一條新的指示。

【保護大部分車隊安全撤離。】

大部分……那就意味著會有一小部分人死去？

夏黃泉下意識地想，卻也知道現在不是耽擱的時候，武士刀吸收的死氣已經不多了，僅餘四分之一，如果不趕緊離開，所有人面對的將是……

「看，繭出現裂紋了！」

「我也看到了！」

「好像愈來愈大了……」

「那裡面究竟是什麼？！」

正往車隊最前方趕去的女孩沒有時間再去觀察那些即將孵化的血繭，不過剎那，她便站到了最前方的空地上，對下車試圖搬運石板的人說道：「上車，這裡交給我！」

「是！」沒有多餘的廢話，他們服從了這條並非來自長官的命令。

與此同時，夏黃泉再次使用死氣飛躍跳了起來，站到了高高的堵路石堆上，而後鬆了口氣。幸好，除去這堆外，前方的路途還算平整，而且他們才剛進入南地，用不了多少時間就可以退回去。

只是，機會只有一次。

如此想著的女孩敏捷地跳了下來，穩穩地站在道路的正中央，深吸了口氣，慢慢調整著呼吸，讓它回到最穩定的脈動。

四周一瞬間安靜了下來。

再聽不到人們的驚呼與血繭的跳動。

她的眼中，唯有眼前的石堆，目標只有一個——劈開！

拔刀！

閃爍著寒光的刀刃在眼前快速閃過，如同一道來自夏季的明亮閃電，緊接其後的——必是驚雷！

空斬！

剩餘的所有死氣，在她做出這動作的時刻，爭先恐後地從刀身上冒出，由一點火花點染成一片強盛的火苗，這火焰愈來愈盛，很快成為了一片扇形。漆黑地、深邃地、死氣沉沉地，吞噬！

它如同一隻來自遠古的巨獸，從億萬年的封印中脫逃而出，瘋狂地竄出，咆哮著發洩著內心積攢已久的憤怒！

在它眼前，沒有不可吞噬之物！

從夏黃泉拔刀直到一切結束，不過短短十來秒，然而，所有觀看者驚訝地發現，之前堵截他們行動的高高石山，居然瞬間消散無蹤，不僅如此，地面上甚至還殘留了幾道如巨大刀鋒劈砍過的深邃痕跡。

這個……真的是人類可以做到的嗎？

驚訝，或者是畏懼？

毫無保留的死氣爆發，勢不可擋！

然而……夏黃泉單腿跪地，拄著刀，重重且快速地喘氣，與第一次使用它一樣，一次性用完封存的死氣會給身體帶來巨大的負擔，更何況這次的死氣份量比起那次只多不少。

她嘶啞地吼道：「開車！快走！」

汽車駛動的聲音傳來。

血繭徹底碎裂。

三股聲音在霎時間交織在一起！

「天啊！那是……喪屍？」

一個個顏色青黑、外形各異的「人形」從血繭中走出，他們有著青黑色的外皮，和以前見過的喪屍不同，他們的身上不再有明顯的因為時間流逝而漸漸腐爛的痕跡，反而十分平整，除了顏色以外，與人類的皮膚幾乎沒有什麼兩樣，甚至看起來更加充滿了帶著堅硬色彩的光澤。

彷彿獲得了新生，又像是完全變成了另外一種生物。

他們沒有頭髮，除了膚色之外，臉孔與人類幾乎沒有什麼不同——在沒有張開嘴的情況下；以人肉為食的怪獸，自然有一口鋒利而尖銳的牙齒！

這些被稱為中級喪屍的玩意兒，有些體型巨大，有些體型瘦小，大大小小站在一起，就像是大人帶著小孩，甚至會給人「這是一家人」的感覺，但此時此刻，沒有人會因為這幅看似和諧的景象笑起來。

喪屍進化了！

這個消息在所有人的心中炸開！

「嗷——」

不遠處突然傳來了這樣的吼聲，像是夜下站在懸崖頂端對著明月嘶吼的狼王，盡情宣洩著暴力與慾望。

「嗷——」

「嗷嗷——」

「嗷嗷嗷嗷嗷嗷嗷——」

無數的喪屍高聲吼起，如同回應著狼王呼喚的群狼般，集體發出震耳欲聾的聲響。

所有人都被這蔓延在天地間的吼叫聲震撼了！

有幾輛車的速度甚至微微慢了下來。

這樣不行！夏黃泉撐著長刀站起身來，大聲喊道：「快走！在他們發動攻擊之前快離開！！！」

話音剛落，她突然覺得身上一寒，彷彿有人在盯著她看一般，下意識地扭頭，夏黃泉隔著N市死氣沉沉的景象，注視著虛妄的遙遠的另一邊。

什麼也看不到。

卻的的確確地對上了一個目光。

飽含著挑釁，殺氣，戰意。

——就像是宿命的敵手！

吼叫聲不知何時停了下來。

所有喪屍的目光落到了車隊上，現在的他們已經擁有了視覺、聽覺和嗅覺，這些以活人為食的可怕怪物吸嗅著空氣中傳來的芬芳，爭先恐後地裂開嘴，如鱷魚般鋒利的牙齒間晶瑩的液體滑落——從沉睡中醒來，還有什麼比飽食一頓血肉更滿足的事？

沒有！

沒有！！

沒有！！！

血肉！

新鮮的血肉！！

他們需要最新鮮的血肉！！！

「嗷！！！」

不知是哪隻喪屍做出了第一個向前的動作，如同雙方對峙時射出的第一顆子彈，宣告著——戰役爆發！

好快！

體型最小的喪屍卻擁有最快的速度！

「啊——」慘叫聲在所有人始料未及的情況下響起。

一隻擁有高速的小型喪屍不知何時跑到了一輛車旁，直接將手伸入未閉合緊的車窗，活生生地將駕駛從其中扯了出來。

失去方向的車輛立刻撞向了一旁的垃圾山。
「啊！！！」
「快開槍！」
「不行……速度太快，打不到！」
「可惡！」
咀嚼、反抗、慘叫聲，接二連三地響起。
刀中，已經沒有死氣了，這意味著夏黃泉無法再像之前一樣快速移動，好在橋頭已經不遠；無暇傷感或憤怒的女孩本能地舉刀迎上一隻高速喪屍。
他的速度固然快，但她可以更快！
伴隨著一聲淒厲的慘叫，喪屍死在了夏黃泉的刀下——殺死中級喪屍所得到的死氣的確比初級喪屍要多。
就在此時，商碧落的喊聲突然傳來：「黃泉，先殺高速喪屍！」
「瞭解！」
這種時候，毫無疑問，女孩相信他。
這種毫無保留的信任讓青年心口微暖，同時，他注視著外表千奇百怪的喪屍們，腦中快速地分析——從目前情況看，喪屍的確發生了進化，進化的方向卻是不同的。
最小型喪屍，速度最快，生命力看起來並不太強，應該屬於敏捷型。
其他長相不同的喪屍應該也各有不同特點，無論如何，真是最糟糕的情況。
如此想著的商碧落快速地拔出槍，動作乾淨俐落地朝著向女孩撲去的喪屍射出子彈。
——敏捷性防禦力最弱，一擊即可擊破大腦。

——外殼非常堅硬，這種是防禦型嗎？全身上下，包括頭部都無法用子彈擊破。

——弱點……難道是那裡？

——確認完畢。

「喂喂……」言必行用鋼管順著商碧落打開的縫隙狠狠將一隻撲到窗口上的喪屍頂下去，「你到底是把槍和子彈塞哪裡了？異次元空間嗎？別告訴我，你平時都隨身攜帶著這些玩意兒！」

與此同時，其他車輛也終於找到反擊的節奏，採取輪流連射的方式，抵抗喪屍的襲擊。

即使進化後的喪屍，也無法抵抗子彈，尤其在商碧落透過無線電告知所有人喪屍特點及弱點的情況下，情勢一瞬間好轉了；夏黃泉的壓力頓時小了不少，且戰且退，眼看著橋頭在即，她略微放下了心。

彷彿為了再讓她多鬆口氣，車輛接二連三地行駛上到橋樑，言必行甚至從車窗中伸出手朝夏黃泉揮舞著：「妹子，這裡！」

不知何時，許安陽所乘坐的車輛居然落在了最後，他們乘坐的這輛車上唯有五人，而其他車上卻有很多人，計算這樣的數字非常容易，但做出這樣的決定……卻並不簡單。夏黃泉突然覺得，正因為有這樣的人存在，所以之前的那些辛苦都是值得的，她勾起嘴角，解決完附近的最後一隻高速喪屍，快速地朝車輛跑去，剛才殺死喪屍後累計的死氣足夠使用死氣加速了。

就在此刻，異變突生。

「嗷！」

那曾經引起千萬隻喪屍回應的吼聲於遠方再次響起。

不祥的預感籠罩夏黃泉的心。
她下意識地就想衝上去。
但是，太晚了！
商……碧……落……
不……
不要……
不會的……
「不要啊啊啊！！！」

Ch.02 不是侮辱是喜歡

為……什……麼……

女孩驀然瞪大的眼眸中，天地間的一切變成了一場無聲的被放慢了上百倍的默劇，空氣也變得黏稠而厚重，以至於僅僅動一個指關節都需要耗費巨大的力氣。

只能眼睜睜地看著，在那聲響徹天地的嘶吼聲中，原本毫無智慧與理智的喪屍們，如同被控制了軀殼的傀儡，紛紛做出了類人化的行為。

防禦性喪屍上前，以身軀阻擋子彈，他們的身後，千百隻力量型喪屍突然同時彎下身以巨力快速而暴力地捶打著橋樑。

肉眼可見的裂紋在橋身飛速蔓延著，幾乎能聽到它因為不堪重負而發出的淒慘響動。

大橋的後半截在悲鳴中崩塌！

無數車輛紛紛墜落，在淒厲的響聲中落入湍急的帶河，激起高高的一片水花後，轉瞬即逝，不見了蹤影。

無論是車輛，還是那些生命，就好像從未存在過。

行駛在行伍最後一輛的越野車，許安陽他們的運氣不錯，沒有墜入河中，同時他們的運氣也很差，伴隨著地勢變化，車身猛地朝一邊翻去，連續滾了幾圈後，才停了下來。

一隻染滿了鮮血的手，從車窗中伸出，又無力地垂落。

一滴，兩滴，三滴……

很快匯集成一小灘的鮮紅液體，倒映著這隻蒼白無力的手臂。

不……

不要……

「不要啊啊啊！！！」

天空瞬間染上了血色！

大地在顫動！

不知名的鳥兒在慘紅的暮色中哀號著！

什麼也不知道了！

什麼都不想知道了！

殺！

殺了它們！！

全部殺光啊啊啊！！！

「死！你們全部都給我去死！！！」

所有希望在一瞬間被打破的女孩，心中的某根東西似乎一瞬間繃斷了，瘋狂地揮舞著手中的長刀，如同拋棄了理智的殺戮機器，收割著眼前尚站立著的所有生物。

所以沒有注意到，車輛的後車廂，那微微顫動著手指試圖脫困的青年。

翻車的確在商碧落的意料之外，但當車輛終於從激烈的翻滾中停下來後，他發現自己居然運氣很好地沒有死，才略動了動手指，他突然聽到女孩的淒鳴。

那如同失去了一切的絕望悲傷。

是……因為他嗎？
即使知道真相可能並非如他所想像，心臟依舊劇烈地跳動了起來。
休息了片刻後，他一點點縮回手臂，檢查著身上的傷口——左手斷了，手腕處也擦破了一大塊皮，鮮血橫流，左右腿膝蓋以上似乎沒事，沒有知覺的左小腿和右邊腳踝處骨折，這些都還不算太嚴重，比較麻煩的是肋骨斷了三根，好在沒有刺入內臟，但暫時不能試圖爬出車子，否則也許會加重傷情。
自我檢查完畢後，他開始觀察起車輛中的其他人，言必行在他手邊昏迷著，運氣好到讓僥倖活下來的商BOSS都嫉妒的程度，渾身上下除了幾處瘀青和擦傷外，完全沒事。
許安陽和小司機就沒有這樣的運氣了。
年輕司機的頭上滿是鮮血，臉孔已經變形，早沒了氣息。
而許安陽，因為座位正在他前方的緣故，觀察不到具體情形，仔細聽，似乎還有微弱的呼吸聲，情況不太妙。
商碧落用完好無缺的右手撕下身上白色襯衣的衣襬，仔細地將流血的傷口包紮起來，在附近都是喪屍的情況下，這類傷口很容易感染病毒，不可不小心。
才剛做完，他手一頓，突然聽到了不祥的響動，透過玻璃盡碎的車窗看去，他發現一雙青黑色的赤足停在不遠處。
喪屍……
從體型上看，是力氣最大的力量型喪屍。
循著血的味道而來嗎？
如果是他的話，可以利用。

青年一把將小戰士落到車外的手臂扯了回來，而後敲打起車廂，發出規律的響聲，果不其然，喪屍一步步地朝他走來。
走到旁邊時，他停滯下腳步。
猶豫片刻後，喪屍發出了一聲低低的嘶吼，而後伸出手，一把拉住扭曲變形的車門，輕輕一扯，它便應聲而落！
與此同時，一把槍無聲地出現在商碧落的手中，力量型喪屍雖然力氣大，移動速度卻相對緩慢，防禦力也只比敏捷型要強上一些，根本無法與防禦型媲美，所以！
手指一點點扣扳機。
青年在等待最佳的攻擊機會。
恰在此時！
另一雙纖細的腳出現在喪屍身後。
商碧落驀然一怔，下一秒，伴隨著一聲慘叫，矗立在車門外的喪屍從上而下被切成了兩半，朝兩側倒去，發出砰地一聲巨響，激起滿地的塵土，死紅色的鮮血飆出，星星點點地濺在女孩的身上，更有幾滴飛上她細瓷般潔白的臉頰。
夏黃泉整個人如同從地獄中走出來一般，身上滿是慘紅的血液，她卻無知無覺，一把丟下手中的長刀，彎下腰就著喪屍掰開的方向，拼命地撕扯著外殼堅硬的車輛。
直到一隻溫熱的、明顯屬於活人的手，搭到了她的手上。
「夠了！再這樣下去妳會受傷！」
「……商碧落？」女孩的聲音飄渺而恍惚，如同來自另一個世界。
「是我。」

「……你沒死？」

「是，我沒死。」

「……」女孩突然收回手，而後撿起地上的刀，再一次瘋了般地朝車上劈砍，不過片刻，原本堅固的車輛便被她分屍了。

——如同拿著錘子敲開核桃尋找核仁的孩童。

商碧落被自己的想法逗笑了，他難道是核仁嗎？這可真是不美好的比喻。

下一秒，他見到了原本以為再也見不到的藍天和白雲。

以及……滿身是血的女孩和她身後滿地的喪屍屍體。

就像是來自其他世界散播死亡的使者，卻並不讓人覺得恐懼，不，與其說是不恐懼，倒不如說，這樣的女孩讓青年的心中充滿了某種不可明說的扭曲的愉悅感，就像是活生生地將一隻原本自由翱翔在天空中的飛鳥拖入金色的牢籠，似乎抓住了什麼，控制了什麼，奪取了什麼……

這個念頭如同一把即將燎原的星星之火，在商碧落的心中點燃，卻在下一秒，被女孩的眼淚澆熄。

她……哭了？

「嗚……嗚……」被他注視著的女孩拼命壓抑著想哭的慾望，但最終敗給了胸中澎湃湧出的情感，跪坐在地上大聲哭了起來，「嗚哇！！！」

她一邊哭，一邊拼命地用手臂擦拭著臉上的淚水，很快，小臉被糊得滿是血汙。愈是擦，就愈髒得厲害。

他從未見她哭過。

但她現在哭了。

還是因他而哭。

應該高興的，應該快樂的，難道不應該嗎？不，是應該的，但是……青年無奈地發現，比起愉悅，另一種情感明顯地佔了上風。

他微嘆了口氣，伸出手拍了拍女孩的膝蓋：「別哭了。」

女孩的聲音一頓，隨即哭得更厲害了：「嗚哇……嗝……嗚嗚……」彷彿要一次將心中剛才的慌張和恐懼宣洩出來。

「……」商碧落突然覺得頭疼得厲害，完全不像女人的時候讓他覺得困擾，突然像女人卻更讓他覺得困擾，這是個什麼情況？

事實證明，戀愛這種東西，和智商有多高、理論有多豐富完全沒關係，初次實踐中總是會出現各式各樣的小問題。

青年又思考了片刻後，試探性地悶哼了一聲：「嘶——」

果然，女孩立刻停止了哭泣：「對、對了，你有沒有受傷？」

「當然。」有效！商碧落用反問轉移她的注意力，「發生這麼危險的事情，受傷不是很正常的嗎？」

「……」身上沒有什麼血跡，難道是內臟？夏黃泉下意識地伸出手，而後注意到，自己居然滿手的血汙，這血很明顯來自喪屍，她連忙縮回手，在身上拼命地擦著，卻愈擦愈髒，愈擦愈髒……她的鼻子一酸，還沒完全收回、在眼圈中打著轉的眼淚再次滑落了下來。

商碧落再次嘆了口氣，捣住胸前肋骨斷裂的位置，撐著一旁的車子殘骸坐起身來，他看著女孩手忙腳亂想要扶他又怕感染他的模樣，忍不住低聲笑起，而後伸出右手，一把抓住她的手腕。

「不行！你……」

「這隻手沒有受傷。」

「哦……這樣啊……」夏黃泉才鬆了口氣，突然覺得對方加大了力量，擔心讓對方傷情加重的她完全不敢反抗。

就這樣，在一丁點力氣都不敢用的情況下，女孩被青年拖入了懷中。

「不能打我，我肋骨斷了。」

「……」

「手臂也斷了。」

「……」

「腿也斷了。」

「……」

夏黃泉整個石化了，甚至連呼吸都不敢呼吸了……斷的地方也太多了吧，不會一碰就散了吧？！

青年感受著懷中女孩僵硬的身軀，突然覺得身上的傷痛全都不翼而飛，虛垂在身側的左手手指微顫，而後，他原本拉住她手腕的右手一點點撫上她的背脊，輕輕拍打著：「好，妳現在可以哭了。」

「……誰、誰會哭啊！我……」

「我受傷了。」

「……」

受傷的就是大爺嗎？！混、混蛋！！！

商碧落聽著懷中一動也不敢動的女孩發出的嘎吱嘎吱磨牙聲，心情非常地好，他微舒了口氣，而後聽到女孩擔憂的聲音：「對了，其他人怎麼樣了？」

理智一旦回籠，夏黃泉終於弄明白此刻應該關注什麼了。

雖然對她將重點放在他人身上有些許不滿，但商BOSS也清楚阻止之類的行為只會增添她的反感而已，於是鬆開了手：「言必行沒事，司機死了，許安陽應該還活著，但情況不太妙。」

在他說話的同時，夏黃泉也已經開始確認，情況和商碧落所說的沒太大差別。言必行和許安陽雖然都昏迷不醒，但兩人情況完全不同，前者的運氣簡直好到讓人嫉妒的程度，而後者……夏黃泉皺了皺眉，注視著許安陽身上升騰蔓延著的死氣，知道他怕是非常不好了，必須要急救才可以，但橋樑斷了一截，現在的他們根本沒有辦法回去。

究竟，該怎麼做才好？

正猶豫間，她突然被一隻手握住了手腕。

「小夏……」原本昏迷著的許安陽不知何時已然醒來，聲音卻氣若游絲，再不如之前那般中氣十足。

「……」夏黃泉猛地想起，連忙縮回手，「我手上有喪屍血……我現在就去找……」

許安陽笑了笑：「我的情況我自己清楚，不用麻煩了。」

「可是……」

「抱歉，小夏，把妳拖進這種事。」許安陽低聲地道歉。

「不……」其實，就算他不去找，她也會千方百計混入隊伍的。

女孩忙擺了擺手，卻又聽到只不過剩一口氣的中年男人這樣說道：「但我卻慶幸帶妳一起來了，否則，死的人想必會更多。」
「……」
「人都快死了，我也不想說謊。」許安陽輕咳了兩聲，口中吐出了兩口血沫，「我帶著戰士們一起出來，最後卻沒能安全地把他們都帶回去，哪怕到了地下，我也有愧，但是，」他看向夏黃泉，死氣沉沉的眼眸居然一瞬間明亮了起來，「小夏，雖然我們認識的時間不久，但我知道，妳是個好人。實話實說，這次出門前我就有不好的預感，所以把小真那孩子託付給了朋友。我知道他的父母對不起妳，但孩子是無辜的，如果……我是說如果，將來他遇到什麼難事，希望妳能幫一把。」
「……」小真嗎？夏黃泉再次想起那曾經給自己帶來極大震撼的王瑞夫婦，以及他們留下的那個孩子，她點了點頭，「好。」
「那就好。」許安陽的表情鬆了口氣，「這樣，我也就可以安心了。」
死氣，更加濃郁了。
夏黃泉知道，這個男人的生命，已經再沒有挽回的機會了。
「我死後，能麻煩妳把我和小肖一起丟入江中嗎？」
小肖，正是已經死亡的司機的名字。
「丟入水中？」這意味著屍骨無存，夏黃泉怔住，「你……」
「橋斷了，你們不知道什麼時候才能回去，」許安陽的臉上浮現出一絲苦笑，「我當了一輩子人，可不想死後變成喪屍的零食。至於小肖……歸根究柢，是我對不起他，死後若是有機會，我親自向他道歉……」
「……」

「任強是火裡去，我就去水裡，我們兄弟倆，可真算是水裡來火裡去了，也不知道到了地下還能不能再見上一面……」中年男人一邊說著，臉上一邊掛起了淡淡的微笑，氣息愈來愈微弱，最終歸於無聲。

夏黃泉閉了閉眼眸，心中酸澀不已。她與眼前的這個男人並不熟悉，然而他臨死前託付的最後一件事卻是與別人有關的。

他的結局不應該是這樣的，這個世界為什麼必須要有喪屍那種東西呢？

實踐諾言並不需要耗費多少工夫，很快，靜寂的場地上，只剩下還活著的三人。一片沉默中，商碧落忽然伸出手，揉了揉女孩的頭。

「……別把我當狗！」夏黃泉一把拍掉他的手，不滿地道。

商碧落點頭：「嗯，妳不是狗。」是一隻炸毛的野貓，伸出手繼續揉。

「混蛋你……」

「我受傷了。」

「喂！」夏黃泉咬牙，這混球，真是討厭到了極點！她怒道，「再鬧小心我用喪屍血糊你一臉！」

「血……」商碧落驀然想起了什麼，臉色微變，一把扯過女孩的右手，仔細檢查，「妳的手直接摸了喪屍血？」

「蛤？」女孩愣了愣，顯然不明所以，而後恍然大悟，「你是說手上的傷口嗎？」她往身上擦了擦手，雖然沒多少成果，但至少能看清楚手心了，「那點小傷口，十來分鐘就好了。」

商碧落暗自鬆了口氣，卻說道：「妳真的是人類嗎？」

夏黃泉一口氣上來差點下不去，忍，她忍！

「……你．給．我．等．著！！！」

「嗯，我等著。」青年笑彎了眉眼，即使是這樣的反應也好，總比之前要好上太多。

「你……算了……」夏黃泉無力地嘆了口氣，毫無疑問，和這混蛋比厚臉皮她是輸定了，但是目前顯然不能就這麼呆坐下去，她站起身，拍了拍膝蓋的灰塵，隨即覺得這樣的舉動其實很多餘，因為身上早已髒透了；而且，她抬起頭看了看漸漸陰沉的天色，這是雨水來臨的前兆……可是，早已成為一片焦土的N市，哪裡有可以替換的衣服和避雨的地方呢？

猜到了她心中所想，商碧落開口說道：「之前翻倒的那輛車，是運物資的。」

「哎？」經他提醒，夏黃泉也想起來了，的確如此，「我現在就去。」說話間，她的心沉了沉，如果不出意外，那輛車上的人應該已經全部……

「不需要妳去。」商碧落緩緩勾起嘴角，露出了一個讓夏黃泉有些手癢的笑容，「躺了這麼久，應該動一動了吧？」

「……」

「咳咳……這不是怕打擾到你們嗎？」某人猛地睜開眼睛，一邊抓著頭髮一邊爬了起來，嬉皮笑臉地說道。

「你裝暈？」

「妹子，別說得那麼難聽嘛，我只是稍微早醒了一點點，嗯，一點點而已……」言必行做出個微妙的手勢，卻在對上某人飽含殺氣的目光時抖了抖，「我錯了，錯了！現在就去找東西，走了！」

注視著那宛如兔子般逃竄的背影，夏黃泉扶額，為什麼只要這混蛋一出現，就完全感覺不到緊張的情緒了呢？某種意義上說……他真是人才！

「難得沒有外人，我們談談如何？」毫不客氣地將言小哥歸入了外人的行列，商碧落對女孩說道。

「有什麼好談的？」夏黃泉這才想起自己之前打定主意要無視這傢伙來著，結果……居然還當著他的面哭了……可惡！她愈想愈覺得糟心，瞇起眼眸就威脅道，「小子，我警告你，把之前的事情都給我忘記，聽到了嗎？！」

「哪件事？」商碧落反問道，「妳抱著我哭，還是……我吻妳這件事？」

「誰抱著你……你還有臉提那個？」不提還好，一提她心頭的火再次冒了出來，這混蛋是覺得她不能揍他所以肆無忌憚？

果然在生氣嗎？商碧落微微凝眉，他覺得自己非常不理解對方心中所想，尤其不明白那個時候她為什麼會有那樣過激的反應，就他自身所觀察到的——女孩並不討厭他，甚至非常重視他的生命，而且依照她的性格，就算拒絕也不至於採取那樣的方式。

正猶疑間，他注意到對方的臉色漸漸冷了起來，再次恢復成面無表情的模樣：「既然你想談，好，那就談！平心而言，我對你雖然算不上好，但也絕對沒有想過侮辱你，甚至……總而言之，你為什麼要做那種事？不覺得可恥過頭了嗎？」

「……侮辱？」女孩激烈的言辭讓商碧落愣住，他思考過很多條理由，卻沒有一條以此為名，他皺緊眉頭，思考片刻後頓悟了，她該不會是以為他……這簡直是……青年真的不知道該對此做出怎樣的評價，他們兩個人究竟是出了怎樣的差錯，才會對一件事得出完全相反的結論呢？

如果他今天沒問，這個誤會毫無疑問會長久地持續下去。

原本並不打算這麼快翻開底牌的，但如果說出謊言，便會被她野獸般的直覺拆穿，唯有真話才能順利地通過她天生攜帶的保全系統嗎？

事情發展到這個地步，他真的不知道是該哭還是該笑了，但也清楚地知道，對待這樣的笨蛋，真的只能使用最直接的方式，因為，她會自動規避所有的曲線球並將它們打到與目標距離十萬八千里外的地方。

「你認為那不是侮辱？」見商BOSS這混蛋不僅沒有絲毫愧疚之色，反而露出了若有所思的表情，夏黃泉心頭的火頓時更大了。

「當然不是。」

「你！」

「是喜歡。」

「……蛤？」夏黃泉呆住，這是個什麼發展？腦子差點打結的女孩才剛想要發問，卻在下一秒，聽到了青年口中吐出的她絕對意想不到的話——

「我想，我是……」

Ch.03 握著妳的手才能睡著

「我想，我是（嗶——）」

不用懷疑，夏黃泉大腦的防禦系統以超強的工作效率毫不客氣地屏蔽了商碧落之後的話，所以她什麼也沒聽到，對，她什麼都沒聽到！

但是，就算屏蔽了聲音，卻無法無視他的眼神和表情，不是第一次聽到他……咳！然而和之前不同，這一次，女孩向來信任的直覺給了她百分百肯定的答案。

這傢伙居然玩真的！

簡直……已經不能用不可思議來形容，完全走向獵奇風了好嗎？！就像少女漫畫，前一頁大家一起樂呵呵地出去野炊，後一頁突然被從天而降的隕石全滅一樣，充滿了不符合現實的虛幻感——她是不小心又穿越到另外一個世界嗎？還是剛才打怪過多渾身脫力出現幻覺？

總、總之，太可怕了有沒有！！！

夏黃泉一手扶額，另一手朝對方做了個「暫停」的手勢：「等、等等，我頭有點暈。」好像還有點幻視、幻聽，所以她還是去散散步比較好吧？風吹吹腦袋也許就好了，嗯，肯定能好！

如此想著的女孩一門心思地想去滿地的喪屍堆中散步，「對手」卻早已制敵機先地丟出一句話：「逃避現實才是真正可恥的行為。」

「……」這就是所謂的因果報應嗎？夏黃泉覺得搬石頭砸了自己的腳，剛才她還罵對方可恥，現在這話就被人砸回臉上了。輸人不輸陣，被逼上梁山的妹子索性一把抓住商碧落的腦袋，來回晃了兩下，「你腦子沒問題吧？」思來想去，她這麼長時間以來除了揍他之外兩人似乎沒做過其他交流，這樣都能……他是抖M嗎？！

「……」

「難道是被我打壞了？」夏黃泉皺眉，小心地敲了敲青年的腦袋，啊，這不是西瓜，就算敲一敲也無法判斷熟了沒。

商碧落的臉上緩緩勾起一個笑容：「想轉移話題是沒用的。」

「……」

青年臉上的笑容在女孩看起來既狡猾又可惡，她第一次覺得自己在與商碧落的對峙中落居下風，就像被一隻惡狼一點點逼入牆角的綿羊，感覺非常不舒服，極其不舒服，特別不舒服！

該說不愧是BOSS嗎？他剛才是在向她，咳咳，那什麼沒錯吧？怎麼現在弄得跟逼良為娼似的？這進展完全不對吧？

完全沒意識到造成現在這個情況自己佔了八成原因的女孩皺了皺眉，似乎在思考現在這個狀況究竟該如何解決，片刻之後，她不死心地再次問了句：「你認真的？」

商碧落伸出手搭住她的肩，俊美的臉孔一點點湊近她：「妳已經知道答案了不是嗎？」呼吸幾近可聞，夏黃泉下意識地想往後移，卻發現對方的賊手不知何時摸上了她的後腦勺，完全封住了她的退路。

「我受傷了。」青年笑瞇瞇地說，「力氣稍微大一點都可能造成二次創傷哦。」

「……」我去！這混蛋還能更無恥一點嗎？！乾脆把他玩死算了！

幾乎快要走上殺人罪不歸路的夏黃泉正準備暴起一擊，商碧落卻突然停止動作，默默地後退回了剛才的正常姿勢。

「？」這又是什麼意思？

注視著面露殺氣卻又一頭霧水的女孩，青年忽然輕咳著笑了起來：「不行，太髒了，完全下不了嘴。」

「……商！碧！落！！！」雖然本來就打算反抗，但這種被嫌棄的感覺是怎麼回事？真想糊他一嘴喪屍血！

「怎麼？失望了？」

「失．望．你．妹！！！」肺都要氣炸了的女孩一拳狠狠地砸在地表上，只聽見轟地一聲，地上出現了一個深深的坑。

「……」商碧落嘴角抽搐。

「……」夏黃泉捏緊拳頭。

「哎呀，妹子，妳這是在準備野炊嗎？」言必行不知何時飄了過來，讚嘆，「太好了，省了挖坑的工夫！」

「……」這回，嘴角抽搐的人換成夏黃泉了，「不、不客氣。」

「對了，妹子，車被那種大力氣的喪屍捶壞，完全不能用了，我找了頂好帳篷回來，妳幫忙搭一下帳篷？」

「好。」女孩毫不猶豫地點頭。有事做也好，再留下來，她擔心自己真的會犯下殺人的罪行。

在朝商碧落做了個抹脖子的威脅手勢後，夏黃泉轉身就走，那背影要多瀟灑有多瀟灑，卻又隱約讓人覺得要多狼狽有多狼狽。

「嘖嘖嘖……」言必行突然輕嘖出聲，放下手中搬來的東西，「你這樣欺負她沒問題嗎？雖然偶爾為之是情趣，但玩過火小心真被揍。」他從上到下看了眼商BOSS，下了非常果斷的結論，「你絕對扛不住她認真的一拳頭。」

商碧落笑著攤手：「我想，你所說的情況是不會發生的。」

言必行瞥了商碧落一眼：「自信過頭，當心悲劇，妹子可不是按照常理出牌的姑娘。」

「……」

「不過，看她生氣的確挺有意思的，」言小哥摸下巴，「特別是想要揍人卻又拼命抑制衝動的時候，那叫一個……喂！你幹嘛這樣看著我？」

商BOSS似笑非笑地注視著身旁的青年，直到對方快說出「小哥我誓死也不從你的淫威」之類的宣言，才說道：「你想太多了。」

「……好吧好吧，我知道了，只有你一個人可以欺負她，行了吧？」言必行擦了擦額頭上的冷汗，心中暗自吐槽——佔有慾這麼強真的沒問題嗎？！被這樣的男人盯上，妹子真夠可憐的。而後他又不死心地湊過去，「你真的不怕她記仇？」

「她很快就會忘記的，」商碧落的回答很肯定，「因為她是笨蛋。」這樣說著的青年沒有察覺到自己眼中自然流露的笑意。

被這眼神雷得「虎軀一震」的言必行搓了搓手臂，暗自嘟囔著「我不是同志我不是同志秀恩愛分得快秀恩愛分得快」，就不再回話，該做什麼做什麼去了。

❖

此刻的夏黃泉完全沒意識到自己被狼惦記、還被同情了，直到此時，力氣大的好處完全展現出來，很快地，她就將帳篷穩穩當當地紮了起來，為預防之後可能面臨的大雨，入口背風，底部墊高，四角用石板壓住，還在篷頂邊線正下方挖了一條深深的排水溝。

做著做著，她又想起商碧落之前的話。女孩的內心遠不如剛才所表現得那樣平靜。

並不是沒有人向她表白過。

第一次被表白是在小學五年級，對方是同桌兼班長，放學後兩人值日，她搗著鼻子用大掃帚掃灰，對方突然說「夏黃泉我喜歡妳！」，她記得自己當時一個失手，掃帚飛舞出去，兩人滿頭滿臉的灰，一個比一個蠢，思考了片刻後，她拒絕班長了，理由是「我不喜歡經常流鼻涕的男孩」，玻璃心被傷害的同桌君淚奔而去，第二天就找老師換了座位……

懵懵懂懂的她直到初中後才意識到，當年不經意的一句話在少年的心靈留下了傷害，但想道歉也晚了，對方早就消失在她人生的洪流。

第二次被表白是在高三，這次不是同桌，是週末一起補習的男同學，兩人不是同一所學校，但家住得很近，巧合的是，補習的課程完全一樣，週六日經常搭同一輛公車，一來二去就熟稔起來了。男孩不流鼻涕，還長得挺帥氣，可惜才剛表白完，兩人就被搶了，對方被夏黃泉奮起反抗英雌救美舉起鐵垃圾桶砸人的義舉驚呆，然後……沒有然後了……

第三次，就是今天了。

算起來，她對於「被表白」這件事還蠻有經驗的，只是，這次的對象是不是太可怕了？

那是商碧落啊！商碧落！

看過那本小說的人都知道，這混蛋有厭女症啊！不，其實他對男性也差不多吧？她完全無法想像商碧落會有喜歡上其他人的一天，因為在她的心目中，他是個不懂愛的人，有明顯的反社會反人類傾向，屬於「玩著玩著總有一天會把一切玩脫掉，然後大家一起死」的類型。

可是這樣的人，居然會……

而且是認真的。

——就是因為這樣才可怕。

如果他別有用心，她完全可以毫不客氣地揍回去，但現在這個情況反倒讓她覺得棘手。

事情到底為什麼會發展到現在這個地步呢？

困擾的女孩直到聽見言必行的呼喊才從思緒中掙脫而出，就見對方指著一個用帳篷碎布和一些鋼管拼接而成的「臨時換衣間」，炫耀道：「不錯吧？」

「嗯，是挺不錯的。」夏黃泉點頭，看了看身上，「我的確要換身衣服才成。」好在隨身攜帶的行李中有替換衣物。

「待會兒接些雨水燒開，妳擦洗一下吧，反正燃料還很充足。」言必行變魔術般地又拿出一堆還能使用的物資，順帶將一塊從車上拆下的後視鏡遞到女孩的手中。

「謝啦。」夏黃泉接過鏡子，隨意一瞥，瞬間驚呆了——這、這誰啊？！

這滿頭滿臉都是慘紅色鮮血的傢伙是她？！看起來比喪屍都可怕好嗎？！

她終於理解為什麼商碧落會說下不了嘴了……不僅是喪屍血的問題，更是外貌問題啊！

這種情況下都能表白，真愛啊！這絕對是真愛啊！

——夏黃泉第一次覺得，真愛原來是這麼偉大的一種東西。雖然她完全不想要。

❖

夜間來訪的秋雨出乎意料地大。

好在事先準備夠充分，否則在這樣的大雨中待上一夜，人就算不被喪屍咬傷，也絕對會生病。夏黃泉和她的小夥伴們坐在帳篷中，三人已經清洗乾淨的身體分別裹著厚厚的毛毯，雖然帳篷裡可以點火，但出於節省物資以及安全考慮，三人草草地吃了些速食食物就算了。

「接下來該怎麼辦？」頭上還頂著乾毛巾的夏黃泉開口問道，長刀被她放在手邊，在危機四伏的城市，即使在這樣的雨夜裡也不能放鬆警戒。

「的確麻煩啊……」言必行張開雙手慢騰騰地伸了個懶腰，發出一聲幸福的呻吟後才說道，「如果是之前的南地，反而完全不用擔心，但現在，這裡除了喪屍就是廢墟，等物資用完，我們就悲劇了。」

兩人同時看向商碧落……手中的筆電，這玩意兒在出了車禍後居然還健在，國產威武！出於意料的是，商BOSS居然皺著眉搖了搖頭：「所有信號都被屏蔽了。」

「屏蔽？」夏黃泉驚訝地問道，「怎麼可能？南地完全變成廢墟，不應該存在能屏蔽信號的東西啊。」

「具體情況我也不清楚。」商碧落一邊敲著筆電一邊回答道，「有點像電磁波干擾。」

雖然聲線一如既往地平穩，但不知為何，夏黃泉覺得從其中聽到了些許的困擾；雖然並不太懂他說的話是什麼意思，但連BOSS君都覺得棘手，這到底是怎麼回事？

「妳不用太擔心。」也許是覺察到女孩心中的憂慮，青年下意識地停下手中的動作，開口說，「首先，橋只是斷了小半截並非全盤崩塌，不是沒有回去的方法；其次，逃回去的人並不清楚許安陽的死活，他是這次行動的負責人，會派人來搜尋他的下落的；最後……」說到這他頓了頓，眼中閃過些許不悅，卻還是說出口，「蘇玨也不會放任妳留在這裡的。」

「嗯。」夏黃泉點點頭，雖然心情還是有些沉重，但在這種時候她很樂意相信商碧落這混蛋——真的不想再有任何意外了！

她再次雙手抓毛巾搓了搓腦袋，在這種境況，頭髮長是一件令人困擾的事，如此想著的她沒有注意到商碧落和言必行交換了一個眼神，兩人的表情再不復方才那般輕鬆，反倒都有些沉重。

商碧落並沒有欺騙夏黃泉，只是麻煩就麻煩在：有不少人已經回到南地，並帶回「喪屍再次進化」的消息。

是冒著危險回來救援可能已經死去的人？還是徹底炸毀橋樑以保證安全？

誰也料不準他們最終會做出的決定，而蘇玨在其中又能起怎樣的作用呢？一切都尚未明晰。

而在這時候，信號居然被屏蔽，現狀真可以說糟糕到了極點。

但是，現實真的會像人們所揣測的那樣發展嗎？

❖

是夜，言必行不知何時已經倒地，發出輕微而均勻的呼吸聲。

夏黃泉瞥了他一眼，她可真羨慕這種不管在什麼地方都能睡熟的人啊。因為白天「玩」得太瘋，她的身體有些疲憊，但精神卻又無比亢奮，以至於整個人在睏與不睏間掙扎，頗為艱難。

而且，還有一件事讓她非常放不下心。

白天商碧落所經歷的可是生死危機，既然度過難關了，他身上的死氣應該消散殆盡才對，可是，事實卻是，死氣完全沒有消失。

接下來，還會有更可怕的危機嗎？

不管怎麼樣，要一眨不眨地盯著他才可以，白天的事情絕對不可以再發生！

於是，當商碧落無意間抬起頭就看到了這一幕——長髮披散的女孩雙手環住膝蓋，下巴墊著毯子擱在雙腿上，軟軟的毛毯遮住她的半張臉，拿掉眼罩後露出的一黃一黑的異色眼眸一眨不眨地盯著他看，如同生怕被人搶走貓糧而認真蹲守小碗的小奶貓。

不說話不揍人不故意露出冷豔高貴表情的時候，還是很可愛的嘛，難得遇到這種不管做什麼都不會挨揍的機會，啊，可惜沒有逗貓棒。

——心裡咕嚕嚕冒壞水的商BOSS頗為遺憾地想著。

與此同時，夏黃泉下意識地打了個激靈，整個人從半恍惚的狀態掙脫出來，警覺地看向正對著自己微笑的青年：「你看什麼？」因為怕吵醒言小哥，她的聲音壓得很低，以至於完全無法顯露想傳達的濃烈霸氣。

青年嘴角的弧度愈深了，他同樣低聲回答道：「看妳看我。」

「……」不・要・臉！夏黃泉悲哀地發現，商碧落這混蛋已經完全拋棄了人品下限和節操啊，而當一個BOSS為了達成某種目標而下定決心拋棄這些……那會變得多可怕啊，再一想到那所謂的「目標」可能是自己，黃泉妹子不禁悲從中來悲傷不可斷絕。

怎麼看死氣纏身的人都應該是她吧？為什麼會是這混蛋？！

但就算想對這件事說些什麼或者做出回應，現在也不是最好的時機，誰知道言小哥什麼時候會醒過來呢？而且，死氣……

才想到這裡，夏黃泉突然聽到商碧落低低地咳嗽了幾聲，她皺了皺眉，抱著毯子蹭過去：「喂，你怎麼了？」

「沒事。」商碧落搖搖頭，緊接著又輕咳了幾聲，「只是有點發燒。」

發燒？

夏黃泉連忙摸他的額頭，隨即皺起眉頭，驚訝地問道：「怎麼這麼燙！吃藥沒？我去找……」發燒死人也不是沒聽說過，喪屍沒弄死他車禍沒弄死他，要真是因為這原因掛掉也太冤枉了吧！

「不用了。」商碧落抓住女孩的手腕，再次搖頭，「之前已經吃過了。」

「哎？什麼時候？」

青年臉上又浮現出讓夏黃泉相當手癢的笑容：「在妳去洗一臉血的時候。」

「……」想起了不太好的回憶，拍飛它！

夏黃泉眯了眯眼眸，默默在心中為某人記下一筆大罪，手卻一把將青年懷中的筆電抽走，放到一邊，低聲說：「身體不舒服就早點兒休息。」

「我……」

「兩個選擇：一，你自己躺下去睡；」女孩舉起兩根手指，惡狠狠地咬牙說道，「二，我把你推下去睡。你選哪個？」

商碧落托著下巴思考了片刻，反問道：「我選……」

「沒有三也沒有四更沒有五，只有一和二！」

注視某人一時間失語的模樣，夏黃泉愉悅地勾了勾嘴角，才剛有些得意，就見某人更無恥地張開雙手，笑得分外欠揍地回應道：「那妳來推我吧。」

「……」總覺得這話有哪裡不對？錯覺嗎？

夏黃泉歪了歪頭，還是出手把某人推倒，從頭到腳用毯子蓋得嚴嚴實實，想到「發燒的病人應該出汗」，她一把扯下身上的毯子搭到他身上。雖然秋夜有些涼，但帳篷不太透風，而且裡面有三個人，溫度也不是很低，再加上她身體向來比較好，所以並不擔心會生病。

整理好一切後，她正準備爬回原地，忽然發覺自己的手被扣住。

夏黃泉扯了扯手：「鬆開！」

「我受傷了。」

「……你右手沒受傷好嗎？！」混蛋，別想騙人！

「我發燒了。」

「這和我的手有什麼關係？！」夏黃泉低頭注視因為發燒臉色略顯紅潤的青年，不知道是不是夜晚造就的錯覺，他的目光看起來既懇切又有些可憐，與以前那種偽裝的表情不同，這一秒的商碧落在她眼中看來難得地真實。

她愣了愣，在剎那間，理智告訴她不應該答應，然而……

又一縷死氣纏繞上了青年的軀體，她沒來由地心一慌，雖然還沒到必死的境地，但如果再繼續增加……她伸出另一隻手，雙手在毯子底下緊緊地握住商碧落的手，低下頭說：「看在你誠心誠意懇求的份上，我就大發慈悲答應你，但是，你也要答應我一件事。」

「什麼？」商碧落的臉孔上浮現出一個淺淡卻真實的笑容，歪頭問道。

女孩認真地說：「明早一定要好起來。」

「嗯……」還沒等女孩鬆口氣，這混蛋卻緊接著說，「我考慮一下。」

「喂！」

青年無聲地反握住女孩的手，緊了緊，隨即閉上雙眸，陷入了無聲的沉眠。

夏黃泉跪坐在他身邊，靜靜地注視著青年，雙眸一眨不眨，害怕只要一閉眼死氣就會增加，但她的身體實在是太疲憊了，原本亢奮的精神漸漸萎靡……不知過了多久，她也慢慢陷入了半夢半醒的狀態。

可是她卻忘記了一點，每個BOSS都是善於騙人的，商碧落也不例外。

而且，他這個狡猾的傢伙根本就沒有做出任何承諾。

❖

第二天清晨，商碧落的高燒不僅沒有退，反而更嚴重了，整個人如同被丟進火堆中，燒到了嚇人的地步。

「喂！商碧落！商碧落！你給我醒醒！！！」

夏黃泉試圖用叫聲和拍打喚醒他，卻都失敗了，青年的靈魂在深深的昏迷中彷彿陷入了另一個世界，根本無法回應她。

「喂！商碧落！！！」

混蛋！騙子！

「妹子，怎麼了？」從睡夢中驚醒的言必行蹭了過來，驚訝地注視著商碧落明顯紅得不正常的臉色，「怎麼燒成這樣？」

「我也不……」夏黃泉的話音戛然而止。

言必行奇怪地看著女孩，她注視著他的雙眸猛然瞪大，瞳孔微縮，彷彿看到極為可怕的事物，青年不禁轉頭左右張望了下，終於確定她所關注的就是自己。

「妹子，妳……」話音未落，言必行突然抱拳輕咳了幾聲，「咳咳……妳怎麼了？」

「怎麼會……這到底是怎麼……」能讓夏黃泉驚訝到這種程度，理由只有一個——沒錯，死氣！

言必行身上的死氣顏色也增加了，而且，咳嗽，和商碧落昨晚的症狀一樣。

如果只有商碧落一個人，她還可以理解，因為他受傷比較嚴重，發燒並非不可能發生的事情，但言必行明明沒受什麼傷啊，為什麼也變成這樣？

【請注意，兩人皆已遭受第二波病毒感染。】

「！！！」病毒感染？怎麼會？！

不過……第二波？

夏黃泉驀然想起，所謂的「第一波病毒感染」，在最初的浩劫，大批人類變成喪屍，現在喪屍進化，病毒也隨之進化了嗎？

因為受傷，商碧落的體質比言必行更差，所以症狀提前展露了？

那麼，這一波病毒的傳播距離有沒有發生變化？攜帶病毒的空氣有效距離僅僅是南地，還是已經向北方推移了？

不知道，什麼都不知道！

唯一明白的只有……商碧落和言必行可能會變成喪屍……開什麼玩笑？！

這種事情，她絕對不允許！

Ch.04 他就是這樣的男人

「喂！」言必行一手搭上女孩的肩膀，硬生生將她從強烈的震撼中拖回來，他拍拍她的臉頰：「沒事吧？怎麼看到我和見了鬼一樣？」他縮回手摸摸自己的臉，自信地一笑，「莫非我今天早上起來又更帥了一點？」

「……再見！」夏黃泉滿心無語，這傢伙也太能破壞氣氛了吧？

「不用害羞，我都知道的哈哈哈……咳咳咳……咳咳……」

不，你什麼都不知道好嗎？！

夏黃泉聽著言必行的咳嗽聲，微微皺了皺眉，難道真的沒有辦法嗎？被病毒感染真的會變成喪屍嗎？

【此病毒感染後喪屍化機率為百分之百。】

「……」別開玩笑了，這不是必死無疑嗎？別隨便插上這種全滅的 Flag* 好嗎？一定有什麼方法的，一定有什麼方法才對！（*編按：Flag 原指遊戲中記載變動的參數，玩家的操作會影響未來劇情進而改變 Flag 值，後延伸為某些人說了某些話或做了某些事之後必然會死亡的橋段。）

一隻手突然摀住了她的額頭。

「怎麼又發起呆了？生病了？」

「……生病的人應該是你才對吧！」夏黃泉一把扯下額頭上的手，這時候他最應該擔心的不是她，而是他自己啊！

「哎？」

「你難道不覺得自己的體溫升高了？」

「好像是……」言必行摸摸額頭，而後將手搭在脈搏上，「心跳也有些加速，難道我……」

夏黃泉抿緊雙唇，表情嚴肅地點了點頭，等待言小哥說出那讓她無法接受的結論，他說——

「戀愛了？」

「喂！！！」混蛋，別在這種時候賣蠢啊！

「玩笑玩笑。」言必行收起臉上的笑容，看向夏黃泉，「這個症狀似乎和阿商一樣，妹子，妳知道這是怎麼回事吧？」

他用的是肯定的語氣。

女孩沉默了片刻後，沒有選擇隱瞞，告知真實的答案：「你們……被感染了……」

「……是嗎？」言必行沉默了片刻，微微嘆口氣，「喪屍進化了，病毒進化也很正常。」

「……」

「嘖，躲過第一波，卻沒能躲過第二波嗎？」言必行一屁股坐在地上，不知從哪裡摸出了一支菸，往口裡一塞。

「你還有心情抽菸？」

「不然呢？」青年聳聳肩反問道，「妳有解決辦法？」語調聽起來似乎毫不在意。

「……」如果有的話，該有多好？

「反正人也做了這麼多年了，不知道當喪屍是個什麼滋味？」言必行摸著下巴嘿嘿地笑了幾聲，「說不定我會突然爆發自身潛能，變成傳說中的全能喪屍王，然後廣開後宮哈哈哈……」說到這裡，他伸出手拍了拍妹子的肩膀，「到時候跟著我混，我罩妳啊！」

「……」言必行不管是表情還是語氣都竭力在笑著，夏黃泉卻覺得自己一丁點都笑不出來，這根本一點都不好笑！

「哎呀，妹子，表情別這麼嚴肅嘛，我是開玩笑的。」言必行翻找著身上的口袋，「嘖，真是屋漏偏逢連夜雨，怎麼找不到打火機呢？啊，在這裡！」

說完他點燃菸，深深吸了一口，滿足地嘆了口氣：「不知道變成喪屍之後能不能這樣，妹子，妳見過會抽菸的喪屍嗎？」

「……沒有。」怎麼可能會有？

「是嗎？我覺得也是。」言必行笑了幾聲，口中吐出一個上浮的白色煙圈，「所以喪屍什麼的果然還是算了吧。如果，不，應該沒如果了，等我變成喪屍，」青年拉起女孩的手，在自己脖子上，「妹子，妳就這麼把我做掉吧，吃人肉太難看了，一臉血什麼的實在不符合我英俊的外表。」

「這種事情……」

「嗯？」

「怎麼可能做得到！」夏黃泉一把抽回手，力度之大讓她拍掉了青年口中的香菸，燃燒著的菸蒂落在帳篷裡，帳篷底部很快被燒出了一個小洞。

女孩捏起香菸，狠狠地丟了出去。

「哎……」青年狀似可惜地咂舌，「這玩意兒抽一根少一根啊，」說著他又從口袋裡掏出了一盒，「趁還有時間，我要可勁地抽，到最後如果還有剩下的，妳記得點上戳我墳頭。待到青煙爛漫時，我在墳頭笑……噗，好詩！」

「別說了。」

「什麼？」

「我說，別說了！！！」夏黃泉伸出手奪過青年手中的菸盒，緊緊地捏在手心，「明明不想笑就別笑，難看死了！」

「……還給我。」青年緩緩說道。

「不。」

「還給我！」他慢慢斂起嘴角的笑意。

「不要！」

「我說還給我！！！」

「我說不要！！！」

幾聲脆響後，青年成功地被女孩擊倒在地，躺倒在地上的男人嘴角終於徹底沒有了弧度，他將一隻手臂橫在額頭上，仰起頭注視著夏黃泉：「我說，妳也太殘忍了吧？我都要死了還揍人？」

夏黃泉看著他這副死皮賴臉的模樣就來氣，彎下腰一把提起青年的衣領：「你還沒死！」

青年歪了歪脖子，同樣面無表情地反問：「所以呢？」

「是男人就別這麼快放棄！」雖然感染後變成喪屍的機率是百分之百，但她絕不相信這是必死之局，一定有解決的辦法，她堅信這一點，「昨天我感覺到一個視線，很厲害，也許是進化後的喪屍中最強大的，最後喪屍們做出的攻擊，似乎就是在遵從他的命令。我要去找他。」夏黃泉一邊說一邊鬆開手，「哪怕死在路上，哪怕死在喪屍的手上，也比乾坐在這裡等死要強！」

說罷，她拔出刀刀，嘩嘩幾下，帳篷便化為了碎片。

「……喂，浪費啊……」

「反正你都要死了，要它幹嘛？留著給你做墳嗎？」夏黃泉冷笑著將菸盒丟在地上，將長刀掛在腰間後，俯下身抱起了昏迷著的商碧落，而後一腳將盒子踢到青年的懷裡，「你就一個人在這裡慢慢抽菸，直到自己變成喪屍為止吧！」

「……」

「等哪天有人做掉你，我會親自為你寫墓誌銘——這個男人死前除了抽菸什麼都沒做！」

「……」

說完，夏黃泉轉身就走。

算一算時間，商碧落從昨晚發燒起就應該被感染了，到現在病情相當嚴重，她沒有時間耽擱了。

「咳……妳的嘴巴可真夠毒的。」

胸前突然傳來這樣的聲音，夏黃泉低頭看了一眼，發現商碧落不知何時睜開眼眸，似笑非笑地注視著她，平時討厭的表情此刻浮現在那張因為高燒而臉色格外難看的面孔上，反倒不那麼惹人煩了。

「什麼時候醒的？」

「在他對妳說『戀愛了』的時候。」

「……」那是什麼詭異的時機啊？夏黃泉嘆了口氣，低聲問道，「就像你聽到的，你們都感染了病毒，有何感想？」

「妳怎麼沒被感染？」

「……」夏黃泉真想鬆手將這混蛋丟下去，說什麼混蛋話啊！

「應該是因為體質，」商碧落摀住嘴咳了幾聲，咳嗽的力度比起昨晚強了不少，「妳的體質是我們三個人中最好的，所以抵抗力也最強。」

「所以呢？我應該把你丟到路邊嗎？這樣也許就不會被感染了。」

青年愣了下後，垂眸低聲笑了出來：「不。」

「嗯？」

「我死怎麼能不帶上妳？」

「喂！你敢不說這麼可怕的話嗎？！」這傢伙真是個混蛋！但是聽了之後，那種「果然如此」的感覺是怎麼回事？好吧……她早就對他的人品絕望了。

「不敢。」

「……算了。」

「不過，倒是難得看到妳發那麼大的脾氣，」商碧落重又問道，「很在意？」

「廢話，當然啊！」夏黃泉瞪了他一眼，不在意才是奇怪的事情吧。

「那麼，他讓妳失望了？」

「不……」夏黃泉搖搖頭，語氣堅定地回答道，「他會跟來的。」

雖然和言必行相處的時間並不算長，但夏黃泉以驚人的直覺判斷，以她對這男人的理解，在她眼中——他其實一直很矛盾。

看起來很弱，其實打起架來很凶殘；看起來吊兒郎當，其實卻意外地很可靠；說起話來油嘴滑舌花言巧語，其實對女性很尊重。

如果是言必行，夏黃泉可以放心地把自己的生命交託到他的手中。

但是，這個會讓同伴覺得可靠的男人卻又意外地隨波逐流，夏黃泉感覺不到他有什麼明顯的目標和追求，如同混日子一般，過一天是一天，不管是怎樣的未來他都會毫不掙扎地接受，然後順應著接踵而至的命運，直到死亡來臨的那一天——他的確在努力地活著，卻又感覺不到他對活著有強烈的渴望。

做人也好，做喪屍也好，他都不會主動結束自己的生命。並不是沒有去死的勇氣，他卻將這自己的死亡託付給了夏黃泉，這樣的願望，在女孩看來，也是他矛盾性格的最佳體現，但是……

「這麼確定？」

「當然，那傢伙還是很可靠的。」夏黃泉微微笑著，說出了心裡話，「如果這裡只有言必行一個人，也許他什麼都不會做；但是，知道我們要去涉險，他就一定會跟來。」

因為，這個不重視自己生命的男人，卻非常非常地重視同伴的生命。

這一點，天真直覺派的夏黃泉，也許比言必行本人都要清楚。

「居然被妳這樣理解，真令人嫉妒啊。」商碧落出聲輕嘆，突然又問，「那妳覺得，如果我是他，會怎樣做呢？」

「你？」夏黃泉低頭瞥他一眼，「大概會拉所有人給你陪葬吧。」毫不誇張，這傢伙就是這麼陰暗！

「如果是之前，我也許真的會這麼做。」

「哎？」夏黃泉大驚，BOSS居然改過自新？這不科學啊！！！

正驚訝到達驚悚的程度，女孩就聽見青年緊接著說：「但現在，我只願意和妳分享一口棺材和死亡的甘美。」

「……你還是一個人去死吧！謝謝！」誰願意和他睡一起啊，擠死了！不……重點好像不在這裡？算了！總之她才不要去死！

「誰要去死啊？」伴隨著這句話，一隻胳膊勾住夏黃泉的脖子，熟悉的聲音從她耳邊傳來：「問過我再說！」

夏黃泉強行壓抑下勾起的嘴角，斜視了某人一眼：「怎麼？不想去死了？」

「本來是想的，」青年大大地嘆了口氣，「但我的臨終遺願是有個美女為我流淚，結果美女跑了，我只好跟過來了。」

「……噗！」夏黃泉終於抑制不住地笑出聲來。

【以「堅定之信念」成功觸發任務：破解！新危局！】

【詳情：擊敗因擴散病毒而正處於虛弱期的喪屍王，獲取其腦部晶核。】

「！！！」這種突如其來的被推坑的感覺是怎麼回事？！

……算了，至少有方法了不是嗎？總比什麼都沒有要強。

夏黃泉很快地調整好自己的心態，此刻她沒有再感覺到之前的那股視線，然而，天空中出現的大箭頭清清楚楚地標示出所謂的「喪屍王」在的位置——居然並不太遠。

這算是所謂的「福利待遇」？

也許因為對方正處於虛弱期的緣故，清理沿途稀稀落落的喪屍時，夏黃泉明顯地察覺到他們沒有被控制的跡象，這讓她鬆了口氣，對她來說，喪屍擁有強大的武力並不可怕，可怕的在於──還擁有智力。

像這樣的怪物一旦進化出智慧，其凶險度不言而喻，好在目前接觸到的喪屍中，似乎唯有她的「目標」擁有智力。

為了方便清怪，夏黃泉直接將商碧落塞到言必行懷中，雖然言必行表示自己也想揍喪屍，但被女孩義正辭嚴地制止了──他的體溫正漸漸升高，萬一運動過度或者在打怪中受傷以至加速病毒擴散，那才真讓人欲哭無淚。

而且，比起抱著偶爾會讓她有些不太自在的BOSS君，夏黃泉還更樂意去砍喪屍。於是，她丟人丟得很歡脫。

「那麼，公主殿下就交給你了。」

「……」言必行低頭注視著能將聖光普照和殺氣四溢兩個詞完美地結合在微笑中的青年，額頭冒出了幾點汗珠，情不自禁地說出了大實話，「我說，比起白雪公主，阿商明顯更像巫婆皇后吧？」

「無所謂啦，反正你也不像王子。」夏黃泉邊回答著邊乾淨俐落地揮舞著手中的武士刀，將其狠狠刺入喪屍下巴上一塊不顯眼的傷疤中──防禦性喪屍全身都很結實，唯獨此處是軟肋，一旦被擊中，會在一段時間內失去防禦力。明白這一點之後，他這種體型龐大移動速度卻非常緩慢的喪屍便成為了最好殺的獵物。只聽得刺溜一聲脆響，女孩快速抽回長刀，刀光在日光下閃了一瞬便翩然回鞘；如同從頂端傾斜而下的積木，喪屍青黑色的頭顱緩緩地自脖子掉落，浸透了死亡氣息的血液一剎那狂飆而出。

等他完全倒在地上，女孩的背影已漸行漸遠，間或夾雜著言小哥的抱怨：「我不是王子還能是什麼？」

「唔，矮人？」

「喂喂，怎麼也應該是國王或者騎士吧？」

「你想太多了，而且，」夏黃泉斜瞥了言小哥一眼，「你就那麼想和他登對嗎？」

言必行瞬間汗流浹背，阿商的笑容怎麼可以這麼陰險這麼可怕，他瞬間「被」降溫了：「……我是矮人！我是超級無敵大矮人！」為什麼倒霉的總是他？！

❖

行走了約兩個小時，一行人終於來到目的地。

與這座城市的其他景色相似，矗立在他們面前的，明顯是轟炸後的廢墟，然而卻比之前見到的任何一座規模都要宏大，在被毀掉之前，這裡想必是很重要的地方吧——該說不愧是「王宮」嗎？尤其……其中隱隱透出的氣息……

出現了！

那個目光！

夏黃泉抬起頭，同一瞬間，銳利的眼神毫不退卻地與其交接，雖然沒有會面，沒有交談，一人一喪屍卻以這種方式完成了交流。

他……很強……也許完全不是他的對手也說不定……

「妳來了？」

「是，我來了。」

「妳來晚了。」

「不，我沒晚，是你太早了。」
「我太早了？」
「是的，你……哎喲！」
夏黃泉舉起刀鞘就想抽某人：「你在幹什麼啊？！」
「給你們配音啊！」
「……」氣氛全都沒有了好嗎？這種詭異的古龍體是怎麼回事？！
不過拜這傢伙所賜，緊張感真的是一掃而空，夏黃泉伸出手學言必行之前的模樣跳起身勾住他的脖子：「等大家都安全脫險回去，我請你吃飯！」
她忘記了在那個食物配給的W市，沒有飯店。
青年也「默契」地忘記了這一點，點頭笑道：「我等著，到時候一定要吃垮妳。」
話音未落，巢穴中突然走出一大批的喪屍。
與此同時，在路上便已失去意識的商碧落，體溫再一次大幅度上升，甚至出現了微微顫抖的跡象。
「哎呀，在打BOSS之前必須先推倒小怪嗎？」言必行毫無緊張感地聳聳肩，將「公主殿下」塞到夏黃泉的手中，推了她的後背一把：「去吧！」
「可是……」
「時間不多了，不是嗎？」言必行解下揹在身後充當武器的特質鋼管，揮舞兩下，尖銳的頂端在日光的照射下閃爍著森冷的寒光，他歪歪脖子，脫下外套，露出之前順手摸來的槍和子彈，「女人偶爾放心依靠一下男人才會更可愛！」他一邊說一邊咧嘴笑，「再說，怎麼也要給我一點表現的機會吧？一個人霸佔經驗值是很可惡的！」

夏黃泉沉默片刻後，抱緊懷中的青年：「你要敢死，我就詛咒你下輩子下下輩子永遠抽不了菸。」所以，活下去！活下去！！活下去！！！

「喂……咳咳咳……」青年未出口的話被女孩的動作所攔截，「妳給我吃了什麼？」

「詛咒用的指甲！」

「……」言必行注視著女孩快速跑遠的背影和步步緊逼到面前的喪屍，微微地嘆了口氣，喃喃說道：「真是可怕的詛咒……所以，趁現在多抽點吧。」一邊說著，他一邊從懷中掏出菸盒，輕輕一彈，牙齒叼住從盒中跳出的一支香菸，熟練地點燃，深吸了一口後，手一鬆，菸盒瞬間從掌中墜落，「偷襲可恥，活該斷頭！」

邁起大步狠狠地踩過地上的紙盒，而後只聽到「嗤——」地一聲輕響，無數點鮮血濺落在印上鞋印的菸盒上，隨即一具喪屍的身體轟然倒地，染滿嫣紅的銀白錫箔紙上倒映著青年一往無前的背影。

❖

巨大的廢墟中，四周皆是炸開的石板，愈往裡，便愈是空蕩。

夏黃泉感應著不遠處靜靜等待著自己的對手，彎下腰，將商碧落緩緩地放在地上，然後撿起幾塊石板堆出一個不顯眼又剛好可以容納一個人的空間，做好這一切之後，她將青年放在其中，從口袋掏出了一個玻璃瓶，裡面赫然是一顆膠囊。

女孩注視著手中的藥物，沉默片刻後，捏住青年的下巴強行掰開他的嘴就想塞進去，卻被握住了手腕。

虛弱到極點的商碧落，微微喘息著問道：「這就是蘇玨給妳的東西？」

「……」果然什麼都瞞不過他嗎？

沒錯，離開前蘇玨曾和夏黃泉進行過一場祕密談話，而第二天他也讓言必行提醒她不要忘記，談話的內容，女孩至今記憶猶新。

「這是什麼？」當時蘇玨握住她的手，將這只玻璃瓶塞入她手心時，夏黃泉這麼問。

蘇玨沒有回答他，英俊的臉孔上浮現苦澀的笑容：「黃泉，妳非去不可嗎？」

「……對不起。」

「我明白了，」蘇玨閉了下眼，再次睜開時目光中滿是柔軟，「那麼，帶著這個吧。」

「這個是？」

「實驗室研究出的半成品，大致效果是服用後體內會散發出類似喪屍的氣息，以達到不被攻擊的目的，但到目前為止，效果沒有經過驗證，所以不到萬不得已，千萬不要吃！」青年一邊說一邊將另一個微型定位器塞入夏黃泉的手中，「帶著這個，無論到哪裡，我都能找到妳。」

可惜，蘇玨沒想到的是，這個城市已經被喪屍王擴散病毒的電磁流所干擾，信號早已被屏蔽了。

而她所得到的藥丸，是兩顆，這也是蘇玨與她私下交談的原因，這是實驗室所有的成品，而同時去南地的人，實在太多了。

兩顆藥丸，一顆之前餵給言必行，她本來想把他打暈後餵藥，和商碧落塞在一起，但是……她更加清楚地知道，那傢伙只要還能動，就絕對不會心甘情願地躺在安全的角落等她回來。

當然，這位恐怕也一樣，可惜身不由己，皇后的性格公主的身！

她挑了挑眉，硬是將另一顆膠囊塞進商碧落嘴裡：「放心，吃不死人！」

「……」

而後，她將通訊器放進青年的口袋，雖然現在被屏蔽，但一旦喪屍王死亡，其他人應該就可以捕捉到信號了。

商碧落已經虛弱到極點，方才的言行已經耗光他積攢許久的氣力，以至於他的手壓根兒沒有多大力度，夏黃泉很輕易地就從他的桎梏中掙脫了出來，她站起身，搬起另一塊石板，當它被蓋上後，這裡只會留下一條供人透氣的縫隙。

商碧落仰頭注視著神色肅然的女孩，心中突然湧起極大的恐慌，「不行……這樣不行……」這樣的聲音在他心中迴盪著，聲響愈來愈大，震耳欲聾。他竭盡全力地伸出手，想要阻止她的動作，最終，卻只能看到視線一點點地黑暗下來。

最後，他聽到她對他說：「活下去，等我回來！」

Ch.05 為你改變的心意

想像中的喪屍王應該是怎樣的？

高三公尺？重五公噸？割下來足夠整個非洲人民吃飽的肱二頭肌？健碩的胸肌足以讓世界上所有奶媽自卑？

將某人的想像拼起來——那不就是一個奶媽型的鋼彈嗎？！

所以可以想像，當夏黃泉第一眼見到所謂的「喪屍王」，會受到怎樣的衝擊了。

不高也不壯，更沒有明顯的肌肉，但有一點居然與她的想像詭異地重合了——她是「女性」，或者說，她曾經是女性。

與其他喪屍一樣，她有著青黑色看起來就十分堅硬的皮膚，臉孔與人類完全一樣，卻又與其他喪屍都很不一樣，除了膚色和臉孔外，她連身體都保留著人類時的特點。在轟炸後衣物和髮絲等等當然不可能殘留，「女性」喪屍王站在高高的石板上俯視著夏黃泉，美麗的面容從容而冷酷，漆黑的瞳孔冰冷猶如刀鋒，赤裸的身體曲線優美，如果不動，簡直像一座青銅雕刻而成的藝術品。

夏黃泉卻很難用單純欣賞的目光看她，雖然她手中沒有任何武器，但她本身就是一件武器。

除了危險，她居然從對方的身上感覺到一絲熟悉感，但卻無論如何都在記憶中找尋不到蹤影。

錯覺？不，現在不是想這些的時候了。

女孩深吸了口氣，又緩緩呼出，因為奔跑過來以及方才的震驚而有些紊亂的呼吸，漸漸平定下來，右手沒有一絲顫抖地伸至腰間，緩緩拔出從開始一直陪伴自己到現在的武士刀，即使面對這樣的敵人，她也堅信——只要有它在，自己就絕對不會輸。

喪屍王歪了歪頭，張開口，嘗試了很多次，居然結結巴巴地說出了一句話：「妳……來……了……」

「……」這樣的話如果出自普通人之口，也許會惹來嘲笑，但夏黃泉卻一點都笑不出來，因為這證明——她的確擁有智慧。

沒有得到回應的喪屍王人性化地皺了皺眉，接著說：「殺……了……妳……吃……看……起……來……很……美……味……」

「雖然妳看起來難吃得要命，」女孩平舉起手中的長刀，直指對方，「我也要殺了妳！」

也許是從話中感覺到侮辱，喪屍王突然仰起頭長嘯一聲，身軀微蹲，看似細瘦其實蘊含著巨大爆發力的雙腿在立足處猛地一蹬，便從石板頂端跳下，靈敏的身影如同迅疾的雷電，所過處唯餘青黑色的光芒。

好快！

比敏捷型的喪屍還要快上許多！

早已扯下眼罩的女孩微瞇起眼眸，平靜呼吸，四周漸漸寂靜下來，她如同身處於平靜如鏡的湖泊中心，細心地捕捉著湖面上泛起的每一縷波紋。

來了！

夏黃泉橫刀胸前，化守為攻，反手就是一記費盡全力的斬擊！

——對敵人保留就是對自己殘忍，從現在開始，她的每一個動作，都以殺死對方為前提。

「叮！」長刀與對方的雙腳接觸，發出的居然是一聲類似金屬互相敲擊的脆響。

好硬！夏黃泉心中微驚，不僅速度比敏捷型快，連皮膚都比防禦型要硬，那她有弱點嗎？如果有，她的弱點在哪裡？

一擊不中，喪屍王藉著相撞的力道快速後退，雙足穩穩地落到周邊的石板上一點，再次借力朝女孩撲了過去。

「叮！」「叮！」「叮！」……

接連幾十聲脆音響起。

喪屍王如同一顆殺傷力巨大的砲彈，一次又一次地帶著疾聲與迅猛的威勢擊向目標，卻又一次又一次地被打回去。

屢擊不中的她頓下身形，發出了惱怒的吼聲：「殺……殺……了妳！」不知不覺間，她說話居然流暢了許多。

而看似防守成功的夏黃泉，其實是真正落居下風的那個，她站在原地不斷地以雙手應下對方雙腿的攻擊，本就處於劣勢，且對方可以不斷借力，而她只能用自身的力氣去抵擋承接，手早已經發麻，甚至開始微微顫抖，腿也在不覺間深深地陷入了地下。

這樣下去不行！

雖然對方暫時停下身形，但如果繼續下去，她會以這種憋屈的方式輸掉，必須將格鬥的節奏把握在自己手上才可以。

下定決心的女孩舉起手中銳利的長刀，以一種強不可擋的氣勢主動朝對方衝去：「有本事就別躲！」

也許只有這時「對方擁有智慧，甚至擁有尊嚴」這點才算得上好處，喪屍王果然沒有躲，彷彿為了證明些什麼，結結實實地以手臂阻擋著夏黃泉的攻擊；來回劈砍了五六次後，女孩猛然變招，看似依舊普通的斬擊卻用上刀中儲存的約四分之一的死氣。

死氣爆發！！！

「嗷——」喪屍王突然停下動作，就要抽身後退，可是太遲了，她的左臂應聲而斷，長刀在斬落手臂後深深地砍入了她的左肩，完美的青銅雕像瞬間出現了不可磨滅的傷口。

不！這裡不是她的弱點！

夏黃泉才稍微鬆了一口氣，心中突然反覆叫囂著「危險！危險！」她連忙想後退，卻愕然地發現，自己的長刀居然被喪屍王的右手緊緊握住並一點一點地將刀從體內抽出。

喪屍王抽刀動作雖然緩慢，卻讓女孩的後背涼成一片。

她絕不可能棄刀，唯有用盡全力拼命地將刀朝自己的方向拉扯；出乎意料的是，喪屍王居然立刻鬆手，一瞬間失去平衡的夏黃泉踉蹌了一下，也在這一瞬間，她的腹部被對方狠狠踢中，人倒飛了出去，砸在一塊豎起的石板上，發出「轟！！！」地一聲巨響，喉間頓時湧上一口熱血，而後整個人滑落在地，滿身狼狽。

「欺騙……殺！吃！」

塵土滿身的夏黃泉摀住腹部，連連吐出幾口血沫，她一手拄著刀撐起顫抖的身體，另一手擦了擦唇，冷笑出聲：「死？還不知道死的到底是誰呢！」

「死！！！」

無論是人類，還是喪屍，都清楚地知道一點：今天——不死不休！

撞擊著，搖晃著，破裂著，坍塌著……

❖

巨大的聲音響徹這處廢墟，彷彿知道這裡是「王」的地盤，震懾於王的威勢，即使聲音如此之大，依舊沒有其他的喪屍接近；也正因為這樣，言必行才可以享受片刻的安寧，不過，也許是最後的安寧也說不定。

他平時總是嬉笑的臉孔滿是鮮血，分不清是喪屍的還是自己的，如同一條死狗般靜靜地趴在地上，左腿從膝蓋以下被啃去，右腿以不自然的形態彎曲著，右手也從肩膀處消失了，唯一完好無損的左手在前方胡亂地撲騰著，那前方……是不久前被他丟棄的菸盒。

「砰！！！」

又是一聲巨響傳來。

大地顫動著，宛如那燃燒殆盡的火龍會即刻從地底下衝出。

「妹子鬧得可真大啊……如果真出來……就不必自己點菸了……」青年被自己的想像逗樂了。花了好幾分鐘一點點地蹭著地面挪動，他的手指終於成功地勾住目標往胸前一帶，嗅著直達鼻端的香氣，他幸福地嘆息出聲，喃喃說道，「對不起，妹子，不是我不想幫妳，只是我現在特別想抽一口菸……等我抽完這口菸就能滿血復活，就去幫妳……」

說話間，他用左手笨拙地打開沾著腳印染上鮮血的菸盒，裡面的香菸被喪屍的血浸透了，青年愣了一下，隨即笑出聲來：「算了，反正虱多不癢，無所謂啦……」說著便一口將菸叼進嘴裡，手摸向口袋，整個人卻呆住了。

打火機……在剛才拼命的時候，不翼而飛。

能找到嗎？他回過頭，看著滿地散倒的喪屍和不遠處屬於自己的殘肢。能找到才怪吧？

「老天真是太殘忍了……」他抱怨地嘟囔了一聲，「不，是妹子妳的詛咒才殘忍，真的沒菸抽啊……」青年像癩皮狗般就地翻了個身，重重地喘息了幾聲，看著頭頂的藍天，明明昨夜還下著滂湃大雨，今天卻晴空如洗，他嚼了幾下嘴裡的菸頭，享受地瞇了瞇眼。

天真藍，太陽真好。

還有……

「記得在我的墳頭插菸啊……不過……哭就算了……」雖然妳哭起來一點也不醜。

❖

也許是奇妙的緣分，在另一個封閉的角落，商碧落和言必行用一樣的姿勢躺在地上，體溫漸漸升高，彷彿能將周圍的一切灼盡。明明處在昏迷之中，大腦卻詭異地依舊能思考。理智告訴他，這只是他的錯覺，心靈深處不知從哪裡又傳來悄悄話：

——如果全部燒光，就可以出去了。

——出去？

——為什麼要出去？

——這裡很安全。

——不，必須出去。

——要到她身邊。

——活下去，等我回來。

——真的會回來嗎？

——如果回不來呢？

嘈雜的聲音響在他的耳邊，不斷發出令人難以忍受的噪聲，靈魂虛虛浮浮，彷彿飄在不定的雲端，身體在發生著他無法控制的不知名的變化……他這一生，除去發覺自己雙腿失去行動能力那一刻，還從未如此混亂過。

無法忍受！

無法忍受這樣的自己！

無法忍受的……真的是失去理智的自己嗎？

還是……沒有力量的自己？

武力，是最無用的——他一直如此堅信。

哪怕肉體再強大，也會死於刀槍；哪怕拳腳再精妙，也敵不過槍砲；哪怕精通各項槍械又如何，一顆炸彈丟下去，什麼都沒有了，什麼都不會有。

武力是最無用的，與此相對的，這個世界上最便宜的就是人命。

在某個號稱開明的法治國家，出一小筆錢就可以買到不少睡在僻靜處的流浪漢，他們寂靜地消失卻無人知曉；在某個貧富差距明顯的國家，一點錢就可以買到一位十一二歲少女的童貞；在某個充斥著黑人的國家，存在狩獵俱樂部，只要給窮人一筆錢，他會心甘情願地充當有錢人的獵物，被對方拿槍活生生射死。

他曾經遇到一個天性自卑卻充滿表現欲的人，用一根棒棒糖為代價，讓幼稚園的孩童將一包毒藥灑進廚房阿姨正在製作的飯菜中，最終，受害的孩童們和下毒的孩童都死了，而真正的幕後黑手卻在私人電腦裡保留著自己拍攝的照片和影片，時不時回味自己的「偉大」和「喜悅」。這樣的渣滓讓醜惡的社會變得更讓人難以忍受，就像是一鍋本來就發霉了的湯再混入餿水般，腐臭到噁心。

最後？

這個「偉大者」在憤怒的家長手下化為下水道中的汙泥。

整個世界就是統治與被統治的金字塔。只有擁有絕對的智慧才可以站在頂端，剩下的人哪怕有武力又如何？在智力者的操控下，他們只是棋局中的棋子，蛛網中的飛蛾，自以為按照自己的意志「前行」，不過是被無形的蛛絲纏緊後「死去」，除此之外，別無價值。

他一直是這麼堅信的。

「砰——」

「啊——」

錯覺嗎？他似乎聽到女孩的驚叫？

青年猛然睜開雙眸，已然從昏迷中醒轉。

錯覺吧？怎麼可能？她一直是強大的。

而且，就算是真的，此刻的他能做什麼呢？

這虛弱的雙手，連抬起來都做不到。

這癱瘓的雙腿，連站起來都做不到。

這殘破的身體……他只能靜靜地等待著——她回來，或是不回來。

如果真的回不來呢？

一旦想到這一點，商碧落的胸口便傳來尖銳的疼痛，它一層層遞進，每一秒都更酸上幾分、脹上幾分、痛上幾分，永無極限，就像把心活生生地挖出來穿上竹籤再放到炭火上炙烤，他卻只能眼睜睜地看著，毫無辦法……

不知何時，他已然抬起無力的雙手，修長的手指一點點地摳起腦後那最後一塊蓋上的石板，哪怕知道這樣毫無用處也好……哪怕知道這是白費力氣也好……哪怕知道這蠢到極點也好……

「活下去，等我回來！」

——如果妳回不來，我就去妳身邊。

武力的確是最無用的，但是，如果可以，此刻讓他用什麼交換都可以。

夏黃泉，不要死！

手指一次次刮過堅硬的石板，發出微弱的聲響，修得極為圓潤整齊的指甲不知何時已剝落了幾片，血肉模糊的指尖與石塊的每一次接觸，都為其再染上一層新的血色，半失去意識的青年卻彷彿感覺不到疼痛，只憑借本能不停地繼續手上的動作。

體溫不斷升高。

膚色漸漸加深。

「呲——」指甲與石板接觸間居然能發出那樣一聲完全不落入下風的脆響，將商碧落的靈魂從半浮半沉的意識中拉出來，肌膚不知何時明顯透著青色，青年怔愣地看著自己的手指，原本滿是傷痕的指尖居然自行癒合，甚至長出了嶄新的、勾形的、泛著寒光的指甲。

喪屍化？

不，體溫並未完全降下去，部分人類體徵都保持著，應該還在轉化中吧？

雖然無法解釋他為什麼還保留著意識，這就是交換所必須付出的代價嗎？

當她看見這樣的他，眼中會流露出怎樣的神色呢？

——就算是喪屍也沒關係……

青年伸出手。

——就算被拒絕排斥厭惡也沒關係……

一點點調動軀體中的力量，全數壓到遮擋住一切的石板上。

——夏黃泉，妳就算死，也只能死在我手裡。

如果女孩此刻聽到商碧落的心聲，八成會吐他一臉血沫——混蛋烏鴉嘴！

❖

因為，她覺得自己真的快死了。

身體被壓制在地上，喪屍王用從手腕斷開的右臂緊緊地戳住女孩的脖項，人體的這個弱點被對方控制住，原本是必死無疑，然而比起讓她斷氣而亡，喪屍王似乎更想活吃她。

夏黃泉慶幸著在之前的打鬥時斷去了對方的左臂和右手，否則光憑尖爪就足以將她撕開。

女孩舉起右手拼命地阻止對方的臉孔靠近，左手努力地朝身側伸展，那裡……靜靜地躺著一把長刀。

這樣的角力，隨著時間的流逝，女孩漸漸落居下風了。

手腕變得虛脫而無力，從對方張開的口中流出的唾液滴在她的手心又一路滑落到手腕，不間斷的「嘶……」的輕響，同時更帶給她劇烈的疼痛。皮膚被腐蝕露出了鮮紅的血肉，似乎是被這血腥氣息所吸引，被她捏住下巴定住動作的女性喪屍王時不時發出煩躁中夾雜著興奮的嘶吼聲，被食慾所刺激出的氣力愈來愈大，露出尖銳牙齒的臉孔也愈來愈近！

「砰——」

就在此時，一聲重物墜地的響聲傳來。

如果發生在剛才，這並不是什麼奇怪的事，因為兩人在打鬥間總是持續不斷地發出這樣的聲音，然而在此刻……就顯得格外不正常了。

是誰？誰發出了這樣的聲音？

不僅她，喪屍王也對此詫異著，臉孔連帶露出了某種類似疑惑的表情。

機不可失！

夏黃泉當機立斷出腿，趁其不備狠狠地一腳將喪屍王踹開，鬆開手朝左方翻滾過去。

一度丟失的長刀終於再次回到她的手上。

雖然刀中已沒有死氣，但只要握著它，她就可以繼續戰鬥。

「嗷！」丟失獵物的喪屍王發出了憤怒的叫聲，她單臂猛地拍向地面，動作間，精瘦的手臂猛地綻出結實的肌肉，借著這股驚人的爆發力，再次朝女孩撲去！

尚未站起來的女孩再次被按住！

後背狠狠地砸在地上，背脊的痛楚姑且不提，原已受傷的內臟遭受到毫不溫柔的第二次衝擊，她喉間一熱，幾縷血絲順著嘴角滑落。

當然，她受了這麼重的傷，對方也好不到哪去，左臂和右手斷掉，那具原本堪稱完美的軀體此刻佈滿了凌亂的刀傷，每一道傷口都深可見骨，可見曾遭受過怎樣的斬擊。

以命換命，不過如此。

然而，她是喪屍，而夏黃泉是人類。

被鮮血的味道誘惑，喪屍王張開大嘴，狠狠地朝夏黃泉的脖上啃來。女孩雙手持刀，長刀狠狠地磕在喪屍王的口中，與對方牙齒相交時發出「叮」地脆響，居然勢均力敵！

比敏捷型喪屍的速度更快，比防禦型喪屍的外殼更硬，比力量型喪屍的力氣更大，比……她似乎是所有喪屍類型的綜合體，卻比每一種都要強，除此之外，還擁有宛如人類孩童般可成長的智慧以及可怕的操控其他喪屍的能力。

這樣的她，還處於「虛弱期」。

如果是全盛期，會有多強？

如果現在不殺了她，那麼以後恐怕再無機會。

而她的弱點

殺過那麼多喪屍，夏黃泉發現了驚人相似的一點——他們的弱點幾乎都在頭部，而對喪屍王正面攻擊幾乎無效，難道她的弱點不在頭部？那麼，是在腦後。

可是，在沒有死氣的現在，比拼速度她完全不是對方的對手。

怎麼辦，怎麼辦，怎麼辦？

「噹！」

這樣一聲響後，女孩驚訝地發現原本按在自己脖上的手臂居然移開了，喪屍王在千鈞一髮之際，舉起手擋住了一顆飛射而來的子彈。

子彈？

在某個時間點，女孩與喪屍王的動作同步了，兩者同時看向第三者的方向——斜插入地面的石板旁，靜立著一位面容俊美的青年，他一手扶住石板，另一手穩穩地舉著槍。

商碧落！

夏黃泉幾近目瞪口呆地看著對方肌膚上泛著的淡淡青色，以及，雖然微微顫抖顯現出無力但明顯站立起來的雙腿……這怎麼可能？

他變成喪屍了？不，明顯還有智商，這到底是……

「別發呆，她的弱點在後腦！」

「……嗯！」的確，現在不是發呆的時候！

夏黃泉猛地掙脫喪屍王的束縛，抽身後退；惱怒的喪屍王故技重施，卻被接二連三射來的子彈阻擋了動作，她憤怒地吼叫出聲，轉過身朝商碧落的方向撲去！

「小心！」女孩連忙跳起身，當頭劈砍了下去！

一加一並不僅僅是二。

長時間地相處，不知不覺讓青年和女孩培養出強大的默契，夏黃泉正面進攻，商碧落補攻，在他們的雙重攻勢下，女喪屍王瞬間陷入捉襟見肘的境地，情勢瞬間好轉了。

說來好笑，這一點甚至連他們自身都不清楚，而切身體會到的，卻是以他們為敵的喪屍王。有幾次險些被女孩斬到後腦，躲過幾番危機後，她下了決定，突然高高躍起，跳到一旁的石板上，仰天長嘯起來；與此同時，夏黃泉驚訝地看到，她身上的死氣驀然加深，這個是……

「阻止她！」雖然沒有和夏黃泉一樣能看見的死氣能力，但商碧落敏感地察覺到了其中蘊含的危險。

「好！」夏黃泉舉起刀飛身而上，卻被一股不明的氣流狠狠拍開，飛出去的身體重重地砸到了商碧落所在的石板處，下一秒，女孩感覺到自己被扶了起來。

「還好嗎？」青年看著女孩滿身的塵土、傷痕和鮮血，心口劇烈地疼痛了一下。

「現在該怎麼辦？」

「……」

「該死！到底該怎麼辦才好？」女孩摀住胸口，連連咳嗽了幾聲，腦中有個畫面一閃而逝，她突然地一把拉住商碧落的衣袖，「我總覺得在哪裡見過她，你能想起來嗎？」

「見過？」商碧落一怔，腦海中的迷霧瞬間散去，「那支髮夾還在嗎？」

「髮夾？」夏黃泉愣住，而後連忙回答道，「在！」

「扔出去！」

「好！」雖然不明白他的用意，對青年充滿信任的夏黃泉想都沒想拿出了每次出門總是裝在身上的髮夾，朝喪屍王大喊了一聲，「混蛋，看這個！」說著，便將髮夾遠遠地丟了過去。

下一剎那，不可能發生的事情發生了。

喪屍身上漸漸上升愈加濃郁的死氣居然一窒，而後，居然緩緩散去，她仰起頭，呆呆地注視著在天空中畫出一道弧線的髮夾，眼中浮動著夏黃泉讀不懂的情緒，而後居然雙腿一蹬，從石板跳了下來，高舉著沒有手的手臂想要抓住它。

商碧落猛地將夏黃泉向前推去，低聲說：「抓住機會。」而後舉起槍瞄準那支髮夾。

——「交給我？」

——「她有個姐姐叫於蕾，她們姐妹長得很像，於蕊想請妳把這支髮夾交給她姐姐，如果以後見到的話。」

——「好。如果我碰到，一定把這個交到她姐姐的手裡。」

——「我替她謝謝你。」

——「……不用客氣。」

「對不起……」明白了一切的女孩喃喃出聲，她沒有想到會以這樣的方式完成於蕊最後的心願，但事到如今，她沒有其他的選擇。

喪屍王，不，「於蕾」究竟從這支髮夾看到什麼了呢？她回想起自己變成喪屍以前的事嗎？所以才不顧一切地想抓住。

然而，就在她的手臂即將接住髮夾的瞬間，那寶物卻在子彈的衝擊下化為了齏粉。

女喪屍王瞪大充滿驚駭的眼眸，手臂狂亂地揮舞卻無法挽救，只能眼睜睜地看著它碎為無數片，再也抓不住。

「嗷嗷——嗷——」

狂怒讓她喪失了一切警覺，狂吼著朝青年撲去，卻忘記了防備自己的弱點……

一切，塵埃落定！

❖

不知過了多久，當女孩從僅僅三四分鐘的短暫昏迷中清醒過來，發現自己正被青年抱在懷中，她低聲問道：「她死了嗎？」

商碧落看著枕在自己腿上的女孩，伸出手擦了擦她髒兮兮的小臉：「死了。」

夏黃泉鬆了口氣，目光突然定格在他略呈彎型的尖銳指甲上，她伸出虛軟的手，費力抓住他的：「你這是……變成喪屍了？」

「……」商碧落的眼眸微微瞇起，雖然還沒有「完全變成」，但是也快了吧，那時，他會完全失去理智嗎？她會想殺死他嗎？與其這樣，倒不如先下手為強……

他吸了吸鼻子，已經被改造了一部分的身體可以嗅到她血肉中充滿誘惑力的甘甜味道，好想吃……想咬開她溫暖的脖項，撕咬鮮嫩的血肉，啜飲美味的血液，想要將她一點一點地吞入腹中……與其被討厭被拒絕被殺死，倒不如將她活生生吃掉，讓她變成自己的一部分。

吃了她！

吃了她！！

吃了她！！！

這個想法，彷彿千萬年前在伊甸園中唆使人類墮落的蛇嘶嘶地細語著，讓人甘之如飴地被拖入地獄。

青年的目光落到女孩柔軟的脖上，他悄然挪動著被女孩握住的手，指甲尖銳的頂端一點點地滑上那白皙而順滑的肌膚，只要稍微用力，就可以刺入其中，感受到那緩緩流動的血紅液體。

突然覺得背後一陣寒冷的夏黃泉奇怪地看了商碧落一眼，突然嘆息出聲：「你這傢伙還真可憐。」

青年的動作一頓：「什麼？」

「你本來就只有長得好看這個優點，現在連它都沒了，真是太可憐了……」

「……」

「不過，」女孩勾起嘴角，一點點地握緊青年還跟人類一樣溫暖的手心，微笑，「變醜也沒關係，喪屍也沒關係，只要還活著就好。」

「……」瞳孔驀然縮小。

下一秒，女孩感覺自己被青年提起抱進懷中，他的臉孔深深地埋入了她的頸脖間，這樣的姿勢讓她非常不自在，於是掙扎了幾下，卻在聽到他的下一句話時，身軀猛然僵硬。

青年說話間，吐出的熱氣吹拂在女孩潔白而柔嫩的肌膚上。

他說：「果然，好想吃了妳。」

「……」

「……」

如果是平時，夏黃泉早就用拳頭讓這「大放厥詞」的混蛋知道什麼叫痛，但問題是她現在還沒從渾身脫力的狀態中恢復，而且對方還貌似因為變成喪屍而武力值大增，更重要的是，他的嘴就放在她脖子上啊啊啊！一個不爽直接啃下去就完蛋了有沒有有沒有有沒有！

超·危·險！

女孩吞了口唾沫：「大、大哥，你冷靜點……」

下一秒，她發覺對方居然下手，不，下口了，濕漉漉軟呼呼還有點暖──也許是因為過於驚悚而將全身的敏感細胞都轉移到脖子的緣故，觸覺被放大到格外清晰的程度──這種類似被小狗舔了的感覺是怎麼回事？她瞬間起了一身的雞皮疙瘩，話都說不流利了：「我身上很髒的，很多灰！很多汗！而且一點都不好吃！真的！超級難吃的！」

一排整齊的牙齒輕觸著她脖間的肌膚，來回廝磨。

嗯，還好，牙齒還沒變尖……不，關注點不應該在這裡啊！

夏黃泉欲哭無淚，微微動了動手，她發覺僅僅可以抬起，卻沒有多大力氣，唯有繼續努力用聲音拉回對方的理智：「喂！你鎮定點！別丟掉理智啊！商碧落！！！」雖然她覺得自己一說話更容易讓對方失去理智而暴走弄死她……但除此之外還有什麼法子呢？

正糾結間，她突然聽見噗嗤一聲，對方居然叼著她的脖子就笑了出來，夏黃泉腦袋斷線了，片刻後回過神來——她被耍了嗎？

混、混蛋！！！

「商・碧・落！」她咬牙喊道，「你給我等著！」

青年低低地笑了起來：覺得自己被耍了嗎？是篤定他不會傷害她嗎？居然就毫無危機感地發起脾氣了。食慾和性慾，同為人類的兩大本能，連他自己也分不清楚，剛才想要得到的究竟是什麼？

理智在人類與喪屍間徘徊，整個人彷彿分為了兩半，矛盾又統一。

明明想看她痛苦懼怕哭著流淚哀求自己，再一點點將其吞入腹中，一滴血一塊肉都不放過，又因為她隨口的幾句話輕易地改變了主意，哪怕是毫無意義的話，也只覺得又可愛又讓人心動，這種感覺對青年來說無比新奇，他還是第一次會為了某個人而壓抑自己，心甘情願。

他知道這相當不妙，是的，但即便如此，依舊甘之如飴。

有這樣一個人的存在，到底是好，還是壞呢？

——夏黃泉，妳可真讓人煩惱。

略覺困擾又難得佔一次上風的BOSS君慢悠悠地鬆開嘴，輕笑間因為體溫漸高而有些炙熱的呼吸噴灑在女孩白皙的肌膚上：「小命還在我手上，放這種大話真的沒問題嗎？」

「……哼！」是不是大話，混蛋你以後就知道了！而且，「現在不是做這種無聊事的時候！」商碧落對「任務」一無所知，夏黃泉卻比誰都清楚啊，她連忙說，「快，晶核！」

「晶核？」

「對，她的……腦子裡，有晶核。」

女孩一邊說著，一邊回轉過身努力地朝喪屍王的腦袋挪去。青年一把將她提起來抱在懷中，不顧她「喂！」地抗議。因為很少能享受到這種支配感，此刻覺得異常愉悅的他，一把捏住一動也不動的喪屍王身體，她已經喪失之前的防禦力，青年鋒利的指甲很快劃開了她的腦部。

青年和女孩驚訝地發現，喪屍王的腦中居然沒有大腦……或者說，有東西替代了大腦，那是一顆宛如鑽石、約有拳頭大小的美麗多面晶體，璀璨得簡直不應該存在這種醜惡的生物體內。如果這是第一印象，那第二印象則完全顛覆前者，仔細看，無數根血紅色的血管和神經連接在這顆晶核上，為其披上了一層血色的外衣，看得愈久愈讓人毛骨悚然。

即便這樣，也必須拿到！

夏黃泉一把扯住晶核，大概是因為喪屍王已經失去生命力，那些肉紅色的大小管道很容易就脫落了，她提著透明晶體，往商碧落的外套上蹭了蹭。

商碧落抽了抽嘴角：「……」

無須多說，在接觸到晶核的一瞬，夏黃泉已經知道該怎麼做了。

只見她將晶體握在手心，然後猛地用力壓下！

而後只見——沒壓碎！！！

「……」沒有恢復力氣什麼的真是太虐了！

正糾結間，一雙大手包裹住她的小手，感受著那掌心傳來的力道和略高的體溫，夏黃泉瞭解到對方的用意，沒有反抗，和他一起，再次用力朝手心的晶核壓去！

這一次，成功了。

那顆晶核在手中化為齏粉的瞬間，給人帶來的感覺十分微妙，就像是有什麼厚重的東西一剎那被打破了。讓人驚異的是，張開手時，她的手心沒有任何粉末狀物體，而女孩卻清楚地知道，有東西自她的掌心被釋放出了。

如果喪屍的產生是因為「潘朵拉的盒子」被打開了，那麼她所放出的，就是被壓在魔盒最底端的希望。

漂浮著，震盪著，蔓延著……傳播到這廣大世界的每個角落！

【成功殺死喪屍王，喪屍進化危機解除，再不會有人類因為空氣感染。】

【兩名感染者成功獲救。】

夏黃泉鬆了口氣，商碧落這混蛋姑且不說，獨自一人面對危險的言必行沒有事，無論如何真是太好了，她提起的心終於放了下來。

但緊接著的消息又讓她驚呆了。

【成功開啟「人類進化新篇章」。】

【人類感染喪屍病毒後，將獲得一次進化機會，成功覺醒機率為千分之一，覺醒者將從此對病毒產生抗體。】

【因成功完成W市「千人斬」以及「殺死喪屍王」，獲得獎勵——臣民之進化。】

【已接觸含病毒空氣的W市全員獲得一次進化機會，成功覺醒機率為千分之一，失敗者無任何副作用。因此次為特殊進化，成功者將自此免疫病毒，失敗者之後一旦被感染不再有進化機會，將被轉化為喪屍。】

「！！！」這個訊息量略大啊……

在腦中稍微整理了一下，意思大概是人類從此以後能夠進化了？對比喪屍的進化，系統做這設定也無可厚非，而所謂的進化，莫非是傳說中的異能？

也就是說，普通人被喪屍咬傷後，除了必死以外，也有可能覺醒成異能者，雖然機率小了點，但總比必死無疑要強。

而原本倒霉被傳播病毒的W市可說因禍得福，居然免費進化了一次，失敗也不會有副作用，平白多出了千分之一的異能者。然而……熟知系統卑劣性的夏黃泉清楚，獎勵有多大，危險就有多大。

不用懷疑，W市自此將直面進化後的喪屍，「帶河」恐怕再也不能阻擋喪屍群的步伐。事情已經變成這樣，煩惱也沒有用。

夏黃泉深吸了口氣，正準備跟身後的青年說說話，才發覺他不知何時居然無聲地倒下了……她應該做什麼？撲上去高喊「阿商你不要掛」嗎？為什麼覺得略暗爽呢？不行不行，這樣太陰暗了。

對自己陰暗內心稍微做了檢討的女孩，這才驚訝地發現，青年身上原本比正常人要略高的體溫居然降下去了，同時泛著青色的肌膚也在恢復原狀，整個人如同被丟進了漂白劑裡，那些青色的染料脫離出來，在肌膚表層來回飄蕩，最終匯集在青年的臉部，居然構成了一條藤蔓的形狀。

「這個是……」女孩瞪大眼眸，看著這堪稱不科學的一幕，青色的藤蔓盤踞在青年俊美臉孔的右側，並不難看，反而平添了幾分妖異，它微微顫動著，如同在調整形狀一般，夏黃泉只覺得哭笑不得，該說不愧是商碧落嗎？這種情況下都能追求美感？

不知過了多久，直到夏黃泉總算勉強恢復了氣力，正準備站起身時，那美麗藤蔓也終於「定型」成功，好像被她看得害羞了，居然一縮，順著臉頰滑落，滑到了脖子，再往下……夏黃泉連忙扯開商碧落的衣服，只見藤蔓居然纏繞在青年右邊的鎖骨上，就此一動也不動了。

此刻，商碧落的外形與感染病毒之前，沒有任何區別。

這到底是？

女孩伸出手，摸了摸青年的鎖骨——毫無反應。

那裡就好像是原本存在一塊刺青，完全看不出任何異樣，剛才的情形還歷歷在目，此刻的夏黃泉居然有一種「自己眼花了」的錯覺。

她搖搖頭，再次伸出手戳戳，抓抓，撓撓，用盡各種方法想讓其恢復原形，可是無一例外都失敗了，就在她考慮是不是該拿錘子砸的時候，一隻手突然抓住她的手指，青年嘶啞的聲音傳來：「別亂摸。」彷彿在壓抑著什麼。

「呃……抱、抱歉，一時好奇就……」做壞事被抓住的夏黃泉略尷尬，目光下意識落到抓住自己的纖長手指上，發現原本勾型的指甲也完全恢復成從前的模樣，她暗自鬆了口氣，問道，「你身體怎麼樣了？」

青年坐起身，檢查了一下才回答：「完全恢復到感染之前的情況。」包括腿……但是，似乎身體裡又感覺有什麼……

「是嗎？那就好。」女孩接著問道，「我看你身上的傷口似乎都痊癒了。」

「嗯，沒錯……」商碧落回答到一半，突然覺得背脊發涼，他的手指顫了顫，抬起頭，果然對上了惡魔一樣的目光。

獰笑著的女孩正一邊捏緊拳頭一邊看他，似乎在估量他能被揍多少下。

「等等……」

「誰會等啊混蛋！！！」受死吧商碧落，你這個變態！

夏黃泉很憤怒——揍得就是你！

商碧落很委屈——我只是想問妳有沒有覺得忘記什麼了……

與此同時，有一位仁兄很可憐——哈啾！妹子……阿商……又起風了……你們怎麼還不回來……

❖

肉體與肉體的碰撞聲在空寂的環境接連不斷地響起，時不時夾雜著一人的痛哼和另一人的喘息，不知過了多久，這聲音終於漸漸停息……總覺得有哪裡不太對！

咳，總之，在這種貌似不太和諧的背景音中，如果非要用一個詞來形容夏黃泉此刻的心情，那無疑是——神清氣爽。當然，如果此時有人圍觀，八成會用另外一個詞描述她的行為，那就是——喪心病狂。

商碧落？

他大概會是——習慣就好。

總而言之，這就是所謂的玩著玩著我和我的小夥伴都被玩壞了……

「呼！」夏黃泉坐在地上，心滿意足地舒了口氣，自從這傢伙受重傷，真是愈來愈囂張，她想揍他很久了！

一旁的「破布娃娃」商同學面朝下趴著，他本人當然不樂意擺成這種貌似被這樣這樣那樣那樣後的可怕造型，問題在形勢比人強，什麼叫做人算不如天算？這就是啊！

原本算算養傷的時間，只要後期不怎麼逗她，根據女孩的性格基本會忘記「仇恨」，但誰能料到傷就這麼好了呢？

青年嘆了口氣，真是「天作孽猶可活，自作孽不可活」，就在此時，身旁的女孩戳了戳他：「喂，還活著嗎？」

「死了。」

「……裝死可恥！」她根本沒下多大力氣好嗎？！嘖，這傢伙的皮真是愈來愈厚了。心中暗自嘀咕兩句的夏黃泉，撓了撓灰撲撲的臉頰，「我總覺得揍著揍著……自己好像忘記什麼了，你有這種感覺嗎？」

「……」好吧，還有人比他更可悲，商碧落扶額，開口說出三個字，「言・必・行。」

「啊！」夏黃泉拍了下額頭，連忙站了起來，雖然根據系統提示，言必行沒事，但不見到人總覺得不安心。

她彎下腰，拎起商碧落晃了兩下，拍了拍身上的灰，發現愈拍會愈髒，夏黃泉默默地停下了手，在剛才揍人時，她就發現他的腿在「喪屍化」解除後恢復原狀，對於這件事，她一時間不知道該說什麼，唯有裝作隨性地將對方掛到自己背上：「抓緊！」

商碧落勾了勾嘴角，雙手扣緊女孩的脖項，她的身上滿是塵土和血跡，但他也比她好不了多少，所以沒關係。

只是……他看著女孩肩膀明顯的抓傷傷口，雖然因為她本人強大的癒合力已經不再流血，卻依舊深可見骨，不僅如此，這具背著自己的纖細身軀上，到處都是這樣的傷口。

很礙眼——青年想，與此同時，他心念微動，有什麼東西浮現在腦中，商碧落不禁凝神捕捉那似是而非彷佛存在又彷佛無跡可尋的某種東西……

夏黃泉對此自然一無所知，只覺得背上的傢伙安靜得有些奇怪，不過考慮到他今天也夠辛苦的，所以什麼都沒說。片刻後，一隻手突然撫到她肩膀的傷口上，雖然不再流血，但被碰到還是會有些疼，女孩輕「嘶」了一聲：「別鬧！」

才剛說完，她突然覺得傷口麻麻癢癢的，就像是被人拿著狗尾巴花撓手心，她皺了皺眉，扭頭：「小心我揍……咦？」夏黃泉頓住，因為被商碧落撫摸著的傷口，居然正在一點一點癒合。

而那又麻又癢的感覺，正是因此而生的。

「你……」女孩猛地想起之前系統的提示，隨即恍然，感染者都有一次進化機會，商碧落和言必行都被感染了，既然還活著，就說明……他們都覺醒了異能？

看這種情況，商碧落的異能居然是治癒？

商碧落……治癒？

這混蛋……居然能治癒？

為什麼……好想笑……違和感簡直要逆天了好嗎？！

女孩想著想著，不自覺低下頭噗地一聲笑了出來，商碧落瞥了她一眼，正準備開口，目光無意間看向前方，突然微微一怔。

滿地的喪屍殘骸中，一位青年正靠在石板上吸菸，煙霧裊裊模糊了他的臉孔，感覺到了他的目光，他舉起僅剩的那隻手，一如既往懶洋洋地打了個招呼：「喲，你們兩個負心人終於想起我了？」

「言……」低著頭的女孩下意識地抬頭，卻突然被一隻手摀住眼睛，商碧落的聲音在她的耳邊響起，「別看。」

「蛤？」夏黃泉愣了愣，這混蛋在搞什麼鬼？她試探地問道，「言小哥又在脫衣服？」

「咳！」言必行被菸嗆到，連連咳嗽了幾聲才抗議道，「什麼叫我又在脫衣服？汙衊可恥啊，小心我告妳誹謗！」說完他情不自禁淚流滿面，都這樣還被欺負，他容易嗎？！

「不是？」夏黃泉想了想，再次問，「難道你的衣服都被喪屍撕了？」

「妳怎麼不猜我被他們非禮了呢？」

「咦？咦！」

「喂，我只是開玩笑，別當真啊！」

「那是……」夏黃泉抓住商碧落的爪子扯了扯，「鬆開啊，我看不見怎麼走路！」

商碧落微微皺眉，心中浮起些許無奈，鬆開後如果她看到……又會哭吧？但事情已經這樣，他總不能遮住她的眼睛一輩子，他嘆了口氣：「夏黃泉。」

「什麼？」

「如果妳待會兒哭，會被我嘲笑一輩子。」

「說什麼呢！我怎麼可能……」女孩的話戛然而止，她知道商碧落為什麼摀住自己的眼睛，以及說出那樣的話了……

意識到了而手忙腳亂地想要遮住自己身體卻最終失敗的言小哥，訕訕地笑了笑：「其實，我真的被他們小小地非禮了一下，哈哈哈……」

「人有悲歡離合，月有陰晴圓缺，我只是不小心從人變成了月亮啊，妹子，妳……喂，妳不是要哭吧？千萬不要啊！」難辦了難辦了，他對哄女人不哭最不拿手了！

「其實這樣挺好的，其實我小時候的偶像就是海盜船長，現在剛好可以裝個鐵鉤手加木腿！真的，我挺開心的！」

愈笑，場面愈是冷寂。

直到最後，他抽著嘴角，怎麼都笑不出來了。

「怎麼會……」夏黃泉顫抖地伸出手，想要碰觸言必行殘缺的身體，完全忘記了自己與對方隔著多遠的距離，手伸到極處，頓住，彷彿怕弄疼對方，猶豫著不敢接近。

濃重的愧疚席捲女孩，層層名為悔恨的巨浪拍打著良心的岸沿，每一下都痛徹心扉。

為什麼會把他一個人留在這裡？

哪怕會再耽誤一些時間，也總比讓他一個人面對喪屍要強。

為什麼沒有早點兒殺死喪屍王？

如果她再稍微強一點，哪怕一點點，也許他就不會受這麼重的傷。

為什麼沒有早點兒出來？

就因為聽到系統的提示，覺得他沒事，所以就安心了嗎？

苦惱的青年不顧快要被菸頭燒傷的嘴，拼命朝女孩背上的BOSS使眼色——喂！你女人要哭了！你女人要為別的男人哭了！還不管管！

——這種事他當然知道。

青年一手拍在女孩的腦袋上：「夠了，現在不是內疚的時候，妳忘記剛才的事了嗎？」

剛才？沒錯！

女孩突然清醒過來，她想起商碧落的治癒異能，如果剛才只是想笑，那麼此刻她的心中充滿了感激，這是不是……是不是意味著，能夠把言必行治好呢？

即使看不到女孩的臉孔，商碧落也彷彿能看到她異色的雙眸中包含著期待與畏懼，期待可以達成心願，又畏懼聽到否定的答案。

僅僅只是想像著這樣的目光……

否定的話怎麼可能說得出口？

商碧落顫了顫手指，最終沒有壓抑住這股衝動，伸出手摸了摸她還很乾燥的臉頰，滿意地說道：「把我放到他身邊，然後去把他的手和腳撿回來。」沒錯，言必行的天音戳中了這小心眼傢伙的死穴——她如果因為除了他之外的人而哭，的確會讓他非常不愉悅。

這種事，絕對不允許。

「……喂，阿商，我怎麼總覺得你的話有哪裡不對？」

「好！」女孩立刻服從指揮，先將商碧落放下後，再快速跑出去，滿世界地尋找言必行缺失的手腿，不一會兒就抱著它們回來，蹲下身對正被商碧落治療扭曲得不成形狀右腿的言必行笑著說，「看，雖然有些地方被咬了幾口，但保存得很完整呢。」說罷，她舉起手中的手腳展示了幾下。

蘇玨給的藥物還是很有用的，否則言必行的手腳不會好好地保存下來，恐怕早就被啃食殆盡。

原本……他不會受傷的，如果不是執意處理掉那些喪屍讓她沒有後顧之憂……

「喂！」言必行只覺得頭皮一陣發麻，這才多長時間不見，他怎麼覺得這兩個人都被玩壞了呢？而且，「那是我的手腳不是豬肉啊！」那種「這次買的肉多了一兩」的詭異對話是怎麼回事？

好像，從他因為一陣劇痛突然昏過去又醒過來開始，這個世界就不正常了，原本以為自己失血過多必死無疑的他發現身體居然恢復了活力，而且……

他吐掉口中的菸頭，又拿出一支菸叼在口中，指尖輕彈，香菸瞬間被點燃了。

——因為太想抽菸的緣故，自己居然變成了打火機？

言小哥被自己的想法逗笑了。

不過，看阿商的情況，並不只有他一個人發生了變化。

「火系異能？」夏黃泉瞪大眼眸，靠近了問道。

「醒來後就有了這能力，不過……」言小哥微微用力，掌心瞬間出現了一個由火焰構成的小球，「最大只有這樣了。」

不知道是不是錯覺，夏黃泉覺得言小哥說話時，目光中充滿了懷念的光芒。她歪了歪頭，雖然好奇，卻還是沒有問出口，就算關係再親近，有些藏在心靈最深處的回憶也是不能隨便觸摸的，所以她只是驚嘆地說：「還真的是火系啊！」

「腿離遠點，別烤熟了！」

「哦哦！」女孩連連點頭，「是啊，生的才能用。」

言必行擦汗，果然，他還是覺得這對話有哪裡不對。

Ch.07

野生的喪屍跳出來

言必行扭曲得不成樣卻依舊健在的那條腿，在商碧落的治療下，很快恢復成原狀，這沒心沒肝的傢伙踹了踹腿，發現使用狀態良好後毫不吝嗇地誇獎起BOSS君：「幹得好！」

商碧落看都懶得看他一眼，也沒有接過夏黃泉遞來的「豬肉」，反而直接將手伸到他的斷臂處。

夏黃泉屏住呼吸靜等了幾分鐘，只見商碧落搖搖頭，將手收回，她整個人頓時緊張了起來：「怎、怎麼了？」

「沒什麼，只是試驗一下。」果然，就算是治癒異能也不是任何事都可以做到，起碼斷肢重生是不可能的，商碧落伸出手，「手給我。」

「好，給。」

青年接過女孩手中的斷臂，將其對在言必行的傷口處，另一隻手再次撫上傷口。

夏黃泉深吸了一口，靜靜地等待著，一隻手不自覺地捣住心口，彷彿害怕逐漸劇烈的心跳會打擾到青年的治療，然而沒多久，突然又看見商碧落轉過頭，她的心一沉，開口時聲音乾澀無比：「不……行嗎？」

「……過來幫我扶住手。」

「啊？哦！」混蛋，說話別大喘氣啊！雖然心中腹誹，夏黃泉的臉上卻展露出笑意，湊過去將腿塞到言必行懷裡，而後認認真真地將手臂對到斷處，不敢有絲毫馬虎。就這樣拿了大約二十分鐘，治療終於告一段落。

「鬆手吧。」

一直到聽到商碧落的這句話，她才小心翼翼地放開手，生怕一不小心對方的手臂會再掉下來，好在……商碧落這混蛋雖然是無照行醫，但很可靠。

患者本人倒比她還輕鬆幾分，伸展了幾下手臂，又捏了捏拳頭，見沒事後又肆無忌憚地繞了個大風車，而後這混蛋突然摀住手：「哎呀！」

「怎麼了怎麼了？」夏黃泉果斷被嚇到。

青年扭曲著臉痛苦地說道：「斷……又斷了……」

「咦！！！」

「開玩笑的哈哈哈！」

「……喂！！！」夏黃泉提起拳頭就砸在他腦袋上，砸完了吼，「一點都不好笑好嗎？！」而後直接背轉過身，真心不想搭理這差點把人心臟嚇碎的白癡。

「……妹子……」扯衣角。

誰理他！

「我知道錯了……」再扯。

誰都不理他！

言必行摀住臉，默默將目光轉向了商碧落，「阿商啊……」

卻看見對方正笑瞇瞇地看著他，用目光向他傳遞了一句話——玩我女人開心嗎？

「……」不開心！一點都不開心！混蛋，你敢更小氣一點嗎？！瞬間成為萬人嫌的言必行索性一不做二不休，拍了拍腿朝商碧落說，「快來治腿！治腿！」你要是不治會被妹子揍哦！別看她現在發脾氣了，在原則問題上可是很靠得住的。

哪知道商碧落這無恥的傢伙居然輕咳了兩聲，本就蒼白的雙頰隨著這動作浮上一層淡淡的紅暈，他說：「使用能力過度，我可能需要休息，否則會影響接下來的治療。」

「……」這種話傻子才會被騙吧？

「那不趕緊休息！」夏黃泉連忙湊過去，手忙腳亂地查看商碧落的情況，發現的確沒什麼大事，似乎不會影響接下來的治療後放下了心，生氣歸生氣，她不會因為這個就希望言必行從此缺一條腿。

「……」還真有這種傻子啊！

雖然這麼想，言必行心裡卻暖洋洋的，他比誰都清楚女孩直覺的靈敏，正常情況下應該馬上就看出阿商這傢伙在裝病，現在卻輕易被蒙蔽，有一句話不是叫——關心則亂？不過，被關心的感覺也不錯。

但話又說回來，利用這一點去騙取妹子片刻溫柔真的沒問題嗎阿商？言必行只覺得一陣無語，真心不知道該說他是可怕的男人，還是可憐的男人。

片刻之後，商碧落在夏黃泉冷靜下來察覺到之前，重新開始治療工作，而且還成功地與女孩進行了這樣的對話。

「真的不需要再休息一下嗎？」

「別擔心，我沒事。」

言必行默默地搗了搗胃，怎麼辦？習慣了他們之前的相處模式，雖然這麼說不厚道，但這樣的對話真是讓他稍微……妹子似乎是無意，不過看阿商那隱約蕩漾起來的眼神——

簡直像是得到了做夢時才有的待遇啊！做這麼猥瑣的夢真的沒問題嗎？如果妹子知道一定會被揍到死！他是檢舉揭發呢還是檢舉揭發呢還是檢舉揭發呢？

說到底，在單身漢面前秀恩愛真心不厚道啊！

且不論這三人內心的風起雲湧，言必行的腿總算是順利被接好了。在得到商碧落的首肯後，他站起身，原地跳了一會兒，又做了一些高難度的動作，滿意地點頭，誇獎起「醫生」：「媽媽從此再也不擔心我調皮啦！」

「……」

「噗！」夏黃泉不禁摀住嘴笑了起來。

「哎？笑了笑了！」言小哥歡喜地湊了過來，伸出手一把揉上女孩的腦袋，「妹子，妳不生氣了？」

「……」對哦！她還在生氣，結果給他抱腿……抱著抱著就忘記了，於是扭過頭，「鬆開，手髒死了！」

「妹子啊，恕我直言……妳的頭比我的手還髒啊……」

「走開！！！」有這麼和女性說話的嗎？這混蛋活該單身一輩子！

「之前的暗傷並沒有好轉，是嗎？」商碧落突然開口說道。

言必行微微一怔：「你看出來了？」

「嗯，左腿偶爾行走時會有些不自然。」對觀察力非常強的商碧落而言，得知這件事並不困難。

「真是什麼都瞞不過你。」

言小哥一邊說，一邊笑著聳了聳肩，夏黃泉覺得自己又在他臉上看到了之前那種在懷念什麼的神色，她不由看向商碧落，張了張口想要打斷他們的對話，卻正對上商BOSS的目光，對方十分默契地朝她勾了勾嘴角，很顯然，他也不打算繼續這話題。

不知為何，夏黃泉感到有些心慌，他未免也太瞭解她了吧？什麼都沒說就能做出反應？如果是以前倒無所謂，但現在……總覺得……女孩覺察到了些許的危機感。

「看來，我的治療能力對於舊傷是無用的。」對於他的雙腿也一樣。至於究竟所謂的「新舊」是以多長時間為分隔點，就需要經過試驗了，如果把手接到腿上呢？或者左手接到右邊？是否可行呢？

青年一邊想著，目光順帶在某「天然實驗體」的身上打轉。

言必行一瞬間覺得自己像是被豺狼盯上的羔羊，他情不自禁地打了個寒顫，果斷地開始轉換話題：「對了，妹子，妳的異能是什麼？」

「我？」夏黃泉愣了愣，「這個該怎麼看？」

「蛤？不用看吧？」言必行反倒被她的回答弄迷糊了，「就感覺像是系統內建程式，壓根兒不需要看就知道該怎麼使用啊。」

「……那我大概……沒有吧？」女孩撓了撓臉頰，依常理，她不僅呼吸了這裡的空氣，還被喪屍王狠狠地撓了幾下咬了幾口，應該也被感染了。既然現在還沒掛，應該是有異能吧？但她還真沒有言必行所說的感覺。

有？還是沒有？這是個問題！

「不過，妹子，妳還是沒有異能的好。」

「咦？為什麼？」

「沒有異能都這麼厲害了，再有還要不要人活啊！是吧，阿商？」

商碧落微微一笑：「黃泉，聽到了嗎？這就是所謂的大男人主義。」

「……」

——你妹！我是在安慰妹子好嗎？有這樣落井下石的嗎混蛋！我就不信你這傢伙沒有因為這點而鬆口氣，詛咒你天天被家暴！

好在夏黃泉沒打算在這上面糾纏，反而十分好奇地問道：「你知道自己的異能該如何使用嗎？」

火系異能她雖然沒有親眼見過，卻讀過一些小說，只能說男人心中總有一個法師夢，而縱觀法師文，百分之五十以上都是火系，什麼火牆啊、抗拒火環啊、焚盡八荒啊……技能用起來那叫一個酷帥跩，問題是，言必行之前手心聚起的火球未免也太小了吧？

「那個啊……」言必行歪了歪頭，「大概是點菸用的吧？」

「……喂！」

「開玩笑開玩笑……」言必行揮了揮手，手心張開，如同自寂靜黑夜中綻放的第一縷光，一團熊熊火焰如花朵般在他掌中盛開，看似美麗，誰都清楚，這一點星火瞬間即可燎原。

再然後，在青年蓄意控制下，這團火漸漸地小了，一點點濃縮，最終變成之前那般的火球形狀。雖然不大，女孩卻能感覺到其中包含著的巨大能量，這簡直就是一個濃縮炸彈。

做完這一步驟後，言必行突然左右張望，找尋了半天後，他突然從地上撿起一隻青黑色的喪屍手臂——皮膚堅硬，手掌展開——他拿起它隨手揮舞了幾下，而後突然將手中的小火球丟了起來，手臂一個抽擊！

濃縮火球便以驚雷一般的速度飛速旋轉了出去，狠狠地砸在某塊被他當成目標的石板上，只聽得「轟——」地一聲，石板瞬間被炸出了一個大洞。

「這個是……」夏黃泉總覺得這姿勢有些眼熟啊。

「網球？」倒是商碧落先說出來。

言必行咧嘴一笑，習慣性地將充作「網球拍」的喪屍手臂朝肩上一扛，舉起拇指指了指自己：「哥可是職業的。」那語氣要多炫耀有多炫耀。

「網、網球王子？」

「哎？雖然我知道自己帥，但王子什麼的……妹子，妳真有眼光！」

「……」算了，反正什麼稀奇的事情發生在這傢伙身上都不奇怪。

再說了，商碧落都能是治癒系，言必行變成網球王子有什麼好奇怪的？

正常，一切都太正常了！

不正常的是這個世界而已！

讓這個世界變得不正常的罪魁禍首卻完全沒覺察到，繼續說：「在網路遊戲中，我們這支隊伍呢，妹子，妳就是MT（肉盾血牛）加近程DPS（主輸出手），我就是遠程DPS，嗯，弓箭手類型的帥氣王子，阿商嘛……」

「是什麼？」

「奶媽！」

「……噗！」女孩不由腦補起奶媽造型的商碧落，而後整個人都不好了，這個詞真是太不和諧了……哈哈哈哈哈！

「或者，隨軍小護士？」言必行再次提出了一個新的可能。

「……別鬧啦！」身著護士裙的商碧落……似乎出乎意料的萌呢，等等！她怎麼會這麼想呢？拍飛拍飛，把白衣天使造型的某人拍飛！

「……」這・兩・個・蠢・貨！

商碧落的額頭跳起青筋，雖然知道這兩個傢伙沒有惡意，但此情此景讓他不自覺地想起了某個不堪回首的記憶，嬰兒車……他絕對沒有想起！

那次，也是言必行這傢伙惹的禍……

青年瞇起眼眸，看著罪大惡極的某人，不知不覺間，原本盤繞在他鎖骨上的藤蔓居然再次活動了起來，隨著白皙脖項一路盤繞而上，再次出現在他俊美臉孔的右側。

夏黃泉是最先注意到這一點的人，她微微一驚，還沒來得及說些什麼，突然聽到身邊的言必行發出一聲驚叫。

女孩猛然扭頭，只見原本在他身邊笑到前仰後合的言必行居然被地面上突然出現的幾根青綠色藤蔓倒吊了起來，他一邊掙扎一邊大喊：「我就知道……鬼畜什麼的，果然都是觸手系！」

「……」大哥，這種時候你想說的居然是這個嗎？！

夏黃泉簡直不知道該說些什麼好，眼前這酷似曾經玩過的十八禁遊戲的一幕是怎麼回事啊？

臉上掛著陰惻惻笑容的鬼畜BOSS，以及被他用觸手掛起來先這樣這樣再那樣那樣的可憐孩子。

再仔細看，還是有些許不同。

當然，問題不出在商碧落，他對於反派的塑造很成功，本色演出毫無壓力。至於言必行……本該眼角含淚不停地喊著「雅蠛蝶雅蠛蝶」的混蛋笑得這麼開心真的沒問題嗎？

不知不覺又有些想歪的夏黃泉再次聽到了來自言小哥的聲音，聽起來還挺得意：「嘖嘖，幸好我今天沒穿裙子，否則就走光了。」

「……」大哥，你平時也不穿裙子的好嗎？

而後就聽到言小哥怪笑了起來：「嘿嘿，要不妹子妳試試？」

女孩抽了抽嘴角，想也不想地一腳踹到被倒立著的青年的臀部上：「我也沒穿裙子好嗎？！」等等……總覺得這話有哪裡不對……

「啊……真可惜……」

「可惜個鬼啊！！！」又是一腳！被刺激到的夏黃泉一不小心口不擇言，就朝商碧落吼道，「他那麼喜歡穿裙子，你就滿足他算了！」

誰知商碧落居然回以她一個微笑，夏黃泉之前說他只有臉能看並非虛言，他的相貌不管放在哪個世界都是極符合主流審美的，此刻雖然因為之前的戰鬥髮絲有些凌亂，臉孔卻沒有沾上多少灰塵，再加上右臉上盤繞舒展著的藤蔓，流動間更為他增添了幾分神祕的美感。

——這不管怎麼打架怎麼吐血怎麼重傷臉蛋都乾乾淨淨的，不是標準的主角設定嗎？

夏黃泉看看他，再看看灰頭土臉的自己，心理隱約不太平衡。

而後就聽到他說：「好。」

哎哎哎？好……什麼？

「喂喂！阿商！住手！重色輕友可恥啊！」

「……」夏黃泉總算清楚他說的「好」是什麼意思了，聽著言必行「咿咿呀呀」的歡樂叫聲，她忍不住就吐槽，「他這麼對你才是真正的重色呢！」

「……」

「……」

兩位青年對視了一眼，非常心有靈犀地意識到，再繼續下去是個愚蠢的決定。

雖然是初次使用，已對「觸手怪」操控得很好的商碧落鬆開了對言必行雙手的束縛，幾乎是同時，言小哥的兩手心同時燃起兩團烈焰，揮手間便將其準確地丟到了腳旁的藤蔓上，被操控者完全放棄控制的它幾乎觸火即散。

倒著落地的青年雙手在與地面接觸時卸去了大部分力道，藉著剩餘的外力靈敏地一個後翻，整個人便穩穩站住，而後發出咦地一聲驚呼。

「阿商，你操控的這個好像不是植物啊。」

如果是植物，哪怕是全數被火燒掉也應該殘留一些痕跡，可現在什麼都沒有剩下。

對於這點，一直關注著事態的夏黃泉卻看得很清楚，那些藤蔓在接觸到火焰的瞬間，與其說是被燒燬，不如說是像煙霧一樣散開了。

不是植物，是什麼呢？

「的確不是。」商碧落微微頷首，眉眼間居然也有些許困惑，他心念微動，又一簇青色的藤蔓出現，這一次，它並非由地下冒出，而是直接漂浮在半空中。

夏黃泉伸出手抓住一截，扯了一下，發現很是堅硬，將手上的力道又加重了幾分，它瞬間崩潰，與剛才一般化為了一股青煙，自女孩手中飄出，纏繞上她纖細的手腕，不過剎那便重新凝結為實體，將她的雙手牢牢鎖住。

果然，物似主人型，這玩意兒真的和它的主人一樣猥瑣。

夏黃泉挑眉，雙手交叉一扯，藤蔓果然再次恢復成煙霧的形狀，不知為何，她總覺得這青色的氣體給她一種巨大的熟悉感……一時又想不太清楚。

不過……

「應該是和喪屍有關係吧？」她看向商碧落。

還記得商碧落在進化前，整個人幾乎完全喪屍化了，而這個異能，應該就是那段經歷的副作用。

說是副作用，但完全看不出壞的影響啊，這種遭遇危機結果反而獲得好處的「跳崖遇寶」模式是怎麼回事？

夏黃泉再次不平衡了，明明頂著男配身分設定居然敢開男主角光環，抗議！抗議不公平對待！

被女孩的話吸引了注意力的言小哥疑惑地問道：「喪屍？」

哀怨萬分的夏黃泉不得不放下心中的愁苦，如此如此這樣這樣地解釋了起來，言必行邊聽邊點頭，最後總結陳詞：「英雄救美，做得好！」

「……」大哥，你壓根兒沒劃對重點好嗎？！女孩無語地看向永遠不在狀況內的某人，「我記得你當時應該也被病毒感染了吧？」為什麼只有商碧落有這玩意兒呢？

「大概是時間差。」商碧落開口道，「比起他，我被感染的時間要更早。」所謂的「進化」與女孩執意要捏碎的那顆晶核應該息息相關，當時他已經半喪屍化，而言必行則遠遠不到那個程度，所以才會產生這樣的差異。

同時，他也覺察到女孩身上隱藏著更多的祕密，很顯然她沒打算和任何人說，言必行也好，他也好。

帶著半昏迷的他去尋找「喪屍王」的最初，女孩應該不知道那樣可以自救，然而在殺死她之後，她居然當機立斷地捏碎了喪屍王體內的晶核。

邏輯上明顯有不太順暢之處。

她到底，在掩飾什麼呢？青年若有所思地看向與身旁某蠢貨一起持之以恆地對藤蔓進行「研究」的女孩。

被隱瞞，意味著不被完全信任……

夏黃泉突然覺得背脊一涼，回過頭，正對上某人若有所思的狼眼，她毫不客氣地瞪了回去，試圖用目光殺死對方，卻得到了溫文爾雅的微笑一枚，那叫一個海納百川包容無比就好像……她是鬧脾氣的不懂事孩子一樣。

──啊，手又癢了怎麼辦？

「得了，想也想不清楚，倒不如用用看。」言必行咧嘴笑，「怎麼樣？要不要找幾隻喪屍練練手？」

人嘛，得到了新東西總想要試用。

言小哥的話無可厚非，更何況，不出意外，以後與喪屍作戰，異能應該會成為中堅力量，提前熟悉它是很必要的。

於是三個小夥伴踏上了尋找神奇寶貝……呸！是神奇喪屍的旅程，可奇怪的是，找了半天居然一隻都沒找到。

全滅？

這怎麼可能？

就在此時……

【因喪屍王死亡，喪屍發生不知名變異。】

【種類增加，具體訊息需自行探索。】

【喪屍腦內同樣凝聚出晶核，等級與喪屍強弱掛鉤，詳細訊息需自行探索。】

【重要提示：人類可利用晶核提升力量，喪屍同樣可透過食用人類提升等級，高級喪屍可能進化出智慧。】

「！！！」這算是突如其來的驚喜？不，應該說是驚嚇才對吧？人類究竟該怎麼使用晶核還需要探索，而喪屍……只要吃就可以了，如果之前可以隔江保持危險的平衡，那麼從此以後，人類和喪屍之間恐怕真要變成不死不休的局面。

「嗷──」

就在此時，一聲巨吼傳來。

言必行先是驚，而後是喜：「總算找到了，野生的喪屍！」他看向夏黃泉，「說好了，不許搶怪啊！」

話音剛落，只見前方「唰唰唰」地出現了十來隻高矮大小各不同的青黑色喪屍，其中有之前見過的，也有未見過的。言小哥頭上瞬間冒出冷汗，他抽搐著嘴角回頭：「我覺得，還是組隊比較好，你們說呢？」

「……」夏黃泉摀臉，一把將商BOSS從背後提了出來，「就決定是你了，商碧落！」

言必行握拳：「商碧落，先用藤蔓攻擊！」

商碧落：「……」這兩個蠢貨！誰理他們！

而言必行此刻不知從哪裡摸出之前那隻喪屍手臂，居然再次打起了網球──他不是開玩笑，而是真的採用這樣的攻擊方式。

燃燒著包含著巨大能量的火球被高高拋起，再被青年精準地大力抽擊出去。

「砰——」

能量火球準確地砸中移動速度最快的敏捷型喪屍，只此一下，便將防禦力不強的他爆了頭。他和這玩意兒有新仇舊恨，之前獨身打鬥時，防禦型和力量型他還可以憑借自身的敏捷和妹子那顆藥丸的神奇效果避過，唯獨這種……一旦招惹，遭受回擊就無法全身而退。

此刻能報仇雪恨當然非常爽，言小哥很開心：「嘖嘖，我真是太……救命！」

得意間，言必行發現其他敏捷型喪屍距離他僅有一線之隔，毫無疑問，進化後夏黃泉所給的藥丸已經失去效用，他連忙非常沒骨氣地呼救起來。

話音未落，幾根藤蔓憑空而生，緊緊地束縛住了那幾隻喪屍。

「做得好……咦？」

應聲看去的夏黃泉同樣怔住。

那個是……？

商碧落的藤蔓果然……

Ch.08 那一瞬間的心動

「是錯覺嗎？我怎麼覺得他們不太有精神了？」言必行撓撓髮絲，拿手上的喪屍手臂賤賤地戳了被「商‧妙蛙種子‧碧落」的觸手禁錮住的小怪們，得到了幾聲非常不痛快的吼叫。

「叫得都沒剛才有活力了啊！」

夏黃泉被他的話弄得一陣無語，怎麼可能是錯覺？

言必行看不到，但夏黃泉看得非常清楚，幾乎在藤蔓纏繞上喪屍的瞬間，他們身上居然飄散出某種青色的霧氣，而後順著那些青色的藤蔓，朝商碧落的方向傳去。

這霧氣與死氣倒有些相像，但顏色完全不對。

女孩心念微動，突然拔出腰間的刀，狠狠地斬在某隻喪屍的身上——死氣吸收！

果然，即使進化後，喪屍身上依舊帶著死氣，死氣的顏色也仍舊是黑色的，那麼……商碧落的藤蔓所吸收的究竟是什麼呢？

「妹子，妳居然搶怪，無恥啊無恥！」

「……」算了，反正遲早會知道，哪怕她想不出，作為操控者的商碧落肯定明白啊，到時候問他就好了。不說？打死！

於是接下來的時光，幾乎都是言小哥的單人秀。

他一會兒打網球，一會兒打羽毛球，偶爾還打打棒球全壘打什麼的……玩得不亦樂乎。

而商碧落雖然也使用異能，但時不時會停下來思索，進行細微的調整。以前最忙的夏黃泉反倒清閒了下來，一路上只是不斷地用長刀剖開喪屍的腦袋，從其中取出晶核。這些喪屍腦部的構造和喪屍王差不了多少，但也許是因為剛發生異變，等級還太低，晶體雖然也呈透明狀，卻遠不如之前喪屍王的那顆一樣璀璨，且僅有葡萄大小。見到第一顆時，言必行還很興奮地嚷嚷著「鑽石」、「發財了」，之後見多了他也麻木了……男人嘛，比起收集閃亮亮的物體還是更喜歡玩轉力量打打怪。

於是悲情的夏黃泉只有揹著商碧落一邊做撿垃圾的工作，就這樣，一路打著喪屍拾撿著物品，三個人回到了最初的地點，一切都與離開時沒有什麼差別，倒在地上先前被殺的喪屍依舊靜靜地躺著，夏黃泉走上前用刀尖挑開腦袋看了看，大概是為了配合「設定」，他們的腦中都有晶核。

「哇，這回可真發財了。」摸著下巴蹭到夏黃泉身邊的言小哥很是興奮。

女孩毫不客氣地給了他一手肘：「一路上都是我幫你撿，現在這些都交給你了！」反正進化出異能後就會對病毒免疫，不用擔心他會出什麼狀況。

「……不是吧？這麼多都要我來？妳比黑社會地主還狠啊！」

「少囉嗦！」踹！

走了兩步，回頭：「妹子，刀借我用一下！」

「喏。」夏黃泉隨手就將手中的武士刀丟了過去，在這個世界，這把刀和她相處的時間最長，可以說她將性命寄託在刀上，是非常重要的物品；然而，她做出「丟」這個動作時，沒有一絲一毫猶豫。

眼看著幾個小時前還躺在地上要死要活現在卻又活蹦亂跳的某人屁顛屁顛地跑走，夏黃泉不自覺地勾了勾嘴角，隨即找了塊還算乾淨的地方，將背上的商碧落放下來，自己也一屁股坐到了他身邊，扭頭看了眼似乎還在沉思的青年，她從口袋中摸出一顆晶核，對著日光看了起來。

這玩意兒……究竟該怎麼使用呢？

不遠處的言必行若有所感，微轉過頭，只見一對青年男女肩並肩靠著石板坐著。一個手指輕敲著膝蓋，略歪著頭在思忖些什麼；而另一個則用右手高高舉起手中的晶核，不斷調整著角度，異色眼眸專注地注視著，似乎其中隱藏著巨大的祕密。雖然沒有任何眼神和語言上的交流，自有一股難尋蹤跡卻真實存在的默契，環繞在兩人身上的氣場甚至讓他覺得有點溫馨。

——明明是抖S暴力女和抖M鬼畜男來著，嘖，果然他也被玩壞了嗎？

如此想著的青年似乎回想起什麼，微嘆了口氣，隨即仰起頭看著秋季那看起來格外高格外藍的天空，微笑了起來。

——算了，反正現在這樣也挺好。

❖

專注於「研究」的夏黃泉沒注意到自己被圍觀了，只顧著將手中的晶核反過來覆過去地看，不時還換一顆，然後……還是什麼也沒發現！

「在看什麼？」不知何時，商碧落湊了過來，說話間，臉孔湊得很近，髮絲撓得夏黃泉的脖子有些癢。

她搗著脖子朝一旁躲了躲，才回答道：「看晶核。」

「看不出來妳也喜歡這種閃亮亮的東西。」許是心情很好，商碧落開起玩笑了。

「喂，再怎麼說我也是女的好嗎？」女人天生對閃閃發亮的各種寶石沒有抵抗力好嗎！不過在原本的世界她一個窮學生倒真沒什麼機會滿足心願，現在……她看著面前那一小堆晶核，漂亮是漂亮，但只要一想到它們的來源，便完全湧不出愛了好嗎！

「好吧，妳也是女人。」

「……你那種勉為其難的語氣是怎麼回事？！」夏黃泉伸手一拳就搗在商碧落的腹部，做慣了這個動作，她對於力氣的把握十分到位，卻突然感覺到手感不對，像是砸中了一塊鋼鐵，硬邦邦的，雖然不至於震得手發麻，卻讓她訝異無比，「你、你什麼時候練出腹肌？」

「……」

看對方的眼神從微得意到很無奈，夏黃泉猛然醒悟：「不對啊，我幾個小時前才揍過你，那時候沒這情況啊！」她說著說著就朝青年伸出罪惡的爪子，突然想到這似乎不太文明禮貌，於是說，「衣服拉起來我看看！」

完全沒意識到自己說的話也挺流氓的夏黃泉被狠狠拒絕了，商碧落似乎早料到了她會這麼說，非常淡定地回答道：「私人場所，生人勿看。」

「喂！」又不是沒看過，至於嗎？想當年她還幫他提過褲子呢！

彷彿察覺到了女孩心中的鬱悶，商碧落伸手戳了戳她有些鼓鼓的臉頰：「不然，給妳個不當生人的機會？」

夏黃泉瞇了瞇眼眸：「不用了，謝謝！」就知道這傢伙沒安好心！

不提還好，一提她突然想起，這傢伙似乎大概或者好像可能之前……向她那什麼什麼什麼了？如果對他說她不小心忘記了，會不會被掐死？

不過，趁他提起，言小哥不在身邊，危機又已過去，還是說清楚會比較好吧？她覺得這種事情一就是一、二就是二，喜歡就接受，不喜歡就應該明明白白清清楚楚地拒絕。

思到此，她張開口：「我……」

「這個有什麼奇特的嗎？」商碧落狀若無意地拿起一顆晶核。

話被打斷了，她再接再厲：「我說……」

「倒是在一些書籍中提到過它有用處，妳覺得那不是虛構？」

「……」對方的神情似乎完全不把剛才的話當一回事，夏黃泉覺得他是故意的，肯定是故意的，絕對是故意的。

明明可以硬著頭皮一口氣說完，但看到他的舉動，不知為什麼，她心中泛起一絲猶豫，腦海中浮現兩人間相處的一幕幕，最終定格在危急關頭他扶著石板朝喪屍王開的那一槍。

變成喪屍就會失去理智，這件事幾乎沒有例外，那到底是什麼支撐著他一步步走到她身邊呢？

不，也許不僅是走。記憶中的畫面愈加清晰，她的目光不由得落到青年的衣袖和膝蓋上，那裡有明顯的摩擦留下的痕跡，只有一步步爬行著挪動，才會出現這樣的印記。

即使沒有親眼看到，她的腦中也幾乎可以刻畫出這樣的場景——青年費盡全力推開遮擋一切的石板，而後手腳並用地在地面上爬動，一點一點朝喪屍進化的雙手指甲緊扣住地面，手臂和膝蓋同時用力，拖著無法動彈的兩條小腿竭力前行；漸漸地，原本失去知覺的小腿慢慢湧現些許氣力，他攀著一旁的石板，在摔了無數次後終於成功站起來，他扶著石板一路踉蹌前行，跌跌撞撞，時而摔倒又再次爬起來，直到找到她。

看小說時，夏黃泉就發覺，商碧落是非常驕傲的一個人，哪怕他斷了雙腿，她也覺得這混蛋總是俯看著其他人，簡直把所有人品點數都加到自信上了，傲氣到了欠抽的地步。

但是，這樣一個人，能夠為她做出那樣堪稱狼狽的舉動，並且，在察覺到她想說的話後，明明知道沒有用卻又小心翼翼地想轉移話題。

意識到這一點的夏黃泉，心臟猛然加速劇烈地跳動起來，她下意識摀著胸口。

不得不說，女人真的是非常容易被細節感動的生物，可以對天天送到面前的玫瑰不屑一顧，卻也可能被病中的一碗熱粥深深打動。

毫無疑問，她在這一瞬間被打動了。

好……好坑人……驚人的直覺讓夏黃泉發覺這點的同時，她只想淚流滿面，這時機也太不對了吧？沒戀愛過就是悲劇，也太容易被騙到手了！

如果時間可以重置，她一定要戀愛個十次八次練出鋼鐵心臟再來！

問題在，世界的事情從來沒有什麼如果，也只有坦然接受了，她覺得自己也許該整理一下思緒。

於是她鬆開手，認真地看著商碧落：「等回去之後，我們好好談一談。」

向來鎮定哪怕是生死關頭都面不改色的青年心情居然很是忐忑，因為女孩的反應顯然也出乎他的意料。通常這種情況她應該會說「我一點也不喜歡你，你死心吧」，他對此早有預料，並且預感這樣沒營養的對話會持續很長很長一段時間。

結果……這是什麼情況？

不是他太蠢，而是……好吧，這混蛋已經習慣了被拒絕，所以即使被從天而降的餡餅砸中也一時沒反應過來。

商碧落一時之間居然無法把握女孩的思維模式了，好在事情似乎是朝比較好的方向發展？於是他點點頭，同意女孩的提議——能把向來充滿自信的BOSS君折磨成這副沒自信的模樣，夏黃泉真是人才了。

哪怕再自信再驕傲的人，在愛情面前總會變得卑微。

誰愛得愈早，誰愛得愈多，誰就落居不可逆轉的下風，再難翻身。但是，即便如此，也很少人能夠當機立斷脫身而出，反而陷得更深。

如果夏黃泉能意識到這點，恐怕就會明白，商碧落也許曾經不像個人，但此刻，已經變成了一個真真正正的會因為戀愛而煩惱的世界上最常見的普通男人。

但顯然重新將目光投注在晶核上的她暫時沒有心力關注這件事，她只是伸出手指彈了彈商碧落手中的晶核：「你覺得這玩意兒該怎麼用？」

「這個？」商碧落挑了挑眉，捏著晶核的修長手指骨節分明，因為之前曾受過重傷，他手背上的肌膚白到有些透明，可以清楚地看到皮膚下的青色血管，「按照一般的設定，其中應該蘊含著異能者可以吸收的能量吧？」

夏黃泉點頭：「我也這麼覺得，但是……」完全不知道使用方法啊。

「唔，」青年沉吟了片刻，突然很是正經地說道，「吃下去如何？」

「哇，真是個好方法！」女孩鼓掌，隨即接過晶核一把……塞進商碧落嘴裡，「這麼噁心的東西你自己去吃啦！」混蛋，當她傻嗎？！

「咳咳咳……」再次害人不成反受害的商BOSS悲情地吐出口中的晶核，連連咳嗽了幾聲，「按照它的硬度，除了妳的牙，沒人能咬碎吧？」

「……」她這算是被誇獎了還是被鄙視了？

「捏碎看看如何？」商碧落一邊說一邊緩緩捏緊手中的晶核，如同所猜想的一樣，他的確能感覺到其中蘊藏著的能量。

「咦！」夏黃泉驚呆了，她之所以吃驚，當然不是因為商碧落的舉動，而是因為，隨著他的動作，那顆晶核居然真的點點碎裂開來……這混蛋除了偷練腹肌外，什麼時候還練了力氣，等等！她眯起眼眸，青霧？

沒錯，在青年動作時，有幾縷非常不明顯的青色霧氣從膚下透出，如果不仔細看根本無法察覺到，這個是？

伴隨著一聲輕響，晶核終於完全裂開，如同被揉碎的葡萄，碎裂的硬物中有些許汁液流淌出來，透明的、黏稠的，但對著日光看去，其中又閃爍著無數光點，直覺告訴夏黃泉，這東西能吃。

她小心翼翼地伸出食指蘸了一點，剛想往嘴裡送又突然想到這東西是從喪屍腦袋裡撬出來的，如果說晶核相當於喪屍的腦，那麼這玩意兒……就相當於腦髓吧？胃中頓時一片風起雲湧，無論如何都吃不下去，她悄悄望了望身旁的商碧落，打算趁他不注意就在身上蹭掉。

結果當然是失敗了。因為這混蛋正目光灼灼地注視著她。

夏黃泉心中淚流滿面，臉上卻還保持著冷豔高貴，輕咳了一聲：「你快嚐嚐，肯定大補！」反、反正直覺這麼告訴她的，吃了沒壞處，肯定有好處，所以BOSS君你快上！

商碧落回以她一個可惡的微笑：「妳不是已經打算嚐了？」

「……」

「浪費可恥。」

「喂！那你說怎麼辦？」夏黃泉瞪他一眼，「要不你先吃一口？」這是一種心理陰影，就像不吃某樣食物，但是看別人吃，自己也吃，然後吃著吃著大家就都習慣了，腦、腦髓而已，就當吃魚頭了！

「好。」

出乎她意料，商碧落這混蛋居然回答得很爽快，夏黃泉剛想本著「隊友死得好」的精神誇讚這混蛋幾句，就見他一把抓住她的手，怔愣間，這傢伙的狗嘴居然叼住了她的手指，溫暖而滑膩的舌頭順著手指緩緩繞了個圈，一點點地將其上的液體舔得乾乾淨淨。

「！！！」混蛋！他又是哪裡不對了啊？他以為自己是汪星人嗎？居然亂舔！雞皮疙瘩起一身好嗎？！而且，最重要的是——

夏黃泉一把縮回手，濕答答的手指往他臉上一陣猛蹭，邊擦口水邊吼道：「我砍過喪屍後就沒洗過手好嗎？你是想吃壞肚子啊？！帶帶帶帶帶夠衛生紙了嗎？！」

「……」這女孩不破壞氣氛會死嗎？

「……」等等，她到底都說了些什麼？總、總之，都是這混蛋的錯！

紅眼睛的夏黃泉於是抓住某人又是一頓胖揍……這真是個悲傷的故事。

它告訴我們想摸鐵背大猩猩的屁股就必須付出血與淚的代價。

與此同時，從不遠處屁顛屁顛跑回來準備休息一會兒的言必行默默停下腳步，圍觀了一會兒，掉頭再次離開，嗯，他什麼都沒看見，秀恩愛分得快哈哈哈哈，他什麼都不知道，還是繼續去陪喪屍吧，至少他們不會突然跳起來揍人。

等夏黃泉終於洩慾，不對，是洩憤結束後，她喘了口氣，踹了某人一腳：「別裝死，揍沒揍到人我會不知道嗎？快給我老實交代！」

商碧落睜開眼眸，臉上浮現出無奈的神色，攤了攤手，翻身坐起：「先說哪個？」

「晶核吧。」

「這個液體的確能喝，而且喝完後，我察覺到體內的異能增強了，雖然很微小，但的確對力量有提升的作用。」

「是嗎？」夏黃泉歪了歪頭，腳尖勾起散落在地上的一顆晶核，微微用力向上一踢，透明的晶體便穩穩地落入她的手中，女孩沒有像青年先前那樣全部捏碎，反而將力道放在晶核一側的頂端，只聽得咔地一聲脆響，頂端便被她捏碎了一小塊，透過這個缺口，可以清楚地看到其中流轉著的美麗液體，她深吸了口氣，仰起頭將其隔空倒入口中。

而後！

只發現！

有感覺！

但是和商碧落所察覺到的不同，她沒有發覺自己的力量增長，只是身體的疲憊似乎好轉了些，這種程度她光憑吃一般食物就完全可以達到，所以這東西對她來說沒用？還是說晶核的作用因人而異？

關於這一點，她打算待會兒找言必行實驗實驗。

於是她將對話轉到另一個更感興趣的話題：「你的肚子，還有力氣，還有剛才揍你的時候是怎麼回事？」使用和平時一樣的力氣，卻完全沒感覺這傢伙受到和從前一樣的教訓。

「妳應該能看到吧？」商碧落說道，「我的藤蔓與喪屍接觸時，能夠從他們身上提取出某樣東西，姑且叫它青霧好了。」

「嗯。」夏黃泉點頭，「然後呢？」

「我發現可以將青霧用在身體的各處。」青年一邊說一邊示範，「比如，可以讓其流轉到手部，使力氣增大，或者皮膚堅硬。」

「等等，那不是和喪屍一樣嗎？」夏黃泉愣住，她想起防禦型和力量型的喪屍，是因為來源是喪屍化後的力量嗎？連模式都如出一轍，這麼說……敏捷型也？她的眼眸驀地瞪大。

在近乎驚駭的目光中，青年緩緩站了起來。

這傢伙……還挺高的——這是夏黃泉的第一直覺。

因為總是揹著拎著扛著抱著對方，她從未直觀地面對商碧落的身高，他比她高出約一個半頭，平視的時候，她的目光正好能隱約看到他精緻的鎖骨。

當然，什麼都比不上他「站起來」這件事本身更讓人震撼，甚至他還扶著身側的石板走了兩步，步履有些不穩，很顯然青年已經很久沒做過這樣的動作，哪怕之前曾經嘗試過一次，此刻仍然不太熟練。

「你你你能……」

「是的，我能站起來了。」商碧落笑了，朝女孩走近了些，夏黃泉下意識地後退了些，不是沒有接近過，但總覺得……不太適應這樣的模式，她歪頭想了想，有些呆地問道，「那我以後不能公主抱你了？」總覺得略可惜啊……等等，這種心態是怎麼回事？拍飛拍飛！

「……」商碧落抽了抽嘴角，「妳想說的只有這個嗎？」

「啊！恭喜！」夏黃泉拍了兩下手，「恭喜恭喜！」

「……算了。」反正他也沒指望能從她這裡得到正常反應，青年微微嘆了口氣，「很遺憾，以後妳恐怕依舊需要『抱』我。」

錯覺嗎？總覺得他在「抱」字上加重了音量，彷彿在其中灌注了什麼超級不好的意思。不過夏黃泉顯然沒把重點放在這裡，只是問：「你這話是什麼意思？」

「在身體中的青霧是消耗品。」

「那我們再去殺！」女孩下意識地摸刀，突然想起自己把它丟給言必行了。

商碧落因為這份毫不猶豫，心中泛起淡淡的暖意，卻是搖了搖頭，微微拉開領口的衣物，徹底將纏繞著藤蔓的鎖骨展露了出來：「發現什麼沒有？」

「咦？」夏黃泉湊近看了看，驚愕地發現，那一截藤蔓的青色，居然有的濃有的淡，十分不均衡，她心中閃過一絲瞭然，反問道，「儲存區？」

「沒錯。」商碧落點了點頭，「被吸收來的青霧的確儲存在這裡，每使用一些青霧，就會有一截藤蔓黯淡下去，待青霧用盡，就無法再像現在這樣行走。」

「我明白了，就像手機電力一樣！」

雖然這個比喻很傳神，但為什麼總覺得那麼囧呢？如此想著的青年嘴角下意識地勾起了一抹淺笑，他接著說，「就算將它全部用在雙腿也無法讓我長時間行走，這麼說妳明白嗎？」

「嗯，就是說，我還是要抱你嘛。」夏黃泉輕嘖了一聲，「哼，你最近又肥了，重死！」

「……」如果肥，那一定是被揍到浮腫了，當然這話他沒敢說出口，剛才為了抵抗她的暴力就幾乎用了三分之一的青霧，他可沒有再多餘的可以浪費。晶核中的力量除了對治癒外，對藤蔓似乎也是有效的，如果大量服用，能增加電池本身的容量也說不定。

也許……也許，某一天能給她一個驚喜。

不，也許會是驚嚇也說不定。

光是想像她那個時候的表情，就會讓人忍俊不禁。

夏黃泉如果知道這傢伙的腦補，肯定會再次痛下殺手，不過她此刻正在想該如何增加青霧的量。

很微妙地，二人的思維模式默契了。

於是，當他們腦中各自開著小劇場時，在外面蹓躂了許久的言小哥終於受不了跑了回來，現實給了他一個巨大的驚嚇，他不可置信地看著站立著的商碧落，揉了揉眼睛，又揉了揉眼睛，最後還是沒忍住地驚呼出聲：「誰能告訴我，到底發生了什麼事？！」

他到底是離開了多久？

這比漫畫上下格的轉變都要大的事態到底是要怎樣啊喂！

❖

眼看著他們的小夥伴驚呆了，夏黃泉攤了攤手，示意當事人自己解釋，誰知道商碧落這混蛋居然非常無恥地坐下去，很淡定地說：「你看錯了。」

「喂！你這是在鄙視我的眼睛還是鄙視我的智商？」被敷衍的言必行炸毛了。

「你居然發現了！」

「……」言必行扭頭看女孩，惡狠狠地道，「我可以揍他嗎？」

「請便！」某人表示非常喜聞樂見。

「看打！」言小哥大吼一聲就高高地舉起手中沒出鞘的長刀，動作間只聽到「叮噹叮」的響聲，原本被他抱在懷中的晶核掉了一地，他這才怔住，幾根邪惡的觸手抓住時機再次將他倒吊了起來，言必行連忙大叫，「喂，偷襲可恥啊！」

「欺負人也很可恥。」

「……我什麼時候欺負你了？」

幾根觸手纏繞住武士刀，一路蔓延而上直到言必行握刀的手，冰涼涼的觸感讓青年渾身一顫，頓時就鬆開手：「我靠，我都起雞皮疙瘩了，這玩意兒真是太邪惡啦！」

商碧落拿起藤蔓奪回的長刀，將刀遞到身旁女孩的手中：「你有武器，我沒有。」

「……你現在綁住我的是什麼啊混蛋！」

「繩子。」

「……」再次被哽住的言必行默默看向夏黃泉，「妹子，這男人太不老實了，妳還是跟我好吧，我最實在！啊——」

被三百六十度旋轉之。

事實證明，商碧落這傢伙如果將來失業完全可以去遊樂場混飯吃，收入還很高。

「看我的火之奧術·棒球·無敵連射！！！」事實證明，言必行如果將來失業……也許可以去神奇寶貝客串小火龍？反正火系技能都差不了多少啦！

瞥了眼交流「基情」的兩個男人，夏黃泉識趣地沒去打擾他們，反手將刀掛回腰間，蹲下身撿起之前掉落在地上的晶核，現在這些東西在她眼中就是寶啊，雖然對她沒用，但對異能者來說比補藥還要大補。

等她將晶核完全聚集在一處，那兩個笨蛋也交流完畢了，夏黃泉於是朝言小哥招了招手：「來來來……」她將手中的一顆晶核開了蓋，遞到言必行的手中：「喝掉試試。」

青年接過晶核，沒有絲毫猶豫地倒入口中，咂了咂嘴，評價道：「味道不錯，有點像果汁牛奶。」

此言一出，某人的臉一黑，瞇起眼眸看向某人。

「……就是喝完背後有點冷。」

「除此之……」

夏黃泉的話尚未說完，就聽到言小哥發出了「咦？」一聲，他再次咂嘴，意猶未盡地舔了舔唇，才說道：「這東西難道就是傳說中的經驗藥水，喝多了可以升級的那種？」

「……那是什麼詭異的設定啊！」夏黃泉扶額，真心不想再搭理這蠢蛋了，誰知他倒是興致勃勃地又從地上撿起一顆晶核，折騰了半天弄不開，言必行直接用火燒晶核，居然沒有任何效果，他輕嘖了一聲，撤去手中的火焰，小心翼翼地捏住晶核，再次發出了驚訝的一聲：「咦？」

夏黃泉問道，「怎麼了？」

「和剛才一樣，冰冰涼的，不導熱。」

「哦。」女孩點點頭，難道這玩意兒只能用捏的？那力氣不大的異能者該如何使用它呢？算了，這也不是現在該思考的問題，反正從喪屍腦中挖出來的東西，設定多獵奇她都能接受，不過如果吃了能升級……她果斷地拿起地上的晶核，一個個地開始開蓋，一一遞到兩個青年的手中，「既然能升級，喝吧！」

「妹子，妳不要？」

「我？也許是我沒異能的關係吧？感覺這東西對我沒多大用。」她聳聳肩。

接下來，就是「媽媽不斷地開瓶餵孩子」的時間……期間夏黃泉偶爾也喝一些，還是感覺沒多大用處，便不再浪費了，這次是發了「危機財」，下次可就沒機會再弄到如此大量的晶核了。

之後三人又發現了一些事情。

第一，晶核的確可以提升力量，但當提升到某個限制後，就不會再起多大作用了。

第二，異能使用是有限度的，不可能二十四小時不間斷使用，到達某個極限後，人便需要休息並恢復。因為才剛擁有異能，為何會如此還有待探索，但在這時如果服用晶核，則可恢復一部分力量，也就是它除了當經驗藥水外，還可以當增加法力的藥水使用。

對於第一點，夏黃泉猜測是因為這種晶核是最低級的，等以後有了更高級的喪屍，也可能會出現更高級的晶核——但她寧願這輩子都見不到高級晶核。

至於第二點，和夏黃泉吃東西能緩解疲勞不同，經過商碧落和言必行驗證後得出結論——服用晶核並不能解除身體本身的疲累；比如持續戰鬥後，身體極度勞累，此時哪怕喝下晶核內的液體，人或許還能使用異能，但也會因為過於疲乏而無法再繼續進行活動。

用言必行的遊戲術語說，就是：「這東西只能恢復法力，無法消除疲勞值。」

待弄清楚這些設定，天色也漸漸昏暗了起來……

❖

夏黃泉等人收拾好所有剩餘的晶核，再次回到先前休息的帳篷，她看著被自己劃成好幾片的帳篷，流下了辛酸的眼淚——晚上睡什麼啊啊啊！

「妹子，帳篷被妳割破了，晚上該怎麼辦？」言必行默默望天，「半夜可能會下雨。」

「囉、囉嗦！我又不知道會這樣！」那時候抱著必死的決心去找喪屍王的麻煩，壓根兒沒想到之後要吃要睡的問題，誰知道會搬起石頭砸自己的腳。

「明天早上起來，我們會變成蘑菇嗎？」

「……如果真這樣，我會毫不猶豫地拿你燉湯喝！」夏黃泉用威脅掩飾著自己極度的心虛，手指向商碧落，「和他一起燉！」

「……」躺著也中槍的商碧落扶額，「妳想做什麼？」

「小雞燉蘑菇！」

誰是小雞仔誰是小蘑菇不言自明。

蘑菇對此表示很不滿：「這菜名也太不霸氣了吧？」皺眉的青年完全沒注意到自己的關注點略詭異，他思索了片刻，「至少也應該是『霸王別姬』之類的吧？」

「呵呵。」除了這個反應，夏黃泉真心不知道該說什麼。

言小哥更加不滿了，他看向商碧落：「你說妹子那冷豔高貴的一笑是怎樣啊？」

「大概是在誇獎你很有自知之明。」商碧落同樣用一個微笑詮釋了「呵呵」的真諦。

「自知之明？」言必行摸了摸下巴，等等，他是不是被罵了？！霸王別姬這道菜除了雞就是鱉啊！又被這兩個傢伙聯手欺負了嗎？人生還真是充滿了絕望。

夏黃泉不知道自己又不小心和商碧落聯手打擊了某人，她正跳到帳篷處，拾撿著地上的物品，雖然帳篷毀了，但之前拿到的生活用品都還在，很顯然喪屍對其不感興趣。她順手將角落的電腦遞回商碧落懷中。

撿起地上的碎布，她正思考著晚上該怎麼湊合一夜，突然聽到商碧落發出了一聲輕輕的「咦」，於是問道：「怎麼了？」

「之前那股干擾信號的電磁波消失了。」

夏黃泉愣了愣，隨即瞭然，之前那股干擾信號的電磁波的確是喪屍王發出來的，她一死去，干擾也就消失了。

「奇怪。」商碧落皺眉，「我的確連接上W市軍方的內網，並且發出訊息了，可是卻沒有得到任何回應。」

「……」因為全市都還處於進化中吧？大家都昏迷了，所以……根本沒人工作啊喂！

這可真是太糟糕了，不知道那些人需要花多少時間才能進化完畢？也不知道他們還需要在這裡等多久？

如此想著的女孩，神色突然一頓，隨即閉上眼眸側過頭，仔細地傾聽了起來。

一直注視著她的商碧落神色微動，幾縷青霧順著臉頰攀到耳畔，他同樣側耳細聽著。

片刻後，兩人同樣睜開眼眸。

「有聲音。」

「有東西接近。」

「東西？」言小哥不明所以地問道。

「嗯。」夏黃泉點了點頭，形容道，「嗡嗡嗡的，有點像大型割草機。」不過，這個地方怎麼也不可能存在割草機吧？

商碧落補充道：「聲音從上方傳來。」

「這麼說……」

作為男性，言必行和商碧落非常準確地判斷出聲音的來源。

「直升機？」

「欸？直升機？」夏黃泉愣住，那玩意兒對她來說就像是傳說中的物品，知道存在卻沒親身接觸過，所以感到驚訝是非常正常的。

彷佛驗證兩名男子的推斷，一架綠色的直升機漸漸出現在三人的視線中。

「看起來是軍隊的。」言必行張望了片刻後說。

商碧落點頭：「嗯，的確是軍用直升機，還是武裝類型。」

夏黃泉看了看兩人，問道：「直升機有很多類型嗎？」

「是啊。」言必行笑著回答道，「根據不同用途，有武裝直升機、偵查直升機、運輸直升機、反潛直升機、預警直升機、訓練直升機、電子干擾對抗直升機等等等等，總之，類型非常多，這架就是典型的小型武裝直升機。」

「哈……」反正她是完全沒看出那裡典型了，反正就算把所有類型都搬到面前她也分不出來，不過，到底是男性，「你倒是挺瞭解的。」

「哈哈哈……」言必行乾笑了兩聲，沒有回答。

商碧落則若有所思地看了言必行一眼，同樣沒說什麼。

「等等！直升機啊！」夏黃泉一把抓住言必行，「快，快放火啊！放個SOS出來！」

「……」

「不用了，它就是衝著我們來的。」商碧落肯定地說。

事實的確如此，直升飛機在空中盤旋片刻後，也許因為滿是石板和倒下喪屍的地面太過凌亂，沒有辦法好好降落，於是從直升機裡緩緩垂落下一條繩梯。

果然如此嗎？商碧落微微凝眉，從口袋拿出之前女孩塞進去的微型定位器，又抬起頭，注視著那從飛機中探出頭的熟悉臉孔，眸光微沉，蘇玨……

「看，是阿玨！」身旁傳來女孩滿是驚喜的聲音。

一隻手突然拍上BOSS君的肩膀，損友A湊過來小聲地說：「阿商，你……節哀順變！」

——英雄救美什麼的可是最容易提升好感度，阿商，我精神上同情你！

——所謂的「哀」，是指你拉低我智商這件事嗎？

完全沒注意到兩個男人間的交流的夏黃泉，一把拎起商碧落丟到背後，又一手提起言必行甩到繩梯上，非常豪爽地一揮手：「你先上，我斷後！」

言必行：「……」

商碧落：「……」

果然，世界上最讓人困擾的其實是這位。

Ch. 09 你究竟是誰

夏黃泉絲毫沒意識到自己的舉動有多神勇，她習慣了……做女人，就是要這麼強悍！

一點一點爬上隨風飄蕩的繩梯，夏黃泉的動作由最初的生疏變為熟練。直升機盤旋在半空中，同時也收著垂下的繩梯，夏黃泉靜立，不再動作，只覺得身體離地面愈來愈遠，能感受到的風也愈來愈強，嗡嗡的響聲更是震耳欲聾，比之前剛聽到不知要大了多少倍。

摟著她脖子的商碧落敏銳地體察到她心中的某種情緒，低聲問道：「怎麼了？」

「嗯？啊……只是覺得有點不可思議。」

「不可思議？」

「是啊。」女孩抬頭看了看漸漸陰沉下去的天空，目光定格在天邊那最後一道橘紅的晚霞上，片刻後目光漸漸下移，注視著下方殘破的大地，那副淒慘的情景無論看多少次都讓人從內心深處體察到深深的震撼，「以前從沒想過，有一天能像現在這樣……說出來你可能不信，其實我小時候還有點懼高。」但是不知道從什麼時候開始——大概是從來到這個世界開始吧，隨身攜帶的只有腰間的長刀，想活下去就不能害怕，不殺死喪屍就會被殺死……就這樣，膽量每一天都在增大，自己變成了以前完全無法想像的模樣；同時，也見到了許許多多以往從未見過的風景。

比如此刻。

商碧落歪了歪頭，隨即笑道：「的確是很難相信，妳居然會有害怕的時候。」

「……我很想認為你是在誇獎我，但怎麼就那麼想揍你呢？」

「因為妳害羞了。」

「……」才怪吧！嘖，總覺得有哪裡不對。

就在此時，她的頭頂突然傳來了這樣的聲音──「妹子，別發呆了，伸手！」

原來不知何時繩梯已經升到最上，言必行已經爬進機體，同時朝夏黃泉伸出了髒兮兮卻又很溫暖可靠的大爪子。在他的幫助下，夏黃泉和商碧落總算安全地進入機艙中。

一進機艙，她看到原本認真開飛機的傢伙突然鬆手，扭頭就喊：「黃泉，妳沒事吧？」

「喂！你認真點啊！」夏黃泉被這蠢蛋驚出了一身冷汗，這簡直是團滅的節奏，還是從天而降屍骨無存那種啊。

「好。」對方點點頭，老老實實地轉過身繼續動作。

夏黃泉卻看著對方的背影，漸漸皺起了眉頭。

「對了，黃泉，妳還沒回答我。」

「我很想回答你……在那之前，你能不能先回答我一個問題？」

「什麼？」

女孩瞇起眼眸，右手悄然抓緊刀柄，一字一頓地問：「你，到底是誰？」

「蛤？」坐在駕駛位的青年不明所以地轉過頭，眼中滿是疑惑，「黃泉，妳在說什麼奇怪的話啊？我當然是蘇玨啊，不然還能是誰？」

「是嗎？」夏黃泉反問了一句，突然伸出手狠狠地卡住對方的脖子，「雖然沒有證據，但我知道，你一定不是阿玨。」直覺告訴她──眼前的人和蘇玨非常像，從外表到語調再到氣息都幾近一樣，但她就是認為對方不是真真正正的蘇玨，沒有理由。

而她，相信自己的直覺。

不僅是她，夏黃泉的小夥伴們也無條件地相信她的話。

言必行一個靈巧地翻身，落到了前座，出腿踹了踹被女孩卡住脖子的青年：「哥們，你還是讓個座，換我來吧。」

「……說了我就再也說不出話了吧？」

話音剛落，小巧的槍口抵在他的太陽穴上。它的主人這樣說：「可以，請說。」

「蘇玨」的嘴角勾起一抹苦笑：「我可以說不嗎？」

青年無奈地讓出了位置，立刻被夏黃泉一把拎到後座，用機上的繩索結結實實地捆了起來。出乎她的意料，言必行這傢伙還真有兩把刷子，他最剛開始駕駛直升機還有些生疏，不一會兒便如同老手一般，完全感覺不出絲毫陌生感，不過現在並不是探究的時候，她伸出手在「蘇玨」的臉上扯了扯，又揉了揉，沒有任何異常。

此時她的感覺很微妙，非常微妙。

一方面，她覺得對方肯定不是蘇玨；另一方面，她又肯定兩人之間有共通之處。這讓她有些混亂。

這個「蘇玨」沒有一絲反抗地任由她動作，直到她悻悻地收回手，才微笑著問：「現在黃泉妳可以安心了嗎？」他嘆氣，「我沒有撒謊，我真的是蘇玨。不信的話，我可以證明。」

「證明？」

「沒錯。」青年一邊一邊歪頭狀似在回憶，「小時候妳最調皮，有一次雷雨天還在外面亂跑，偷溜到公園裡，眼睜睜地看到一棵大樹在妳面前被雷劈成兩半……」

「……」夏黃泉有些呆住，因為他說的是真的，不僅存在系統偽造的記憶中，在現實世界裡，她的確遇過這種事。

「妳被嚇壞了，我找到妳的時候，只看到小小的妳渾身濕透了，站在倒在地上變成焦炭的樹木前一動不動，一言不發，整個人如同傻了一般。」

「直到我抱著妳回去，幫妳洗澡……」說到這裡，青年似乎聽到了可疑的類似磨牙的聲音，他微微皺眉，「什麼聲音？」

略心虛的夏黃泉望了望天：「大概是老鼠吧。」

「機上哪來的老鼠？」

「咳！！！」一本正經地聽熱鬧的言必行咳嗽了一聲，「大概是想體驗飛翔的感覺，然後進化成蝙蝠吧，你請繼續！」

青年點點頭，接著說：「幫妳洗澡的時候，妳突然抱著我哇地一聲哭了出來。」

「……」這是真的！但是！在真實的記憶中，她抱的人是她老爸好嗎？系統偽造記憶也太偷懶了吧，直接剪下貼上就結束了？不負責任，差評！

「當晚妳……」「蘇玨」再次頓住，「老鼠又叫了，這次比剛才更大聲，你們聽到了嗎？」

「咳！！！」×2。

這回，夏黃泉和言必行同時咳嗽了起來，她開口打斷對方的話：「好了，你不用說了。」再說下去直升機都要被老鼠啃出一個大洞，他們全體要變蝙蝠了。

「這麼說，你們相信我了？」

因為問的是「你們」，夏黃泉於是徵求起小夥伴們的意見，從剛才起就在偷笑的言必行舉起手喊了聲「我棄權！」，她又看向商碧落。

只見這混蛋居然直接拉開直升機機門：「假的，把他丟下去吧。」

「……喂！」這是在草菅人命好嗎？這傢伙到底是有多小氣啊？但是……

夏黃泉略尷尬地扭過頭，輕咳了聲，就聽到「蘇玨」又問：「那麼妳呢？黃泉。」

女孩沉默片刻後，點了點頭：「我相信，」眼看著青年舒了口氣，她接著說道，「你擁有『蘇玨』的記憶，但同時我也確定，你的確不是他本人。」

「……」「蘇玨」沉默片刻後，歪了歪頭，「真不愧是黃泉，直覺還是這麼強悍。」

「你承認了？」

「是的，我認輸了，妳的確和本體記憶中的一樣厲害。」

「……本體？」夏黃泉驚愕地反問，她是不是聽到了什麼了不得的詞？難道，這就是蘇玨的異能？

「沒錯，本體，嗯，妳可以叫我蘇一。」青年微笑著如此說道，「不過，本體還不知道我的存在。」

「這到底是怎麼回事？」

「既然已經到了，親眼去見證一下如何？」

原來說話間，四人已然回到W市，還沒降落，尚有心理準備的夏黃泉還好，即使淡定如商碧落也有些怔愣，而言必行則直接地喊道：「發生了什麼事？」

原因無他，因為街道上完全是一副屍橫遍野的慘象。

說「屍橫遍野」，真的毫不誇張，因為街頭滿是橫七豎八倒下的人，從這些人的表情和狀態來看，毫無疑問，這屬於突發情況，而上一次……正是第一波病毒傳播的時候。

「喂喂，開什麼玩笑？這裡也要被喪屍佔領了嗎？」言必行一邊操控著飛機穩穩降落一邊說道，語調中夾雜著對未來的擔憂。

「誰知道呢？」蘇一聳聳肩，「事發當時，本體正和其他軍方的人在討論南地問題。

根據撤回者的說法，那裡出現了新型的喪屍，你們更是被困在原地，橋樑斷裂，定位器也失去了信號，他幾乎立刻就想組織營救，卻有不少人持反對意見。」

他嘆了口氣，接著說：「阿玨畢竟只有軍銜而沒有直接的軍權，這場討論持續了很久，尚未得出結果，全市的人卻突然都發起了高燒。」

他說的情況毫不誇張，這場高燒突如其來，幾乎是同時間，所有人全數變成了它的俘虜，嚴重者當場就暈了過去，不嚴重的掙扎著想去醫院，結果在半路暈了過去，於是就造成了現在這樣一副「屍」橫遍野的慘象。

「本體在事發當時就判斷出這場高燒與南地出現的新型喪屍有關，但他很快就失去了意識，直到現在都沒有醒過來。」蘇一攤手，「而在高燒中，他的身體發生不知名的變化，大概是『想要帶回黃泉』的執念太過強烈，我就這樣在他的期望中誕生了。」他點點頭，「就定義上，本體是我的創造者、我的父親，而妳，應該就是我的母親了。」

「喂！」她還很年輕好嗎！沒談過戀愛沒結過婚好嗎！突然當媽什麼的真心傷不起！

「什麼？」

「你……真是和阿玨一點都不像！」

「誰知道呢。」蘇一笑了起來，「也許我才是真正的他也說不定。」

「……算了。」夏黃泉扭過頭，「總之，先找到阿玨。把他帶回去。」總不能一直讓他在外面躺著吧？

而且，人未醒來，異能卻提前發動，這種情況太過特殊了，真的不會引起什麼壞的變化嗎？雖然目前還沒有這樣的預感，但夏黃泉還是對此感到深深的擔憂，並且，真心地期望——蘇玨不會有事。

Ch.10 厚臉皮不要臉無節操

「就這樣回來，真的沒關係嗎？」

問出這句話時，夏黃泉等人已經將蘇玨帶回家中，因為W市目前能行動的就他們幾人，哪怕上街打劫都如入空巷，所以這件事並未費什麼工夫。

此刻，蘇一在看護高燒昏迷的蘇玨，言必行在做飯，而夏黃泉，則與商碧落進行談話。

「妳很擔心？」青年一如既往靜坐在書桌旁，目光平靜如鏡湖，定定地注視著站在房間正中央的女孩，她雙手環胸，如孤松般穩穩站立，目光頗有殺氣，姿勢可以說非常有威懾力——如果她沒穿著睡衣踩著拖鞋還頂著一頭正在滴水的黑髮。

「當然啊！」夏黃泉瞇了瞇眼，毫不客氣地答道。這傢伙到底為什麼這麼淡定啊？

南地和W市發生這樣大的變故，北地政府不可能毫不知情，那麼，他們將採取怎樣的應對措施呢？

南地出現新型喪屍，緊接著，W市全員「被感染」，這與第一波病毒傳播時的情形太過相似；除了夏黃泉清楚真相，大多數人想必都認為那些昏迷的人們即將變成新型喪屍。

這座城市會被人工銷毀嗎？就像之前對南地進行的那樣。

「過來。」出乎女孩的意料，青年不僅沒有回答，反而朝她招了招手。

夏黃泉警惕地問：「你想做什麼？說話而已，我站在這裡也聽得到。」雖然沒什麼壞預感，但總微妙地覺得他不安好心。

商碧落像偽裝成奶奶欺騙小紅帽的大灰狼，說道：「不過來就不告訴妳。」

「……卑鄙！」「小紅帽」深深地唾棄某人。

「妳才知道嗎？」早已拋棄節操和下限的某人聽到這句話，皮都不會癢一下，更別提會感到羞愧了。

「不說算了，我去問蘇一和言必行！」誰怕誰啊？威脅什麼的，她才不吃這一套！

「是嗎？」商碧落單手撐在桌上托腮，嘴角勾起一個弧度，乾了七八成卻還略帶濕氣的髮絲隨著動作掠過顏色淺淡的唇角，「那我可不保證情況會不會變得更嚴重。」

「你威脅我？」夏黃泉大怒，捏拳頭，「皮癢了是不是？」

「不是威脅，是提醒。」

「所・以・說——這說詞除了好聽點以外有什麼區別啊？！」

青年坐直身體，攤了攤手，歪頭問道：「能讓妳揍我的時候下手輕點嗎？」

「……」這混蛋！是真的不要臉了啊！夏黃泉吸了口氣，又吸了口氣，終於忍無可忍地衝過去一手提起他的衣領，搖晃著問道，「都知道會挨揍為什麼還要說這種話啊！」

看著不知不覺就跑過來的女孩，商碧落的眼眸中閃過一絲狡黠，他握住女孩抓住自己的那隻手：「因為不想看到妳和其他男人說話。」

「……我、我我我我去！」呆了片刻後，夏黃泉突然打了個激靈，而後一把揮開他的手，拉起衣袖，「混混混混混蛋！別老隨便說這麼肉麻的話，又害我起了一身的雞皮疙瘩！」而且……心臟似乎也有那麼一點異常，跳得比剛才要快多了。

她連忙深吸了口氣，努力讓自己鎮定下來，別這麼突然襲擊啊，就像之前想的那樣，她覺得需要一點時間，將所有思緒都整理好，才能做出正確的判斷。不過，到底怎樣才能讓這混蛋正常點？難道非要揍到失憶嗎？！

「妳臉紅了？」青年的聲音中夾雜著不可思議，這是以往沒有見過的情況。

「沒有！」

「可是……」

「我說沒有就沒有！」惱羞成怒的女孩一拳狠狠地砸到書桌上，只聽得轟地一聲，厚實的實木書桌瞬間出現了一個深坑，坑邊的電腦抖了三抖，差點被震到關機。

「……」這反應略大啊……

「……」她、她真的不是故意的，都是這傢伙的錯！

氣氛一時間沉寂了下來。

片刻後，夏黃泉扭頭說道：「我都過來了，你現在可以說了吧？」

商碧落微微嘆了口氣，操控著青霧站起身，拿起輪椅扶手上的乾毛巾，搭到女孩的腦袋上，一邊輕輕擦拭著一邊說道：「妳所擔心的事目前並不會發生，至少，一切都要等W市的人醒來才能見分曉。」

「啊？」腦袋被揉著的夏黃泉有些發愣——這傢伙是為這個才把她叫過來的嗎？不知為何，她覺得有點羞愧。

「政府不會罔顧輿論壓力。」商碧落將桌上的電腦轉了過來，雖然北地很想壓下這件事，但到底還是沒能成功。要在網路論壇上帶風向，他做的事情很簡單，只需要利用軟體以不同南地人的口吻PO無數條帖子稍微混淆目前的狀況，只要W市還有這麼多「活人」存在，北地便不可能堂而皇之地對這裡進行處理，畢竟，人雖然被扣留在這裡，但北地卻有不少他們的親朋故友。誰要是下了「全滅」的命令，誰就必須承受這些人的憤怒以及來自輿論和道德的巨大壓力；況且，南地目前的情況不過是居民普遍發高燒，並未真正出現喪屍化，所以「銷毀」之類的事絕對不可能發生。

夏黃泉抱過電腦，抿了抿唇，低下身背對著青年盤腿坐在了地上：「你、你別浪費青霧了，晶核什麼的可是很珍貴的！」說完，就一副認真地看螢幕的模樣不再說話。

商碧落的手頓了頓，低頭注視著女孩低垂的腦袋，不知為何有些想笑——她有時候還真是彆扭啊。回想起來，那時知道他沒有死，跪坐在地上大哭的她真是難得的坦率了。

當然，現在這樣也沒什麼不好，也很可愛，不是嗎？

他重新坐下，雙手抓著毛巾慢慢地擦著女孩濡濕的長髮，順滑如綢緞的髮絲被挽起、搓揉再鬆開，任其自指間滑落。商碧落很清楚自己是一個很容易對事物產生厭倦感的人，因為做什麼事都很容易上手，往往只付出些許精力就超過了許許多多為此努力的人，所以也很容易對一件事失去興趣並放棄。

但是，「擦頭髮」這種簡單而單調的動作卻出乎意料地不會讓他覺得厭煩，他饒有興趣地一遍遍重複著手上的動作，感受女孩的髮絲在他手中一寸寸乾燥，他的心中居然浮現出某種強烈的滿足感。

他修長的手指在她的黑髮間穿梭，如同在茂密海藻中嬉戲的游魚，樂此不疲，指間不再潮濕的髮絲散發著淡淡的香氣，他摸著摸著，心念微動，突而拈起一縷，送至唇邊輕輕一吻。

這個吻很輕，女孩應該不可能察覺到。

然而下一秒，他發覺她的耳朵突然紅了，如同一夜秋風吹過，枝頭的果實突然成熟，這種彷彿大自然賜與的奇蹟讓青年微微怔忡，但隨即商碧落注意到，女孩握著電腦的手微微顫抖著——剛才他做的動作，毫無疑問地倒映在螢幕上了。

居然沒有被打？

不管這個心理到底有多奇怪，反正青年的心間是泛起了一絲喜悅，他才剛勾起嘴角，腹部突然一痛，女孩來了個反戈一擊，她紅著臉怒吼：「都說了不許做這種奇怪的舉動！」

——好吧，還是揍了……原來是反射神經延遲了嗎？但至少她又臉紅了！雖然也可能是氣的……

商碧落無奈地摀住腹部，異能發動，一邊療傷一邊問：「哪裡奇怪了？」

夏黃泉將筆電闔起來丟到一旁，扭過頭，怒瞪著某人：「哪裡都奇怪！」偷親什麼的，簡直是癡漢做的事情好嗎？！

「比幫妳洗澡更奇怪？」

「洗、洗澡？你在想什麼啊？」夏黃泉暴躁了，猛地反應過來，洗澡……莫非是？她抽了抽眼角，「你很介意之前蘇一說的話？」

「他說的是真的吧？」

「……要這麼說也……」雖然記憶是假的，但事件真實存在過，雖然幫她洗澡的人其實是老爸，但是，「我那時候只有五歲啊，你都在想些什麼亂七八糟的？」

「重點不在年齡。」商碧落很是氣人地回應道。

「那在哪裡？」

「他看過妳。」一想到這裡，他就非常不·愉·快！

夏黃泉抓狂了：「……我出生時醫生和護士們也都看過我呢，你要不要去找麻煩啊！」

「地址和名單給我。」

「……喂，你夠了啊！」夏黃泉完全不知道該怎麼和這混蛋交流了，他的腦子裡到底都裝著什麼奇怪的東西啊，她磨牙，「你到底想說什麼啊？」

商碧落笑眯眯地彎下身，一字一頓答得理直氣壯：「我嫉妒了。」

「……」他還真敢說……簡直不知道該說什麼好的女孩，還是第一次碰到這種無賴和詭異的情況，她嘆了口氣，「那你想怎麼樣？」話音剛落，她警覺地接著說，「敢說洗澡什麼的小心我揍你！」

面對女孩滿是殺氣的威脅，商．厚臉皮．碧落神色沒有絲毫變化，很淡定地回答：「啊，真可惜。」

「喂！」

「那麼……」

「等等！」女孩終於意識到不對勁，她揮手打斷對方的話，問出心中的疑問，「我為什麼非要對你做出補償不可啊？」這個邏輯是不是詭異了點，她本身應該沒有做錯任何事吧？

夏黃泉狐疑地看向青年，見他臉上露出了某種類似遺憾的表情，瞬間大怒：「混蛋，你居然唬弄我？！」一旦想通，大腦瞬間順暢地運轉了起來，「而且說到底，錯的人是你才對吧，居然偷……偷，咳，什麼的，還倒打一耙，真可恥，我鄙視你！」

「偷親嗎？」臉皮簡直厚到了驚天動地程度的BOSS君露出了略微困擾的神情，看在女孩眼中簡直又無恥又可恨，最最可惡的是，他居然還敢說，「我倒覺得自己很光明正大，不過如果妳堅持這麼認為……」

兩人對坐，其中一人突如其來的動作本身就非常容易吸引到另一人的注意力，比如此刻，夏黃泉的目光不由自主地落在商碧落白皙而骨節分明的手指上，最初她很疑惑不解，說話說得好好的，他伸手做什麼？只見他的食指居然落在了自己那顏色有些淺淡、線條卻很是優美的唇上，輕輕點了點：「妳親回來也可以。」

說話間，唇齒微微開啟，不知是不是刻意放慢嗓音的緣故，每一個字彷彿都在他齒舌間徘徊片刻才緩緩吐出，刻意壓低的嗓音從聽覺上給人性感的感受，以至於女孩一時間忘了理解他話中的含意，她看著青年點唇的動作，突然覺得挺……挺「秀色可餐」？

注意到了女孩的怔愣，青年嘴角微彎，又吐出喪心病狂的一句：「我不會反抗的。」

「……」終於意識到哪裡不對的夏黃泉下意識一拳頭砸了過去，這一打，她頓時從剛才的二呆情形脫離，而後整個人陷入了「金剛狂化」狀態，「你無無無無無無恥！卑鄙！下流！混蛋！白癡！蠢蠢蠢蠢貨！！！」接著就是劈里啪啦地一頓暴揍！

「手下留人！」

就在此時，房間裡響起一聲高亢的叫喊，穿著圍裙看起來異常賢慧的言小哥目瞪口呆地看著兩人，這又出了什麼狀況？不管了，先救人要緊！於是他大叫出聲：「冷靜，妹子，我們要冷靜！萬一弄死了，屍體不好收拾啊。」

夏黃泉轉過頭就吼：「你直接墩了就是！」

「那怎麼……咦？妹子，妳的臉怎麼那麼紅？」因為女孩轉身的動作，青年很清楚地看到了她的臉色。

「……你看錯了！」

「可是……」言小哥揉了揉眼睛，沒眼花呀。

「我・說・你・看・錯・了！」

好濃的殺氣！

言必行抖了抖，從善如流地點頭：「對，我看錯了。」

「……哼！」於是夏黃泉走了。

注視著女孩表面上怒氣沖沖實則頗有幾分落荒而逃意味的背影，言必行摸了摸下巴，走上前，看著慘遭「凌辱」後被丟在地上的某位仁兄，這一看，他瞬間囧了，地上這混蛋居然雙眸定定地注視著女孩離開的方向，被揍成這樣居然看起來心情頗好，他不由輕嘖出聲：「被揍的感覺如何？」

「還不錯。」

「……」抖M的世界他這個正常人真心理解不能！不過……他疑惑地問道，「你到底做了什麼啊？」目光轉到破了一個大坑的書桌，言必行的嘴角瞬間猛抽，「你們到底是在玩什麼危險Play啊？」

商碧落對於他的疑問，僅回以淡淡一笑，雖然危險了一點，簡直不像男女正常交往方式，反倒像是在馴獸。可惜的是，第一仗他不戰而屈，而在第二回合自己費盡千辛萬苦，終於成功地摸到了猛獸的皮毛。

——雖然……嘶——

他伸出手使用異能治癒起身上的傷口。

——痛的確是痛了點。

❖

第二天傍晚，蘇玨終於醒了。

最先知道的人是夏黃泉，因為她這一整天都在陪床，連飯都是蘇一送進來的。蘇一似乎非常欣賞言必行的手藝，明明不需要進餐，卻吃得比誰都多。

雖然知道這樣龜縮多少有點「此地無銀三百兩」，但她真的需要好好思考的時間，而仔細考慮了一整天後的結果讓她無語凝噎——她似乎可能或者大概應該是……

雖然沒有談過戀愛，但不管是男性還是女性，對於這種事都是無師自通的，喜歡不喜歡，自己的心最清楚，更何況夏黃泉一直都是直覺派。

那傢伙到底有什麼好的？

除了一張臉完全找不到好的地方嘛！從前是心狠手辣無人品，現在雖然沒機會心狠手辣但臉皮厚超級無節操無下限一看就很不可靠！

而且，他們的三觀差異也實在太大。

總而言之……她在商碧落這混蛋身上完全找不到任何她喜歡的地方啊！

但是，感情如果會聽從理智，那就奇怪了。

煩惱煩惱煩惱煩惱煩惱煩惱！

超級煩惱！

如果他稍微普通一點、正常一點，也許她就不會這麼糾結了。

不，她真正糾結的地方不在這裡。

而是，他們根本次元不同啊！

她曾經聽人說過，內容大概是這樣——「抱怨跟自己喜歡的人不在同一班？不在同一個年級？不在同一個校區？不在同一所學校？不在同一個城區？不在同一座城市？不在同一個國家？你們都弱爆了！我喜歡的人跟我壓根兒不在同一個次元！」

當時夏黃泉還覺得好笑，她身邊的同學卻說「虐慘了」，現在她覺得自己稍微能理解一點，只有一點點！

雖然因為「系統」臨時湊在一起，但等一切結束，他們遲早要各奔東西不是嗎？那時又應該怎麼辦？

她深切的煩惱似乎傳遞給了靜躺著的蘇玨，於是他的睫毛顫了顫，甦醒了過來。

才一睜眼，他就看到跪坐在地上、雙臂無力地趴在床邊的女孩，兩眼無神，臉上的表情卻不斷地變幻著，其中憂愁的神色居多，似乎正被什麼事所困擾著。

蘇玨微愣，現在的情景簡直像回到了小時候，有一次他生病，她就像現在這樣守在床邊，一看到他醒過來就撲上來抱住他的脖子，邊哭邊喊：「阿玨阿玨！你會不會死？」

現在她應該不會再這麼做了吧？到底是……長大了啊……

記憶中的小小女孩不知何時變成現在這樣充滿青春活力的模樣，畢竟，三年沒見了。雖然再次相見時，第一眼就認出了她，但分離的三年時間到底是不可忽視，他能感覺到，現在的他們之間存在著淡淡的隔閡。

都是他的錯。

與其說是青年，不如說更像「少年」的蘇玨眼中閃過一絲黯淡，他伸出手揉了揉女孩的頭，接著正對上她滿是驚喜色彩的眼神。

「阿玨，你醒了？」

這樣的她和記憶中哭喊著抱住她的小女孩重合了，又分離了。

「你怎麼了？」夏黃泉小心翼翼地注視著蘇玨，大概是睡了很久沒進食的緣故，他的皮膚看起來更加蒼白了，微微捲曲的髮絲也都有些無精打采，如果說，他從前像純淨的祭獻給上帝的羔羊，那此刻這可憐的羊羔似乎不小心被放了太多血……呸！什麼爛比喻！

總之，他的精神看起來不太好，心情似乎也……很差？

「不，沒什麼。」蘇玨笑了起來，這毫無防備的笑容讓他看起來更年輕了，「只是提前使用力量引發的後遺症而已。」

「……哦。」夏黃泉似懂非懂地點點頭，的確，蘇玨的情況和她知道的另外兩人不同，也沒有什麼具體情況可以參考，這時候最可靠的應該是他本人。

「呀，終於醒了啊。」

蘇玨和夏黃泉的目光同時轉向門口，蘇一不知何時靠在門框上，笑瞇瞇地朝他們打了個招呼：「不好意思，我是不是打擾到你們了？」

一模一樣的聲音，一模一樣的臉，一模一樣的身體，卻展現出完全不同的性格和氣質，夏黃泉左看看，右看看，覺得神奇。

「黃泉，我想和他單獨談談。」

「小黃泉，我可以和本體單獨談談嗎？」

不約而同，異口同聲。兩位長著同一張嫩臉的青年目光在空中對上，無聲地對峙著。

夏黃泉敏銳地發覺自己不適合留下來了，於是點了點頭：「嗯，好。」

據非官方紀錄，蘇玨也許是W市醒來的最早一人，就算不是，至少也是最早一批人。

在他醒來之後接連的三天內，原本昏迷的市民紛紛醒轉過來，有些人身上沒有任何變化，有些人卻開始變得與眾不同。沒錯，這些幸運女神的寵兒擁有了足以抗衡的力量，軍隊的絕對統治地位從那一秒起被深深地撼動了，於是，W市再次迎來了一場大洗禮。

【再次解決W市危機。】

在這樣的情勢中，系統又怎麼可能放過夏黃泉呢？

Ch.11 冷戰需要理由嗎

事情並不是從一開始就往糟糕的趨勢發展的。

在這場進化開始之前，已經有些市民看到了從南地撤回的部分車輛，但為防止引起恐慌，軍隊封鎖了消息，絕大多數人並不知曉出現了新型喪屍。當然，私下肯定會流傳著各種各樣的猜測，但也僅止於猜測而已。來到這座城市的市民，幾乎都直面過喪屍的威脅，並因為喪屍失去重要的人事物，所以很多人會克制自己不願意將事情往更嚴重的方向想。

所以直到昏迷發生前，W市的氣氛都還算平靜。

幾日後，眾人紛紛醒來，無暇探討原因，第一反應便是為此感到高興，對經受過那樣一場大劫難的人來說，不論過去曾發生些什麼——活著，就是最大的恩賜。

隨即，他們發現有些人開始變得與眾不同。

雖然大家看過小說、電影、電視，對所謂的「異能」並不陌生，但現實中真正出現「異能者」，在這個國家，還是第一次。

很多人少年時期也都曾做過這樣的夢，如果有一天可以擁有異能，它將是怎樣的？想利用它做些什麼？答案因人而異。

而現在，這些原本絕不可能破芽的種子，在這特殊的環境下，以不可思議的方式開花結果，綻放出蓬勃的生機。

不少人甚至開始在論壇上炫耀，各種發帖子發圖片發影片，網路幾乎炸開了鍋，北地人從最開始的不可置信到各種羨慕嫉妒恨，甚至有人強烈要求搬來南地發個燒……

「哇，這個好！」霸佔電腦的言必行猛拍桌子，熱情洋溢地招呼著，「妹子，快來看。」

「什麼？」

夏黃泉湊過去一看，頓時無語，原來這位仁兄的異能是可以將雙手轉化為刀具，影片中，他先將幾顆馬鈴薯往空中一丟，雙手化刀嘩啦啦地一陣亂舞，被切得細如牛毛的馬鈴薯絲瞬間整整齊齊地鋪滿盤中；這位發帖的老兄一臉肅穆，雙手在面前交叉——好一個超級無敵剪刀手！

「比之前那個背後長出翅膀的實用多了。」言必行點評。

沒錯，還有人醒來後長出了八對潔白無瑕神聖無比的大雞翅，如果頭上頂著光圈，簡直可以冒充天使了，問題是……他那翅膀屬於純藝術品，只能揮舞，完全沒有其他作用，唯一的特殊之處在於，那位大哥每次扇動翅膀周身就會飄散起一堆堆白色的雞毛，飄著飄著還永不禿翅。神奇是神奇，但夏黃泉覺得他每天打掃房間肯定非常辛苦。

金屬、植物、水火、空間、變化、隱身、飛翔……種類繁多、千奇百怪的異能讓人眼花繚亂目不暇給，而這些為人們所知曉的不過是冰山一角。

還有更多低調的人，沒有展露自己的能力，比如她認識的這三個男人。

蘇玨醒來後，夏黃泉也「開瓶」把他灌了個足，言小哥甚至調侃她「妳的異能該不會是開瓶吧？」，然後被她一句陰森森的「其實是開瓢才對，你想試試嗎？」嚇跑。

「妹子，快來看這個！」言小哥再次大呼小叫地召喚夏黃泉。

「又是什麼？」夏黃泉再次湊過頭，雖然表情不耐其實心裡還是很想看熱鬧的，「史上最霸氣側漏的異能……不服來戰？」這傢伙的標題取得倒是很威武啊。

再一看，她噴了。
這混蛋的異能也太奇特了吧？
簡單來說，只要他一扯嘴角露出一種特別……怎麼說？魅惑狂狷嗎？大概就是「邪魅一笑」吧，背後就會冒出璀璨的金光，就跟漫畫中中二主角自帶的出場效果一樣。
只見這傢伙以各種角度邪魅一笑二笑再三笑，閃閃發光到令人無法直視……
「噗！哈哈——」夏黃泉終於忍不住摀住肚子大笑了起來，真的是什麼異能都有啊！
「妳終於肯笑了啊。」
「欸？」
「之前不是一直苦著一張臉嗎？」言必行舉了個非常不恰當的比喻，「就像沒長開的嬰兒一樣。」
「你這是什麼奇怪的說法啊。」
「哪裡奇怪了？」言小哥左右張望了下，悄聲說，「阿商那傢伙可是很擔心妳，妳看，為了妳，他連心愛的小筆電都借給我了。」
「……」你確定不是自己主動去敲詐的嗎？
「不過，妳為什麼又不搭理他啊？」
「因為他臉皮太厚！」雖然心中對之前思考的問題已經有了肯定的答案，但只要一想到那傢伙知道後可能露出的得意表情——就・完・全・不・想・搭・理・他！
她才不是不好意思，只是不想讓他太得意！
言必行沉默幾秒後，慨然而嘆：「……這個理由，我真是無法為他辯駁！」作為一名單身漢，他覺得自己沒能泡到妹子的最大理由就是臉皮太薄！接著他好奇地問，「妳心情不好就是因為這個？」

「怎麼可能？」

「那是為什麼？」

夏黃泉猶豫了片刻，輕輕地問道：「接下來，城市裡會發生些什麼吧？」否則她也不會接到那一條系統通知了，雖然目前沒有任何跡象展露出來。

言必行怔了一下，居然賤兮兮地笑了起來：「呀，妹子，最近智商見長啊！」

「……喂！」

「就算發生什麼事也不怕，我們這裡可有大名鼎鼎的獅王陛下在嘛！」青年一邊說一邊拍了拍胸脯，一副很可靠的模樣，「小的也是誓死護駕的！」

「你夠了啊！」雖然這樣吼道，不可否認，她的心裡好受了許多。

夏黃泉並不害怕接下來將面臨的事情，因為，她堅信，哪怕再苦再難，沒有越不過的坎，再怎樣，難道會比南地之行更危險嗎？只是她一想到第一次危機時，有非常多的無辜者身心受創，現在，有了異能的人們可以造成的傷害只會更大，甚至可能出現死傷，一思及此，她就如鯁在喉。

死在喪屍手中是無可奈何的悲劇，死在自己人手上……又算什麼？

「不過，這怎麼看都是問阿商比較好吧？」

「……」

「雖然怎麼看都是陰暗系家裡蹲，但他的消息可是很靈通的，也老愛出壞主意。」言必行笑了起來，伸出手拍了拍夏黃泉的肩膀，「別太擔心，蘇小哥和蘇小小哥應該也能帶回些消息，我也會隨時關注事態。別忘了，這不僅是妳一個人的城市，也是我們的。」

夏黃泉心中泛起感動：「言……」

「是不是覺得超級感動？要不要親我一下？」某人厚臉皮地湊過臉。

「再見！」

感動什麼的，完全煙消雲散了好嗎？！

不過，真的要去找商碧落嗎？不管了，人命為大！

❖

夏黃泉硬著頭皮來到書房，懷中抱著之前被言必行順手牽走的筆電，以此為藉口，一步步地蹭進房間，結果人家看都不看她一眼，兀自查看著書架上的書籍。

女孩抽了抽眼角：「喂！」

青年十分鎮定地轉過頭，問道：「有事？」

「廢、廢話！沒事我來找你幹嘛？」

「哦，什麼事？」

「……筆電！」她走上前一把手中的物事塞入他懷裡，「言必行讓我還給你。」

「嗯。」商碧落點了點頭，轉手將它放到一旁的桌上，重又看向書架，修長的手指劃過一個個書脊，定格在某一本上，輕輕用力，將它抽了出來，翻了幾頁後，似不經意地看向夏黃泉，「還有事？」

這混蛋……絕對是故意的！

夏黃泉以自己的全部人品發誓。

明明之前還那麼無節操無下限不要臉，現在居然無師自通地學會了翹尾巴？

混蛋！才多久沒被收拾，皮又癢了是不是？

她磨了磨牙，覺得自己的手也癢得很厲害。

才這麼想，她突然看見商碧落目光定格在她的身後，眼中浮現出巨大的驚愕之色。

後面有什麼嗎？

女孩下意識轉頭，突覺手心一暖，垂落在身側的手掌被緊緊地握住。

身後當然是什麼都沒有。

再一看，這翻臉比翻書還快的傢伙居然握著她的小手手笑得十分蕩漾，夏黃泉深吸了口氣，反手握住對方，不斷加重手中的力道，陰森森地說：「你這傢伙是活膩了嗎？！」

青年感受著其中小小的溫暖，嗯，雖然力道大了點，他默默運起異能，修復著被捏得嘎吱出聲的手，愜意地瞇起眼眸：「覺得自己被欺負了，很生氣嗎？」他居然微微嘆了口氣：「不過不管怎麼看，被欺負的人都應該是我才對吧？」

「蛤？」這是什麼神邏輯？

商碧落伸出另一隻手的食指晃了晃：「單方面開啟冷戰是不對的，至少也應該發一封抗議函，讓我知道是因為什麼吧？」

「……」

「我只是兩三分鐘沒理妳，妳就暴躁到想要揍我。」商BOSS一邊說著，一邊居然露出了頗為憂鬱的表情，不斷地散發傳播著類似於「妳現在可以理解我了吧理解了吧理解了吧」的訊息。

不得不說，他做出這樣的表情時還頗能唬人的，但是，肯定不包括夏黃泉。

她聽完後，毫不客氣地走到書桌旁，抽出紙和筆，大手一揮，龍飛那個鳳舞，轉過身毫不客氣地朝某個傢伙的臉上一貼：「抗議函給你！」

「……」商碧落扯下臉上的紙張，上面赫然寫著碩大的幾個字──臉皮太厚，絕交！

眼見某人皮很厚的臉因為那張「抗議函」而情不自禁地露出難以言喻的表情，夏黃泉心中一樂，彎了彎嘴角，手在口邊抱拳輕咳出聲：「好了，現在可不是唧唧歪歪的時候。」她按住商碧落的腦袋，義正辭嚴地說，「匈奴未滅，何以家為？」

商碧落抽了抽嘴角：「……匈奴？」

夏黃泉瞪他一眼：「注意體會精神！」接著俯下身說道，「總、總之，堂堂男，不，女子漢大丈夫，當然要以大局為重。」區區兒女私情，在這種時候就應該退散，退散！

悲情的BOSS君扶額：這角色設定總覺得有哪裡不太對勁，算了……她開心就好。

他抬起頭注視著女孩嘴角格外得意的笑，心中微暖，朝對方的臉探出手，只見那隻閃閃發亮的漆黑眼眸瞬間變得滿是警惕色彩，圓溜溜地好像蓄勢待撲的貓兒，他手指勾住她的眼罩，輕輕扯落，露出的琥珀色眼眸剎那間換上了驚訝的神色，好像在問──「你這混蛋在做什麼呀？」

「這樣比較好看。」

「……咦？欸！重、重點不在這裡！」

青年勾起嘴角，戳了戳女孩紅撲撲的臉蛋，表情很認真，語氣卻很調侃：「匈奴未滅，何以家為？這位女子漢，讓我們來說正事吧。」

「……」夏黃泉努力克制想咬這混蛋一口的衝動，輕哼了一聲，站直身體雙手環胸，看起來氣勢十足，「快說！」

「其實，我覺得妳不用太過擔心。」

「什麼意思？」見對方嚴肅起來，夏黃泉也隨之正色，跳起身坐到書桌上問道。

「目前W市人員構成主要是兩方，軍隊，與隨之而來的民眾。其中，軍隊首先並不需要擔心。」商碧落伸出手指，輕敲起輪椅的扶手，「他們有信仰，有紀律，有凝聚力，不會輕易嘩變。」

「至於剩下的民眾，目前異能者的數量……」

「五千。」夏黃泉肯定地答，「別問我怎麼知道，異能者誕生的機率大約是千分之一。」

「五百多萬民眾，千分之一的確是五千。」商碧落彎起眼眸輕笑，「妳數學學得還不錯。」

「……你是在小看我嗎？」

「怎麼會。」在挨揍之前青年明智地轉換了話題，「這數據並不算多，但也絕不算少。」

夏黃泉點了點頭，商碧落說得不錯，聽慣了上億人口，人們經常會覺得五千是個很小的數字，但去一趟學校操場上看看，一兩千人站在一起就足以讓有密集恐懼症的人心生惶恐。所以，五千雖然對比整個城市的人口基數來說很少，但並不是可以小到忽視的數字。

「更何況，異能者本身擁有不可忽略的力量。」商碧落接著說，「比如言必行這樣的，一個人足以對付幾十個普通人了。」話說到這裡，他頓了頓，深深地注視著夏黃泉，「妳在沒有異能的情況下就可以做到這一點了，可惜……」

「你那完全不是可惜的臉吧！」夏黃泉眯起眼眸，那濃濃的幸災樂禍味道她早就嗅出來了！

「咳！我們接著說吧。」

「……」嘖，就算她沒異能也足以將他揍到死！

「當然，這些人的異能不可能都適合戰鬥。」青年說到這托著下巴沉吟了片刻，「姑且按照言必行的說法來粗分吧，有戰鬥類，肯定也有輔助類，後勤類，以及特質類。凡事無絕對，重點在於使用者自身；以及，在某個天時地利的情況下，一些平時看起來沒有長處的異能，甚至會比看起來強悍的戰鬥類還要好用。」

「沒有最強的職業，只有最強的玩家！」夏黃泉握拳，這句話她聽過很多次了。

「妳這個說法其實是不太正確的。」商碧落笑道，「每個遊戲裡其實都有相對而言比較強勢或者弱勢的職業，遊戲公司也會根據人數比例進行技能調整……」

「等等，你居然會玩遊戲？」救命！這比BOSS會看言情小說還驚悚好嗎？！

商BOSS本人倒是很淡定，彷彿自己壓根兒沒說出什麼驚世駭俗的話：「曾經有個研究對象很熱衷於此，我對他的心理狀況很感興趣，然後……」

「住嘴！」夏黃泉做了個「暫停」的手勢，「我可不想聽你又玩壞了誰誰誰的過去，別扯開話題，繼續說！」不過，真是的，不熟悉還好，一旦熟悉了就發現這混蛋完全不是什麼高高在上只可遠觀不可褻玩的白蓮花嘛，言必行說的對，這混蛋就是一個陰暗系的家裡蹲……似乎和普通男人也沒什麼兩樣，除了臉孔漂亮了點、性格惡劣了點……不！現在不是走神的時候！

夏黃泉集中精神，聽對方接著說道：「五千人中，目前來說真正會造成威脅的無疑是『戰鬥類』，但這一類人也並非全部都有危險傾向。」

「嗯，是這樣沒錯。」夏黃泉點頭，擁有力量並不意味著一定要去破壞什麼，起碼她本人就不會，言小哥也肯定不會。

「心理平和的姑且不論，還有一部分人有親戚朋友在北地，他們想必也不會做什麼。」

「咦？等等，他們應該是最為不滿的吧？無法與親人團聚……」怎麼想都會令人心生憤懣。

商碧落搖了搖手指：「正是因此才不會做什麼。這類人幾乎都透過官網尋找到自己的親人朋友，而這類訊息是被政府牢牢地被掌握在手中，一旦這類的異能者做出什麼不理智的事情，很可能會影響他們的家人不是嗎？只要想到這點，他們就很難痛下決心做出什麼事情。簡單來說，就像被拴上了狗鏈的狼犬。」

「……還真是個糟糕的比喻。」夏黃泉嫌棄地瞥了他一眼，怒指，「你這傢伙真是太陰暗了。」

商碧落抓住她的手指頭，捏緊，臉上浮現出無奈的表情：「那我不說了？」

「你敢！」

「妳不是說我陰暗？」

「所以我大發慈悲給你個機會繼續說，努力讓自己顯得不那麼陰暗。」一邊說著，女孩挑起下巴，眼神睥睨，「怎麼？有意見？」

商碧落嗤地一聲笑了出來：「大王萬歲，小的不敢。」

「喂！」夏黃泉一把抽回手指，剛叫出聲，突然又覺得不太對勁，從前明明是和言小哥說話時最容易被扯開話題，怎麼現在商碧落也變成這樣了？這可真是個不妙的趨勢啊。

「總而言之，在初期真正會做出什麼事的人，絕大部分應該是沒有親屬在北地，或者無牽無掛，以及，在後期來到W市的人。」

「後期？」

「沒錯。」青年的十指在腿上交叉相疊，點了點頭，「前期人幾乎都是在軍隊的保護下到達W市的，雖然發生過衝突，但內心深處留下的印記注定他們不會輕易與軍方對抗。反倒是後期來人，都是靠自己的力量來到W市，路途中傷亡想必不少，這些人心中，對軍方，或者說對這座城市的其他人，幾乎都存在著某種不平衡的心理。這種想法，才是危險的根源所在。」

「原來如此……」聽完一切後，夏黃泉只覺得籠罩在心頭的一層迷霧被解開，豁然開朗。

「當然，也能不排除一些想要混水摸魚的野心家。」商碧落彎起嘴角，略微諷刺地笑了起來，「成為一個城市的統治者後，站在最頂端所看到的風景想必很不錯。」說到這，他意味深長地看向夏黃泉，「我們的獅王陛下做好迎接挑戰的準備了嗎？」

「……多謝狽大人關心！」

「……」

「不，我如果是陛下，叫你狽丞相比較適合吧？噗，和龜丞相好像！」女孩說著說著，不由自主地笑出聲來。

「比起這個，我覺得另一個名號更適合我。」

「啊？什麼？」

商碧落歪了歪頭，聖父笑容再現，不知為何，夏黃泉心中湧起不好的預感，果然下一秒就聽到這無節操下限的傢伙如此說道：「皇夫如何？」

「……你這樣的怎麼看都是皇后吧！」等等，她在說些什麼啊？

「既然妳這麼說，我就勉強答應吧。」

「別給我勉強啊！」夏黃泉跳下桌子，伸出手拎起商碧落，毫不客氣地吼道，「你又給我挖坑了是不是？無恥！卑鄙！！厚臉皮！！！」

「我錯了。」商碧落十分可恥地舉起雙手，「原諒我吧，陛下！」

「……」她這是繼續被調戲了嗎？混、混蛋！

夏黃泉眼睛一紅，抓住某人又是「劈里啪啦」地一頓暴揍，一邊揍一邊怒吼出聲：「不許給我用異能啊混蛋！」不然簡直像她在給他按摩一樣！

不久後……

一切再次恢復平靜。

青年輕「嘶」著開始治癒身上的傷口，女孩略心虛地望了望天，扭頭道：「我說不用異能你就真的不用啊？笨、笨死了！」

商碧落嘴角勾起一抹苦笑，並不是他不想用，而是……不過，倒是難得有這樣的機會，他眨了眨眼眸，再一次悶哼出聲。

「喂……你沒事吧？」夏黃泉有些慌了，難道剛剛因為覺得對方有治癒能力所以下手重了些？應該沒有吧？但是他這個反應……她不由地彎下身，小心翼翼地戳他的肩膀，「很痛嗎？」

商碧落垂下頭，手上繼續使用著異能，沒有看她也沒有說話——因為一旦這麼做八成會露餡。

夏黃泉的心中忐忑了起來，雖然直覺告訴她，對方似乎沒多大事，但這個反應……怎麼看都不像沒事啊？

不知不覺間，女孩也將「關心則亂」這個詞語帶入到青年身上了，只是她自己不知道是故意還是無意地忽視了這一點，甚至相信眼睛超過了直覺。

「我……我不是故意的……」她跪坐下身，伸出手指又猶豫著收了回來，注視著青年治療的手掌，「我沒想到你會那麼聽話啊，明明平時那麼……我知道錯了！」夏黃泉覺得做錯事後找理由是最可恥的，也是最沒用的，與其這樣，還不如好好道歉，並且尋找補救的方法，她想了想，說道，「要不，你揍回來？來吧！」她閉起眼展開手臂，突然想起之前被「偷襲」的經歷，又偷偷睜開了眼眸。

「……算了。」雖然心中有些蠢蠢欲動，不過已經因此吃過幾次虧的商碧落深知此時「不動」才是最好的「動」，他搖了搖頭，伸出手拍了拍女孩的腦袋，「我怎麼下得了手。」轉移話題道，「我們接著說吧。」

果然，女孩看起來又多了幾分坐立不安，似乎覺得非常不好意思。

夏黃泉心中的確有一瞬間覺得「商碧落可能不是那麼壞也說不定」，但下一秒，背後的汗毛全都豎了起來——有陰謀——這三個大字閃過她的腦中。

——這混蛋到底想做什麼呢？

她決定靜觀其變。

而後只聽到商碧落說：「抑不如導，想把損失降到最低，與其壓制，不如誘導。」

「誘導？」

Ch.12 是的大姐好的大姐

「嗯，妳覺得如何？」

夏黃泉愣了愣，隨即鼓掌：「好！」

「……」商碧落注視著她，沉默片刻後問道，「好在哪裡？」

「……」

瞧女孩心虛的左右飄移的眼神，商BOSS默默吞進一口血：「妳完全沒聽懂吧？」

「不，是聽懂了的。」

「真的？」

「除了最後一句。」

「……」那是最重要的一句好嗎？商碧落嘆了口氣，「算了，妳小學數學能學好就不錯了。」說完坐等炸毛！

果然，他那句話一出口，女孩頓時野貓樣地齜牙恐嚇起人：「喂！你在鄙視我嗎？！」

青年伸出手拍了拍她的腦袋：「感謝妳給我這個機會。」

「我……」

商碧落瞧著她露出的鋒利小虎牙，問道：「還想再揍我一次嗎？」

「……」夏黃泉氣息一窒，再次想起剛才的烏龍事件，心中一陣發虛，頗為尷尬地扭過頭，「這、這次就大人大量地原諒你吧！」

雖然還想繼續逗弄下去，但似乎再一次她就要毫不客氣地伸爪子撓人了，青年頗為遺憾地選擇放棄，轉而向女孩解釋起自己的最後一句話。

夏黃泉並不笨，只是沒什麼心眼的人向來都很難理解各種「陰暗猥瑣的壞主意」（引號內為夏黃泉對商碧落的評價），但只要人家跟她解釋，還是很容易理解的。

比如此刻。

女孩聽完後，臉色有些猶豫：「這樣真的沒問題嗎？別誤會！我並不是不相信你，只是……」雖然聽起來是最好的方法，但總覺得有些過分啊。

「覺得有些過分？」青年現在的確已經很能把握女孩的心理，以他的標準只是非常正常的事，就她看來幾乎接近底線，他們之間到底有多麼不同，簡直就像兩條永遠無法接觸的平行線，究竟是顛倒翻轉了多少個空間，才能奇蹟般地相交在一起？

「唔……怎麼說呢？」夏黃泉撓了撓臉頰，商碧落的方法其實並不複雜，從前W市就是強者為尊，如今出現了異能者更會如此。在如今的這個世界，「以德服人」這套八成行不通，絕對的力量才能帶來穩固的統治，換個俗氣一點的說法——誰拳頭大就聽誰的。

但問題就來了。

如果任憑局勢發展，任由異能者相爭，哪怕最終能達到目的也會出現大規模的人員傷亡，異能是種具有危險性的能力，有些異能者即使不會反抗軍方和政府，卻也很難保證他們不會欺負普通市民；所以這種時候必須「殺雞儆猴」，快刀斬亂麻，以最快的速度在W市建立起新的秩序。

關鍵問題在，「雞」從哪裡來？

商碧落所說的「誘導」正緣於此節。

簡單來說，每座城市發生嘩變都不缺乏有心人的「鼓舞」，在他們的宣傳唆使下，許多人會不自覺地漸漸失去理智，成為盲目衝鋒的卒子。而夏黃泉他們所要做的，就是誘使目前最「蠢蠢欲動」的異能者主動跳出來，再重拳出擊，狠狠地將他們捶翻，一網打盡，以展示更強大的力量震懾住他人，並且間接掐滅之後發生大規模暴亂的可能。

「我是覺得，他們本身只有犯罪動機，還沒付諸行動，結果卻在我們的誘導下犯了罪，又被我們作為『罪惡典型』抓住……」夏黃泉嘆了口氣，「總有種做壞事的感覺啊……」她對上青年似笑非笑的眼神，鼓起臉，「不是每個人都能像你一樣滿心坦然地做壞事的！」

「那麼妳的決定呢？」

「……」夏黃泉思考了片刻，深吸了口氣，「就這麼做吧。」雖然是被誘導而出，但或多或少說明了他們的心理狀態正處於某種危險的情況，一不小心就會害己害人，而且……只是壓制而已，如果處置得當，並不會對異能者造成傷害，等他們的心理恢復平和就好。

得到肯定答案的商碧落瞇了瞇眼，對此毫不意外，對於她的信任青年感到很是窩心，被在意的人信賴著無疑是件幸福的事。但可惜的是，他接下來要做的注定……

為什麼她的三觀要這麼端正呢？即使是BOSS大人，偶爾也會覺得非常困擾，於是他決定再嘗試一次——

「妳之前的說法也沒錯。」商碧落輕笑出聲，「但是妳的說法是建立在所謂的『規則』之上，現在這個世界，尤其是這座變異了的城市，還有足以約束人們的法律存在嗎？」

「你這是狡辯！」跪坐在地上的女孩抬起頭戳了某人的腦袋，她用鄙視臉看青年，「別想輕易唬弄我！」這種事情壓根兒和智商無關，她一直堅信，約束人們的除了法律，還有道德，前者可能會因為客觀原因失去效用，後者卻牢固地存在人心中不可磨滅，因為一旦拋棄它，就像是踏過了一條不可越過的線，人從此不再為人。

洗腦再次失敗的商碧落心中有些許無奈，但同時更加清楚地知道——沒錯，她就是這樣的人。

也正是因此，才格外珍貴。至少在他的人生經歷中，第一次碰到這樣的笨蛋，最初明明是想帶她走上歧路的，卻不知不覺被她拖到了大道上，這可真是……不自覺妥協的行為真是軟弱到了極點，但即便知道了，也停不下來。

如此想著的青年再次伸出手捏了捏女孩的臉頰：「如果妳不喜歡，我來做就好。」

卻得到了這樣的回答——

「說什麼呢？」女孩瞪大眼睛，滿臉不贊同的神色，「我怎麼會做出那種可恥的事情？」

「可恥？」

「當然！」夏黃泉站起身，雙手插腰俯視青年，「這件事我不知道就算了，但我明明知道並且已經做出決定了不是嗎？無論最終得到怎樣的結果，我都做好承擔責任的準備了。」她伸出手拎住某人的耳朵提了提，「聽好了！既然是一起做出的選擇，好也好，壞也好，肯定有我一份，別想獨吞啊，你個厚臉皮的傢伙！」

「……這和厚臉皮有關係嗎？」

「囉嗦！重點不在這裡好嗎？！」

——明明是妳自己跑歪了重點啊……

不知道該說什麼好的青年只好伸出手扯下那隻揪著自己耳朵的小手，握在手心，微微挑起嘴角：「好，算妳一份。」和喜歡的人一起做壞事，也別有一番情趣，記得從前他遇到的那對夫妻大盜，就是……

「嗯，還要帶上阿玨，小阿一，言小哥，然後……」夏黃泉縮回手，認真地掰起手指。

「……」

如果此刻坐著的人是言小哥，八成會痛呼出聲：「做人不能這樣啊！一對一突然變NP什麼的，抗議！嚴重抗議！」

但商碧落哪怕臉皮再厚，很顯然也說不出這樣的話，於是他只是略黑著臉伸出了罪惡的爪子，一把將女孩拖入懷中。夏黃泉一個踉蹌，無防備之下雙膝頓時跪在了他的腿上，腰肢結結實實地被對方攬住。

因為是以跪坐在青年腿上的姿勢被抱著，她比商碧落要高出一點。青年將頭深深埋在她的脖項間，夏黃泉只感覺到那均勻而炙熱的呼吸噴灑在自己的鎖骨上，明明不太熱，卻彷彿瞬間被燙傷了，不，簡直像被丟進裝滿水的大鍋裡燉著，體溫開始增加了。

——這、這樣下去會愈來愈不對勁啊！

「你做什麼啊？」被撈起的夏・魚・黃泉拼命地甩著尾巴，想要從可惡的商・漁夫・碧落的網中掙脫，卻發現這厚臉皮的傢伙居然在雙手灌青霧……無恥！

混蛋！她可以剁掉他的爪子嗎？！

意識到她渾身散發出的殺氣，商碧落這傢伙居然發出了這樣一聲：「妳又想打我？」聲音小得聽起來真是聞者傷心見者流淚。

但是！假的！全都是假的！

「……你裝什麼可憐啊？！」明明是自作自受好嗎？！

夏黃泉捏起拳頭比劃了兩下，眼角在無意間瞥到被自己砸出一個大坑的書桌，她猶豫了，本著可永續發展的原則……一天揍兩次是不是太頻繁了？還是一天一次比較綠色安全無汙染吧？

她嘆了口氣，雙手抓住商碧落的腦袋扯了扯：「起來啊混蛋！別厚顏無恥地湊在這個位置，你就那麼想在我身上尋找母性關懷嗎？！」

商BOSS瞬間被嗆到。

他連連咳嗽著，又忍不住「嗤」地笑出聲：「就算我想尋找，妳真的有嗎？」如果現在結婚，至少……嗯，也應該是兩三個月後才能漸漸體現出所謂的母性吧？那時的她是怎樣的呢？總覺得不可思議，但又微妙地覺得很期待……

完全忘記某人還沒滿正常婚齡的商碧落思維發散，以至於完全沒注意到女孩已經將他的話理解往另一個方向，她低下頭看了看自己的胸口，腦中浮現新仇舊恨，頃刻間火山爆發！

「商碧落你個色狼混蛋變態！不滿意我就去找紅姐啊！！給我走開啦！！！」

「……」紅姐，誰啊？

很快，他就沒精力想這個了。

當嘴賤遭遇可永續發展，後者無疑再次敗退了。

面對鐵甲女暴龍的時候說話真的要小心，傷害女性自尊心什麼的要不得啊……

順帶，曾經打過一次醬油的紅姐此刻在城市的某個角落打了個噴嚏——因為她又無辜地躺了次槍！

❖

戰前議事中。

「嗯……噗，就這樣……噗，我會……噗，咳，我之後會……噗噗！」

「……你夠了啊！」夏黃泉怒瞪向抱住肚子的言必行，「敢正常點說話嗎？」

「我也在努力啊，只是……」他默默看了下商碧落，摀住嘴扭頭。

商碧落：「……」好想殺人滅口！

夏黃泉：「……」心虛望天。

事情是這樣的。

因為某些烏龍事件，埋胸不成（大誤）的商碧落再次被毆打，因為姿勢的緣故，首當其衝就是他的那對眼睛，只聽得「砰砰」兩聲，他瞬間化身成了熊貓。

本來嘛，挨打什麼的，治癒一下就好。

問題是言小哥很熱心啊，一聽到有響動立刻提著菜刀衝了進來，別誤會，他不是想砍人，只是在做菜，想著也許做著做著他能開發出第二異能……雙手化刀超級食神什麼的，好吧，這不是重點。

重點是！

他進來的時候，商碧落還來不及用異能，於是被對方看到了那對清晰顯眼的熊貓眼。

所以一切就變成了現在這樣……

趕在商碧落狂化真的將言必行捏死之前，夏黃泉一馬當先，提溜著摀住嘴不斷聳動肩膀的某位走出了書房，將人往沙發上一丟，彎下身手搭他肩膀：「你不知道他很小心眼嗎？」

「知道是知道，但只要一想到，我就……」言必行又笑了兩聲後說道，「妹子，打個商量，以後妳揍人時小聲點可以嗎？」

「……再見！」算了，這笨蛋記吃不記打，懶得管他！

當晚，蘇玨和蘇一回來了。

雖說變成異能者的機率是千分之一，但就跟之前第一波感染一樣，機率並不是均分的，不會出現「A隊和B隊全員人數各是五千人，所以進化出的異能者是兩隊各五人」的情況。也許異能與體質有關係，七十餘萬的軍隊中，經過一天的梳理和記錄，變成異能者的人數在七百人左右，也就是軍人的進化率比普通人要略高一些。

這並不奇怪，當初在第一波病毒感染時，軍隊的感染率也比普通人要略低些，而即使被咬傷，體質愈好，被轉化喪屍化的時間也就愈長。由此可知，體質真是非常關鍵的因素，夏黃泉這隻傳說中的鐵背大猩猩比誰都要給力，連言必行都搖頭嘆息：「妹子，妳沒異能真是太可惜了，否則毀滅世界秒秒鐘啊！」

夏黃泉對此唯有：「……請不要把我說得那麼中二啊謝謝！」

自從聽了商碧落的分析後，夏黃泉對此表示喜聞樂見：「這不是很好嗎？」

誰知蘇玨卻搖了搖頭，臉孔異常蒼白，似乎勞累到了極點，他揉了揉眉心，很煩惱：「情況嚴峻。」

「怎麼說？」

「簡單來說，長官不給力嘛。」蘇一非常自然地接口說道。

即使已經知曉情況，夏黃泉一見兩「蘇玨」坐在自己面前，還是會適應不良，好在蘇玨為了去軍隊穿上了一身軍裝，而蘇一則是簡單的白襯衫和黑西褲、外面套了件淺灰的毛背心，整個人看起來更像學生了。

「不給力？」

「沒錯。」蘇一抓起桌上的蘋果，往上拋起再接住後脆脆地咬了一口才說，「經過初步統計，軍中轉化的異能者，年輕力強者所佔的比例要更高。」

「因為體質更好？」

「誰知道呢？」蘇一聳了聳肩，「目前已經抽取血液樣本，蘇二和蘇五正在對基因鏈做進一步研究，什麼時候能解密還不清楚。」

「蘇二和蘇五？」夏黃泉怔了怔，明白了蘇玨的臉色為什麼那麼差，不禁略帶擔憂地說，「阿玨，你不會是異能使用過度了吧？」

「好像有一點。」蘇玨放下揉眉心的手，彎了彎眼眸，溫和地笑了起來，想以此解除她的擔心，「放心，沒什麼大事，休息一下就好，之後不會再這樣了。」

「……嗯。」

「對了，蘇三和蘇四呢？」言必行關注的點永遠和其他人不一致。

「沒有！」蘇一回答道。

「啊？為什麼？」

「蘇三是女性的名字啊，蘇四聽起來多不吉利。」

「……好吧。」蘇五聽起來是挺厲害，蘇武嘛，英雄啊！不過……二什麼的，聽起來也挺二啊！

知道蘇玨沒有一口氣弄出四個複製體，夏黃泉也鬆了口氣，三個就夠嗆了……五個什麼的，會要命吧？

「總之，」蘇一又咬了口蘋果，接著說道，「軍中的異能者多是年輕人，但長官大多已經超過了三十歲，覺醒異能的屈指可數。」他說完，托腮學剛才本體的模樣，同樣彎起眼眸，狀似溫和地笑了起來，「怎麼說呢？這可真是不妙不妙啊！」話雖如此，看他的笑容，可完全沒有一絲覺得「不妙」的模樣。

明明和蘇玨長著同一張臉，做出來的也是同一個表情，給人的感覺卻截然不同。

夏黃泉對蘇一的好感度很低，她當然從對方身上沒有覺察到任何惡意，但是……怎麼說呢……總之，她難以形容這種微妙的心理，分身居然是這麼神奇的東西嗎？那麼蘇二和蘇五呢？也和他一樣有不同的性格嗎？

不過，目前的重點毫無疑問不是這個，商碧落、言必行姑且不說，即使是她也知道現在的局勢不僅僅是不妙而已。

一隻手戳上她的眉心，蘇玨揉開那細小的皺紋，笑著安慰道：「不必太過擔心，至少短時間內應該不會有什麼事。」

但言下之意誰都清楚，時間一長，那些沒有異能的軍官未必壓得住手下的異能者。

但這也不是此刻該擔心的問題。

「……」感受著桌下那隻突然握住自己手的爪子，夏黃泉無語，商碧落這傢伙……該不會又吃醋了吧？皇后娘娘，說好的賢慧大方母儀天下呢？……等等！這混蛋才不是皇后呢！都是被他誤導了！

但是為了防止他突然做出什麼讓對話進行不下去，夏黃泉決定犧牲小我讓他抓一下算了——就當被二貨哈士奇抱住手臂睡覺了！

接下來，夏黃泉將之前商量好的決意向蘇玨、蘇一說明，五人就細節進行了完善，之後的種種不必贅述。

❖

不久後，在城市的某個角落。

「哈啾！哈……哈……哈啾！」

「大姐頭，您這是感冒了啊？」

「閉……哈啾……嘴！」

被稱為「大姐頭」的女子約二十四五歲，有一頭非常漂亮的紅色波浪捲髮，髮色雖然如此，臉孔卻是典型的東方特質，身材姣好到火爆的程度，渾身上下散發出濃濃的野性美。

她吸了吸鼻子，裹緊身上的黑色皮衣，朝身旁的平頭小弟瞪了一眼：「我堂堂一個火系異能者，怎麼會感冒？」

「……可妳明明在打噴嚏。」

「嗯？」

「是！紅姐您英明神武，絕對不會感冒！」

「哼！」曾與夏黃泉一行人有過一面之緣的紅姐輕哼了聲，又裹緊了些身上的衣服。自從有了異能之後，她幾乎每時每刻都能覺察到體內流淌著的火熱能量，依常理的確是不會感冒的，但不知道為什麼，從昨天起她就渾身毛毛的，好像被什麼了不得的人惦記上了……她最近沒得罪什麼大人物吧？

「大姐頭！」

就在此時，又一個小弟跑了回來，跑得氣喘吁吁。

「慢點。」紅姐皺了皺眉，「出了什麼事？是黑五那狗東西又來找麻煩？」

「不……不是的……」男子歇了片刻，喘勻了氣才說道，「是打聽到一條新消息。」

「消息？」

所謂「蛇有蛇道，鼠有鼠路」，聚集在W市的居民因為路途中的接觸與互助，很容易形成各種團體，而這些團體有些在到達城市後分崩離析，有些卻保留了下來。之前在軍隊的制約和夏黃泉的武力壓制下，他們當然不可能做些什麼，不過有句話叫「人多力量大」，於是各個小團體之間都保持著相對密切的交流，互通訊息與物資。

對於這個狀況，夏黃泉團隊中的言必行很是瞭解。

「是的，據說這次軍方覺醒的異能者不到百人。」

紅姐一聽臉色微變：「你聽誰說的？消息準確嗎？」

「是個和軍隊內部有接觸的兄弟探聽到的，據說是因為之前實驗室研究出一種疫苗讓那些人集體注射，結果就成這樣了。嘿，只顧著自己弄好處，結果居然搬起石頭砸自己的腳，活該！」

紅姐笑著搖頭：「這種一聽就是假的消息居然有人信？」

「本來我也不信，但是之前有人看到軍方祕密收集普通民眾和一些異能者的血液，似乎是想做研究。而且，」小弟壓低聲音，接著說，「大姐頭，您還記得那位嗎？」

「哪位？」

「就是那位啊。」

「哦，她啊。」紅姐用食指纏起胸前的一縷長髮，想起曾經遇見過的那個女孩，若有所思，片刻後才說，「她怎麼了？」

「之前她不是一直打擂台嗎？但是自從進化後，就再也沒去過。有人說，她因為和軍方有關係，也注射過疫苗，所以這次也沒能進化出異能，再不敢出頭了。」

「……」

「大姐頭，您看？」

紅姐點了點嫣紅的唇瓣：「她可不像那麼沒膽量的人，要是膽小怕事，當初也不會跳出來犯眾怒了。」
「這倒也是……」
「而且，一次包養三個男人的女人，怎麼可能是泛泛之輩？」
「……」重點是這個嗎？！小弟吞了口唾沫，「聽大姐頭您的意思，似乎挺看好她？」
「差不多吧。」
「那為什麼以前一直不和她接觸？」
不提還好，一提起紅姐情不自禁地嘆了口氣，遠目望天：「別說了，我第一次見她就調戲了她男人，是個小的還好，看報紙竟然是她正宮；而且我還誤會她的幾個老婆之間有不軌關係，不知道他們之後有沒有被揍。唉，朋友妻不可欺，犯了忌諱，我怎麼還好意思去見她。」
「……」小弟們面面相覷，這訊息量略大啊！
終於，有一位勇者站出來：「……那您的意思是？」
「先靜觀其變吧。」紅姐笑了笑，「餓死的駱駝比馬大，想對軍方下手沒有兩把刷子可不行。」說到這裡，她輕彈了下手指，一團豔紅的火焰瞬間浮現在她指尖，火光閃耀，照得她的臉格外明麗，「出頭鳥我們不做，而且，我總覺得事情沒這麼簡單。」
「大姐頭英明！」
「少拍馬屁！」紅姐一腳踹過去，「再去打探，有消息隨時回來告訴我。」
「是的大姐，好的大姐！」
「去……哈啾……吧……哈啾……」紅姐揉揉鼻子，暗自嘀咕，「難道真的感冒了？」

Ch.13 褲子脫了就看這個

與紅姐的團體相似的談話，在這座城市的諸多角落進行著。

有人得出與她類似的結論，也有人得出與她截然不同的。

無論如何，那些真真假假的消息已經確確實實地傳入了人們的耳中無疑，軍方持續收集血液的行為，以及某人的閉門不出，彷彿證明了些什麼。不管是夏黃泉穿越前所生活的Z國還是現在的炎黃國，都流傳了一個成語叫「三人成虎」，用來形容這段日子的情況恰好合適。

「有些人蠢蠢欲動了。」

夏黃泉看著如此說著的言小哥，又看了看他左邊鬢角略參差的髮絲，好奇地問：「你的頭髮怎麼了？」

「被某個傢伙削的。」

「……」

「安心安心。」言必行嬉皮笑臉地笑著起來，「作為報酬，我免費給他做了個超・視覺系的髮型，想知道是怎樣的嗎？」

夏黃泉扶額：「我完全不想知道。」

「別呀。」正準備炫耀的青年不滿了，他伸出手捏出一顆火球，賊兮兮地笑了，「我用這個打出了一個漂亮的全壘打，不過……」

「什麼？」

「不小心從他頭上擦過去，那傢伙腦袋就變成高山中的溝壑了，那叫……噗！」

看著賤嘴壞笑的青年，夏黃泉抽了抽眼角，也有些想笑，又強行忍住：「你別老出去和人打架啊，出事了怎麼辦？」現在到處都是異能者，亂得很，雖然她很相信他的能力，但還是會擔心一不小心出什麼意外。

「這妳可就冤枉我了。」言必行攤手，「我可是和平主義者，堅決奉行『人不犯我，我不犯人』的原則，都是他們太暴躁了。」

「心中有一把邪火，人當然會暴躁。」

會說這種話的肯定不是夏黃泉，她轉過頭看著不知何時蹓躂出書房的商碧落——這傢伙最近愈來愈神出鬼沒了。

「說得有道理。」言必行點頭贊同，「是時候了？」

「沒錯。」商碧落微微頷首，「讓這把火更大些吧。」

「嘿嘿，火上澆油我最愛做了！」

夏黃泉看這兩隻又陷入雙人對話模式的傢伙，無奈地聳聳肩，轉身走進廚房，今天輪到她做午飯。

在她離開的同一瞬間，一直用眼角餘光關注著她的商碧落就發覺了，直到她的背影徹底消失，他才勾起嘴角，用不高的聲音潑了某炫耀傢伙一盆冷水：「當心別引火燒身。」

「哈，怎麼會呢？安啦安啦，和妹子以及軍方有關係這件事早被我圓過去了，不會出什麼事的。」言必行很明顯沒將商碧落的忠告放在心上，他再次拉開門，「我走了蛤，可不能墮了我『消息靈通超級無敵帥氣小王子』的英名。」門掩上，片刻後又再被拉開，「對了，中午別等我吃飯。」而後他搓搓手臂，「別這麼對我笑，我性向很正常的，再見！」

商碧落看著再次闔緊的門扉，微眯起眼眸，輕聲吐出一句：「再見。」

「你嘀咕些什麼呢？」

他轉過身，看向圍著粉色圍裙正從冰箱掏蔬菜的女孩，勾起嘴角：「不，什麼都沒有。」

「信你才有鬼，鬼兮兮的……」

「對了，言必行說他中午不在家吃飯。」

「哦，瞭解！」某種念頭在夏黃泉腦中一閃而過，但太過細微以至於難以捕捉，她搖了搖頭，繼續將注意力放在手邊的事。

吃飽了才好幹活啊！

❖

與她有同樣思緒、名為「紅姐」的女性，此刻也正在用餐。「吃得少保持身材」這套在她身上向來行不通，因為運動量夠大，所以胃口也非常好。

W市的物資雖不至於匱乏，但因為採用配給制，一般人的餐桌上再難如以前的生活那般鋪張浪費，紅姐他們的運氣不錯，來時攜帶了不少的物資，所以生活品質還算不錯。

而她有一個做起來不太雅觀的愛好——啃雞爪！

「報！！！」

這聲長嘯傳來時，紅姐差點被口中的骨頭哽住，她連忙吐出雞骨頭，連連咳嗽了好幾聲才怒道：「叫魂啊？！」

那小弟也被這突發狀況嚇傻了，下意識就答道：「不叫魂，叫妳！」

紅姐勃然大怒，手一抬就想把手中的東西砸出去，但目光掃到才啃了一口的鳳爪，她果斷縮回手，在小弟鬆了口氣時，抓起桌上一雙筷子飛射過去。

「啊！」小弟應聲倒地。

紅姐站起身，將雞爪丟回桌上，擦了擦手，走過去一腳踩在倒地青年的胸口：「別裝死！」砸人用了多大的力道她不清楚嗎？不過手下這麼配合還是挺讓人心情愉悅，所以她話中帶著些許笑意。

小弟一見大姐頭沒真生氣，立刻睜開眼睛，然後，雙眼直了，這個……有著火系異能的紅姐當然不怕冷，感冒症狀也好了，所以今天穿的是皮質短裙，毫不吝嗇地秀出了兩條線條美好的長腿，看起來非常賞心悅目，尤其是從下面這個角度看上去……他只覺得鼻子一熱，某種滾燙的液體瞬間流了出來。

「好看嗎？」

青年下意識回答：「好看……嗷！大姐頭饒命！！！」

他的小夥伴們紛紛摀住臉，不忍再看這位仁兄的慘狀。幸好這混蛋運氣不錯，紅姐一腳將他踹到一邊後，沒有繼續動手，反而問道：「又有什麼消息？」

「啊？」這位兄弟被突如其來的好運氣嚇到了，卻在大姐頭的瞪視後打了個激靈才反應過來，「是這樣的！據說為了穩定W市的形勢，北邊那群人打算幫忙。」

「幫忙？」紅姐嗤之以鼻，「那群東西敢把狗頭伸到這裡，我就……你姓什麼？」

「啊？哦，姓王。」小弟淚流滿面，跟了您老人家這麼久，居然連我姓什麼都不知道！

「他們要是敢來，我就把『王』字倒過來寫！」

「……」老大，您發誓和我的姓有什麼關係？放過它吧！而且，『王』倒過來和不倒過來有區別嗎？有嗎？雖然沒有區別，他還是在暴力下可恥地屈服了，一邊暗自唾棄自己一邊頗為厚顏無恥地誇獎道，「大姐英明！」

小夥伴們紛紛露出鄙視臉，然後集體鼓掌：「大姐頭英明！」

「……」你們有資格嘲笑我嗎！王姓小弟內心一邊尖叫著，嘴上接著說，「不過，北地並不是派人來。」

「哦？」紅姐瞥了他一眼，「說來聽聽。」

「具體情況目前還不清楚，似乎是要送一批厲害的武器過來。」

「武器？送武器過來？」紅姐扭頭看向其他人，「你們怎麼看？」

一個身材略肥姓朱的小弟站了出來：「異能再厲害，使用者也是肉身，軍隊人數雖然不多，但要配備了武器……」

「贊同！」

「加一！」

「點蠟……抱歉，說錯了，是點讚！」

紅姐聽得滿頭黑線，一腳將第三人踹了出去：「臉書玩多了吧你！」而後一腳踩在一旁的椅上，沉吟了起來，「消息準確嗎？」

「城裡都傳遍了，黑五、高健那些人都快瘋了，正在商量該怎麼辦呢。」

「是嗎……」

「大姐頭！」被踹飛的三號突然屁顛屁顛地跑回來，手裡還抱著一部筆記型電腦。

「什麼事？」

「您看這個！」

紅姐低頭一看，只見小夥伴三號打開的網頁正是官網，上面赫然掛著一條訊息，內容是：三日後，北地將送來一批物資，具體包括糧食蔬菜日用品等等。其中並沒有武器。

但所有聽過消息的人，想必全浮想聯翩。
「大姐，您看……」
「我們不動。」
「啊？」
紅姐搖了搖頭：「我想起一件事，之前全市昏迷，卻依舊有市民發帖。」
「總有人早清醒，這沒什麼好奇怪吧？而且這可是官方訊息，不可能偽造。」
「我還是覺得不對勁。」紅姐習慣性地用手指纏起胸前的紅色長髮，「一動不如一靜，先讓那群心急的探探路，小李，盯緊他們。」
「是，還有……我姓王……」
「嗯？」
「我馬上就去！」王姓小弟再次淚流滿面——前略，在天國的爸爸以及十八代祖宗，我對不起你們。
雖然商碧落前科累累，但論壇上那條訊息真不是他偽造的，而是蘇玨與北地溝通後的結果，他只是稍微提了一下建議。
無論如何，政府希望W市能牢牢掌握在軍方手裡，雖然軍隊內部也出現了異能者，但兩害相權取其輕，所以政府很爽快地答應了蘇玨提出的要求，不過是物資而已，本來就打算近期送來的，早一點晚一點對他們而言並沒多大區別，當務之急是W市的和諧與穩定。
對於政府來說是如此，對於某些人來說可就撓心撓肺了。昏迷後進化出的異能為他們打開了新世界的大門，擁有了力量當然想獲得權勢，一個大好的機會被送到他們面前，不吃簡直對不起自己；沒想到還沒下嘴，又來了個晴天霹靂，如果從未體會過機會的味道就算了，問題是他們嘗到了啊，剛甜美地啃了一口，突然又吃不到了，不能這樣的啊！

這下子，原打算再觀望些時候的某些人坐不住了。時不我待，三天內不下手，以後就永遠沒機會下手了，只要在三天內把將W市的控制權牢牢捏在手裡，之後再拿到那批厲害的武器，就沒人再能翻身騎到他們頭上。異能者？在炮彈連發面前那就是個渣渣！

至於北地？等城市到手，他們那群連來都不敢來的傢伙能說什麼？還不是得乖乖地和他們談條件送物資，幫助他們穩定統治局勢？反正光腳的不怕穿鞋的，真不給活路，就把路修好，喪屍一引，大家抱著一起死！

這種心態如果化為一句話，直接了當地說就是——我過不好，誰也別想過好！

雖然心態很自私，但在野心的驅使下，被暗自推動的這股進化後所產生的爭權奪位暗流，終於正式爆發。

❖

這些預謀嘩變的團隊收集到的訊息中，七十餘萬的軍隊並非全部駐紮在市內，有相當一部分密切巡查著帶河沿岸的情況，以及為對抗隨時到來的喪屍危機進行訓練，留守在市內的並不算太多。俗話說，「瘦死的駱駝比馬大」，軍隊人數固然不多，但跳出來想造反的也稱不上人多勢眾，所以他們在思考後採取了某個方法。

「哇，最先受到衝擊的果然是物資儲備處。」有著少年臉孔的蘇一盤腿坐在椅子上，華麗麗地轉了幾個圈，連連鼓掌，「祝賀你，又猜對了。」

被誇獎的商碧落看都沒看他一眼，自顧自地透過遍佈整座城的「眼」觀察著狀況。

蘇一不以為忤地歪了歪頭，目光轉向雙手抱刀靜坐在一旁的女孩，她的神色鎮定而肅然，整個人宛如與懷中的長刀融為了一體，雖未出鞘，卻已覺刀意。

來自本體的記憶不提，真正「誕生」以來，他還是第一次看到她露出這樣的神色，於是饒有興趣地觀察了起來。

這時候，一直沉默的蘇玨拿起桌上的電話，用與外表很不相符的沉穩嗓音說道：「行動開始。」放下話筒，他轉頭看向其他三人，「按照計劃，已經派出部分軍隊前去救援。」

此刻三人所在的位置，並非社區住宅，而是位於軍方總部的蘇玨本人的辦公室。

這次高燒後，軍銜比蘇玨高的，沒有一人成功進化出異能，換句話說，目前軍隊的異能者中軍銜最高的正是蘇玨，也正因此，他在與北地交涉後，獲得了此次行動的指揮權。

就如商碧落所預料的，逆反者們所採取的的策略是「明修棧道，暗度陳倉」，簡言之，表面上攻擊的是物資儲備庫，實際目標則是軍隊總部。

夏黃泉幾小時前第一次聽到逆反者的戰略，忍不住提出疑問：「這個也太簡單了吧？」

而商碧落對此的回應是：「雖然簡單，但問題在他們壓根兒不怕被看透。」

「欸？」

看著女孩疑惑的神色，商碧落微微一笑：「妳應該聽說過一句話——『民以食為天』。」

「這當然啊，」夏黃泉覺得自己被鄙視了，輕哼了一聲回答道，「只要人類還要靠吃飯維持生理機能，這句話就永不會過時。」

「正是如此。」青年微微頷首，「軍隊能夠支配全城，除了擁有武力外，很重要的一點即是——擁有寶貴的生活物資，只要扼住大部分人的喉嚨，他們自然得乖乖聽話，誰擁有物資，誰就是老大。」

「嗯……的確如此。」夏黃泉似懂非懂地點了點頭。

「他們攻擊物資儲備處，必然會大肆宣傳，如果妳是廣大民眾中的一員，聽到這個消息會怎麼做？」

「我嗎？」女孩歪了歪頭，思考了片刻後答道，「大概也會去看有沒有機會分一杯羹，畢竟物資如果掌握在軍隊的手中，分配時還有起碼的公平性，要是被私人掌控，以後日子恐怕不會太好過吧？」

「沒錯。」商碧落攤開雙手，「國人的圍觀性可是很強大的，不知不覺間，那裡的人會愈聚愈多，其中再夾雜幾個有心人，爆發的衝突也絕不會小，足以將所有人捲進去。」

話說到這個程度，夏黃泉算是完全明白了，她嘆了口氣：「這壓根兒不是陰謀，是陽謀啊，就算明知道有問題，軍方還是不得不派人去，因為他們根本不可能放棄物資。」

「沒錯。」商碧落莞爾一笑，伸出手點了點腦子，「今天妳這裡倒是格外靈活。」

「喂！」夏黃泉威脅似地伸了伸拳頭，「找揍嗎？」

「等事情了結再說吧。」現在的商碧落，挨揍簡直像在按摩，還能預定時間……這點讓女孩十分想吐血！

她吸了口氣，想到目前的形勢也暫時拋棄雜念，繼續說道：「亂子愈大，軍方所派出的人也會愈多，甚至……」她頓了頓才接著說，「當那些逆反者中出現了異能者，軍方也唯有動用異能者才足以對抗，這簡直是……」

「明目張膽地引蛇出洞。」商碧落默契地接話，「還是那句老話，知道又如何？還是不得不去。」這次對話到這裡便告一段落。

而此時的形勢完全驗證了商碧落的說法，蘇玨一次又一次地拿起電話，一而再，再而三地派出人去「支援」物資儲備庫，維持那裡的秩序，直到最後一通電話，他一口氣派出了「剩下」的異能者。

聽著青年放下電話時發出的那聲輕響，所有人都知道——時機已到。

對於「某些人」來說，「總部」空虛，異能者盡數出動，難道不是佔漁翁之利的最好時機嗎？

如果說逆反者們在引蛇出洞，夏黃泉他們何嘗不是？區別僅在於，對方是堂而皇之，而他們是實而虛之。

軍方異能者的真實數量可是足足七百餘人。

孰勝孰負，簡直毫無疑問，然而……

夏黃泉皺了皺眉。言必行那傢伙到底跑到哪裡去了？他應該得到消息了不是嗎？那麼至少該來和他們會合了吧？

應該……沒事吧？畢竟之前見到他的時候，他身上並沒有濃郁的死氣，不管怎樣，只要不會死就好，只是現在也不是想這些的時候了。

她猛然站起身：「開始了！」

在其他人尚未察覺，她已經憑借直覺敏銳地捕捉到異狀了。

她的話剛說完，空氣彷彿凝固了一般，沉甸甸的，但只是一瞬間，一切又彷彿恢復如常，彷彿而已。

蘇一笑了起來：「真的是『結界類的異能』啊，妳又猜中了。」

「不僅如此，所有信號都斷了。」蘇玨補充道。

「這就是所謂的甕中捉鱉啊。」蘇一伸出食指晃了晃，「不過，他們弄錯了，到底誰才是鱉。」

這次前來的逆反者有近三百人，似乎不太多，但卻是由幾個大型群體再加上一些小群體所組成，而且幾乎全部是異能者，以僅有五六千名異能者的W市來說，已經不是個小數目了。他們的目的自然是在軍隊回防前，端了他們的大本營，而後控制所謂的「長官」以及……武器，軍隊不敢對民眾肆無忌憚地出手，不代表他們不敢。

簡而言之，對他們來說，只要佔領了總部，就贏了。

可惜的是，二百對六百——這是一場必輸無疑的戰爭。

與幾乎沒有配合過的「臨時部隊」相比，擁有默契和經歷過短時間培訓的戰士顯然更佔優勢，最起碼他們不會在攻擊的時候傷害到自己的隊友；而且幾乎是一對上，軍方的異能者就控制住製造「結界」的那位異能者，以防他打破捉「鱉」的甕。

夏黃泉坐在二樓窗台上，注視著下方廣大空地上進行著的「異能者之戰」，這是異能者誕生以來所進行的第一場戰鬥，並且……也是很多人第一次與他人進行對戰。

如果非用一個詞來形容的話，應該是——

「慘不忍睹。」推著輪椅挪到女孩身邊的青年搖了搖頭，「看，那些人之間完全沒有任何配合。」

丟出冰錐時不小心劃破同伴的衣服。

風刃偏離了方向。

讓敵友一起陷入泥濘沼澤。

夏黃泉看著看著……不禁扶額，這亂七八糟的情況是怎麼回事？

這些人並非沒有與喪屍戰鬥過，只是對異能的掌握力太過不足；相較而言，軍隊這邊則要好得多，至少戰前商碧落對他們進行了分組，而且他們本身就有不錯的戰鬥素養。

火球襲來！

首當其衝的某位戰士閃身而退；與此同時，身旁的戰友默契上前，雙手平舉，不過瞬間，前方的地面便瞬間突起一塊土黃色的岩石障壁，球體砸中其上，光焰四濺！

附近的戰士紛紛靈活躲避，倒是那些異能者沒反應過來，重則直接被燒傷，輕則也被灼傷了衣角，頓時一陣咒罵聲響起，有人回過神朝丟火球的人揮舞拳頭，做出威脅的手勢。

很快，一切塵埃落定。

「感想如何？」

正確地說，從頭到尾，這根本就是一場單方面的碾壓。

面對青年的提問，夏黃泉愣了一下，隨即嘆了口氣：「讓我想起了一句話。」

「嗯？」

「我褲子都脫了，你就給我看這個？！」

「咳！！！」商碧落是真的被嗆住了。

話雖不雅，卻真的傳達出夏黃泉的心情，她本以為異能逆反者有多大事，心裡做好了與在南地時一樣不顧一切戰鬥的準備，沒想到從頭到尾的一切都被商碧落牢牢掌控在手中，她更是完全沒有出場的機會。

人到高潮突然萎掉什麼的傷不起啊傷不起！

「不過，像這樣平平淡淡地結束也不錯。」夏黃泉說完後，低聲笑了出來。

商碧落扭頭注視身側女孩含笑的臉孔，心中微暖，卻又在一瞬後垂下眼眸，手指輕劃著輪椅的扶手，雖然這樣結束這回合的確不錯，但很可惜……

「等等！你們不能動我！不然死的可不僅僅是我！」

Ch.14 妳是我的寶物

乍聽這句話，夏黃泉差點嗆到——這句經典台詞果然永不過時嗎？

「小心。」

「啊……啊！」來不及對商碧落的話做出反應，夏黃泉就因為動作幅度過大，整個人從二樓窗台掉下去，但她是誰啊？她夏黃泉可是有從三樓落下臉著地經驗的女人！異常靈敏地調整好身體姿勢，她在空中翻了個身，以單膝跪地的姿勢穩穩落下。

如此酷跩的出場方式自然引人注目，在外人面前，她的外表還是相當能唬人的。女孩外著一件漆黑的修長風衣，款式簡單卻氣勢十足，未扣緊只將腰帶束起，從空中落下時，散開的衣襬紛飛，如同兩支舞動的羽翼，露出兩條包裹在黑色長褲中的修長細腿以及腳下踏著的黑色長靴，整個人宛如從黑暗中走出來，行動間，高高束起的如墨髮絲微微晃蕩，彷彿海中看似美麗卻隨時可能讓人喪命的濃密海草。

被押住的黑五等人偷眼看向女孩，發現她此刻臉色冷凝，唇角緊抿，心情……似乎非常不愉快啊。

「老大……她她她是……她不是……母狼……」那個「王」字到底沒說出來。

「閉嘴！」怒氣沖天的夏黃泉一腳就將那人踩翻了，身為一名女性，被人說成「母狼」簡直不能忍！再過一段時間是不是就要變成母狗了？！

被她踩著胸口的男子看著她戴著眼罩的臉，不知想到什麼，抽搐兩下突然暈了過去。

「……」夏黃泉嘴角微抽，她什麼都還沒做好嗎？真的有這麼嚇人嗎？！

「等等！你們不能動我！」為首的幾人見此，接二連三地大叫出聲。

夏黃泉皺了皺眉，看向他們：「什麼意思？」話音剛落，她便抽出手中的長刀，隨手朝旁邊一揮。

幾人的目光被這出鞘軟綿綿的一刀吸引，不自覺朝她揮刀的看去……心驚膽顫！剛這麼輕描淡寫的一刀，地面居然出現了一道半人深的裂痕！

這傢伙……真的沒異能嗎？

凡是看到這一幕的逆反者同時發現了一點——他們被騙了。

正常人能揮出這麼一刀嗎？根本不可能！說她沒進化出異能？誰信啊！

眼見著夾雜著死氣的一刀起了應有的作用，夏黃泉再接再厲地頂著張冷豔高貴的臉孔冷笑出聲，一點點收回刀，橫在胸前，手指輕敲，在叮地一聲敲擊脆響後，她滿意地看到不少人的身體都顫了顫，這才開口說道：「我這個人，最討厭聽到廢話和謊言，因為它們總會讓我暴躁。」

「……不！不是謊話！」其中一人突然吼叫出聲，「那個姓言的在我們手裡！妳要是殺了我們，他也得死！」

言小哥……果然。夏黃泉的手頓了一下，好在臉上並沒有露出什麼痕跡。對於言必行的人身安全，她並沒有不好的預感，但他到現在還沒出現，八成是被抓了，這時候表現出關心，只會讓這群人得寸進尺而已，但如果什麼都不做，言小哥會不會受到傷害？

這種時候要怎麼辦才好？

此時，她身後傳來一個冷淡的聲音：「你們以為，我們會為了他一個人，就放過你們？」

是商碧落！

夏黃泉維持著臉上的神情，鎮定地轉頭看坐在輪椅上的青年，兩人目光接觸的瞬間，她便明白他想做什麼，於是配合地沒有再說話，將發言權交給他。

「想得到他的下落，我們完全有別的方法。」商碧落伸出手指頭，「將他們平均分成左右兩組。」

戰士們面面相覷了一會兒，但由於先前被分組時早已習慣了服從這個人的命令，而且事實證明了他的決定無比正確，於是全依言照辦。

「知道我想做什麼嗎？」青年注視著那些驚駭的臉孔，勾起嘴角，歪頭露出了一個招牌的聖父笑容，「現在開始，我會輪流提問。」

袖口輕抖，他手上便出現了一把漆黑的手槍，商碧落將其指向左邊：「比如說，我問你們一個問題，你們可以選擇回答或者不回答，然後，」轉向右邊，「我會問你們同一個問題，你們一樣可以做出選擇。」他微笑地接著說，「然後我會比對答案，選擇不回答或者讓我不太滿意的那邊，會受到懲罰哦。當然，如果都不回答，兩邊同罰。」

「……你想怎麼罰？」

「還用說嗎？」青年漫不經心地看了他們一眼，目光之冷漠如同在看一群低等動物，「你們除了命還有什麼？」

「……」

「在人死光之前，想必能有人給我滿意的答案吧？」

「別開玩笑了！」
「就是！我們不怕！」
「你這小白臉少威脅我們，我才不信你……啊！！！」未說出口的話被慘叫打斷，壯漢緊抱住頭在地上翻滾著，不停地發出淒慘的呻吟。
商碧落微斂起笑容，淡淡地道：「再有人說廢話，掉的可就不僅是耳朵了。」
夏黃泉注視著面色巨震噤若寒蟬且驚且懼的人們，心中不知該鬆口氣還是提起口氣，看樣子有譜，能得到言必行的消息固然好，但商碧落的做法……她很清楚，這傢伙不是開玩笑，是真的做得出來。
如果他真要殺人……
「那麼，問題一，言必行在哪裡？」
「哈哈哈哈……哈哈哈哈！」
這人，瘋了嗎？在場的無數人都如是想。
「哈哈哈哈哈哈！」被打掉一隻耳朵的男子從地上爬了起來，他手握著已經變成肉渣的左耳殘骸，狂笑出聲，「你們！你們所有人都死定了！」
「高健，你傻了？」在他一旁的黑五悄悄地往旁邊挪了挪，以防惹火燒身。
「傻？傻的是你們！」高健臉孔上露出猙獰的表情，他的雙目中滿是恨意，惡狠狠地看向商碧落，「小白臉，你死定了。」
夏黃泉下意識就閃到商碧落的身前。
雖然她不太贊同他毫不客氣地對同類出手，但也絕不可能眼睜睜地看著他受到傷害。
「你們知道我的異能是什麼嗎？」他的臉上露出扭曲的笑容，「是操控昆蟲啊！是不是覺得很沒用？但如果我讓每隻昆蟲都沾上喪屍血呢？」
夏黃泉怔住，這個人……到底想做什麼？
立刻有人替她問出了疑惑：「高健，你這話是什麼意思？」
「什麼意思？」高健冷笑出聲，「有備無患，我之前命令我的蟲子們去南方晃了一圈，那裡有不少死喪屍，剛好可以弄點血，現在，牠們都飛回來了。」
「牠們已經叮在許多人身上，只要我一聲令下，蟲子們馬上會咬人，後果……哈哈哈哈哈！對了，我忘了說，」說到這裡，他刻意停頓了一下，「之前我還下過命令，一旦我失去性命，牠們就立刻發動攻擊，到時候這座城，將充滿喪屍。你們，都得死！！！」高健一邊笑一邊站直身體，「你們還那副死狗樣做什麼？都給我站起來，這次我們贏定了！」
「要麼，把這座城市的控制權交給我們，要麼，大家就一起去死。」高健指了指對面的人，「現在，做選擇題的人輪到你們了。」
「你知道自己在做什麼嗎？」夏黃泉直視高健，深吸了口氣，盡量讓自己冷靜下來說話，「這座城市有六百萬左右的人口，他們都是你的同類！」為什麼有人可以輕易做出這種事，只為了一己私慾就可以讓那麼多無辜的人死去。
這太不正常了！
「那又怎樣？」高健滿目嘲諷地看著女孩反問，「而且，我不是給了你們選擇？真那麼心軟就把控制權交給我啊。」
「就是，高老大說得對！」
眼看高健佔盡上風，原本紛紛與他保持距離的人再次恢復了神氣。
「真這麼無私就交出控制權啊！」

「少在那裝模作樣！」

臉上露出笑容的高健，一揮手打斷了其他人，再次出聲：「除此之外，我還有個條件，就是他──」他伸出手指向商碧落，「他必須現在從輪椅上爬下來，從我的胯下鑽過去！」

一群人頓時哄笑出聲。

「對！鑽過去！」

「我早看這小子不順眼了！」

「哈哈哈哈，快爬一個給我們看看！」

在這樣的起鬨聲中，商碧落神色未變，鎮定地反問道：「你以為我會怕死？」

「你可以不怕，那麼，她呢？」高健指向夏黃泉，「你不怕她死？」

「她？」商碧落嗤笑出聲，「你可以試試，我保證就算你們所有人死了，她也會好好活著，比誰活得都長。」

高健一愣，隨即低吼出聲：「那麼其他人的死呢？你都不在乎？！」

「他們的死活，與我何干？」青年嘴角的弧度加大，從頭到尾，他所在意的人只有一個而已。

「……」高健不可置信地看著他，「你居然……」片刻後他似乎想通了什麼，再次手指向夏黃泉，「也許你是這樣沒錯，但她呢？」看剛才的反應，這女孩可比他心軟多了。

再次成為目光焦點的夏黃泉愣住。

她……不知道該怎麼回答。眼睜睜看著城市的人變成喪屍，她做不到，但同時她也無法忍受要商碧落做出那種……屈辱的事情。

畢竟，他是那樣驕傲的一個人，怎麼可以！

「不然……」操控蟲子威脅所有人的男子滿含惡意地大笑起來，「妳代替他也可以。」

「……」

「哈哈哈，高老大，你真是太不懂得憐香惜玉了！」

「不，我看是太懂才對吧，爬到胯下，嘖嘖！」

「小姑娘，怎麼樣啊？妳不是心軟了嗎？」

一個人，到底可以噁心到什麼程度？肆無忌憚地做這種無恥的事，卻沒有絲毫悔意，甚至充滿了享受的快感，這種事……這種事……

夏黃泉握緊手中的刀柄，有那麼一瞬間，她非常想……非常想……

「妳幹什麼？我警告妳！我如果死了……」

女孩鬆開手中的刀與刀鞘，砰砰！它們同時落地，發出了兩聲幾近重合的輕微響聲。

有人鬆了口氣的聲音傳出來。

女孩筆直如孤松的腿微微彎下。

卻被一把扶住！

她扭過頭，看著阻止了自己的青年。

商碧落伸出另一隻手，溫柔地摸了摸她的臉，輕聲說道：「不要做。」

「……」

「如果真的非做不可，讓我來。」

夏黃泉驀地瞪大眼眸。

在她驚愕的目光下，青年以屈辱的姿勢頗為狼狽地一點點爬下輪椅。

在那群人的哄笑聲中，他俊美的臉孔淡定而從容，全然不將此放在心上。

但是！

但是！！

但是！！！

為什麼他必須要做這種事情？！

為什麼他必須承擔這種屈辱？！

為什麼這群人可以擁有力量？！

如果沒有的話……如果沒有的話……

他們不配他們不配他們不配他們不配他們不配！

無法忍受無法忍受無法忍受無法忍受無法忍受！

啊啊啊啊啊啊啊啊啊啊啊啊啊啊啊啊啊啊啊啊啊！！！

她只覺得頭疼欲裂，雙手猛地抱住頭，在那一剎那，頭腦中無數亂流席捲而過，一直被忽視的東西終於被尋找到！

夏黃泉抑制不住地喊叫出聲：「消失！！！全部給我消失！！！」

面容淡定的青年在同一瞬間停下了動作，他勾起嘴角，露出一個頗為愉悅的笑意——

贏的人果然是他。

❖

平地裡捲起了一股旋風。

風眼是靜站在原地的女孩。

夏黃泉靜靜地站在原地，面容已經沉寂了下來，雙眸緊閉，圍繞著她的風卻愈來愈猛烈，以至於原本在她身側的青年不得不微微後退，以防身下的輪椅被吹得歪倒。

據說風眼是氣旋中心最為穩定的地帶，如果方才喊叫出聲的夏黃泉宛若銳利刀鋒，那麼此刻她卻如同暫時被歸入鞘中的利刃，看似無聲，靜待出鞘！

與其為敵者，感知到這看似平靜的風暴中蘊含著的危險味道，嘶聲吼道：「妳不能殺我！不然所有人都會死！還有言必行！他被關的地方我放了炸藥，妳要是敢……啊！」

「我就是敢，你想怎麼樣？」一個懶洋洋的聲音從眾人身後傳來，不知何時，那個在最一開始創造了結界的異能者耗盡能量了，於是外界與此處的連接恢復了通暢。

「你……你不是……」

言必行趴在某人身上，再次搓了個火球，怒道：「我什麼我？！半邊禿不適合你，給你來個腦全裸吧！」這群混蛋！想他一世英名被這些人害得陰溝裡翻船，這回非被嘲笑一輩子不可！

「那、那是什麼？」揹著言必行的人突然驚呼。

「啊？」青年看過出，頓時愣住了，「妹子……」手中的火球頓時熄滅了。

商碧落絲毫不意外，看了某人一眼後，轉頭將全部注意力重新放在女孩身上。此時的夏黃泉卻已經完全聽不到任何來自外界的聲響，更感覺不到任何來自外界的關注，她如同被封閉在某種奇異的世界，被動地接受著原本就屬於她卻一直被忽視的訊息。

時間的流動毫無意義，已經過了很久，但誰在意呢？

「怦！」商碧落下意識摀住心口，在這一秒，他若有所感地看向女孩，果不其然，她正緩緩睜開雙眸。

利！刃！出！鞘！

原本肆意飛舞著的風如逆旋的刀片，肆無忌憚地朝那群人身上席捲而去！

卻沒有傷到其餘人分毫。

「崩！」有什麼東西斷裂的聲音響起。

女孩滿頭的烏絲在風中肆意飄散，與此同時，那只一直隨身佩戴著的眼罩，也在這一瞬間，化為了碎片。

她緩緩平舉起右手。

幾乎是同時，被風暴禁錮著的人們相繼露出極為痛苦的表情，紛紛倒落在地。

「啊啊啊——」

「啊啊啊！」

「這是……不！！！」

女孩的手一點點縮緊。

人們痛苦的表情愈深！

直到那隻手完全合起……

「啊！！！」

言必行被眾人合奏而出的慘叫聲弄得頭皮發麻，不僅是他，將他揹回來的人也一樣。

但言必行也清楚知道，夏黃泉此刻的情形不對，不可貿然打擾，他下意識地將目光轉向商碧落，只見他的目光幽深而狂熱，正專注地注視著身側的女孩，像是在等待著什麼，又彷佛在確定著什麼。

那是……晶核？！

言必行的眼睛驀然瞪大。

只見無數閃爍著不同色彩的晶核突然從那群異能者體內衝出來，爭先恐後地朝女孩所在的位置飛去，動如脫兔，靜如處子！下一瞬間，穩穩地停在了女孩身旁，整齊而有序地按照顏色排列，漂浮在空中圍成了一個奇異的圓，將她緊緊包圍住。

那隻平舉著的手，緩緩收回，色彩各異的晶核如同得到了命令，再次動作了起來，令人驚訝的一幕發生了！

它們，居然朝女孩的左眼衝去！

「啊！」不知多少人在這一刻發出了驚呼聲。

商碧落猛然站起身來。

近在咫尺的距離讓他可以清楚地看到，那琥珀色的眼眸以及豔紅的瞳孔，宛如一條尋人而噬的巨蛇，將那些晶核一一吞入口中！

從晶核飛出，再到它們消失在女孩的眼眸中，不過才十來秒工夫，以至於……

「我是在做夢？」

「我……好像也做了個奇怪的夢。」

「我也是。」

怎麼會同時做夢呢？

如同在證實這不是夢，失去晶核的異能者突然爭先恐後地發出了驚呼。

「我的異能！我的異能沒有了！」

「臭婊子，妳做了什麼？！」

「動啊！動啊！為什麼動不了！」

這一切的一切都證明了，不是夢，是真真切切發生的現實！

「黃泉？」商碧落輕聲呼喚。

夏黃泉下意識轉過頭，雙眸由銳利轉變成恍惚的狀態，她愣愣地看著他，好像一時間沒認出他是誰，幾秒過後，她眨了眨眼，嘴角勾起一個小小的微笑，她說：「你也不要做……」話音未落，整個人突然倒下。

靜立的青年敏捷地將她牢牢實實地擁入懷中，小心地不讓女孩有一絲一毫的不適。

第一個回過神的是商碧落，第二個便是言必行了。

他從人背上滑下來，一瘸一拐地走了兩步，眼看就要摔倒，旁邊有著漂亮紅色捲髮的女人扶了他一把，她給了這混蛋狠狠的一瞪後，毫不客氣地提溜著人走了過來：「妹子，我把妳二房帶回來了！」因為隔了一段距離，從他們的角度看到的倒像是女孩「主動撲入」青年懷中，求蹭蹭求安慰求撫摸。

「……」小弟們集體淚流滿面，大姐頭，妳說得這麼大聲真的沒問題嗎？！

「什麼二房，要做我也做大的！」言必行很不滿，他這麼有操守的人肯定不會做小三啊，做也做老二啊……是不是哪裡不對？

「你還想小三上位？」紅姐很驚訝，「有志氣啊！」

「不敢當！」

「但我最討厭的就是小三了，去死！」

「嗷！！！」

「……」小弟們再次集體淚流滿面，大姐頭，這位大哥，那位正宮娘娘的眼神好凶啊！會死人的！別鬧了！

說話間，言必行終於蹭到了兩人旁邊，齜牙咧嘴地一屁股坐到商碧落的輪椅上：「妹子怎麼樣？」再一看青年的臉色立刻知道夏黃泉肯定沒多大事，否則他不會如此淡定，於是接著說，「阿商，快治療，痛死我了。」

商BOSS卻看都不看他，問了句：「會死嗎？」

「……怎麼可能，哈哈哈。」

「那急什麼。」

「……喂，你不是吧？」言必行瞠目結舌，這傢伙不是這麼沒義氣吧？

「很遺憾，我是。」青年一把橫抱起女孩，扭頭對衝出來的蘇玨說了句，「他就交給你了，再不治療他馬上會死。」

「黃泉……」

「似乎是脫力了，我帶她回去。」

被當拖油瓶一樣丟給蘇玨的言必行目瞪口呆地注視著青年大步離去的背影，沉默片刻，終於抑制不住地爆出一句粗口：「（嗶——）！！！」混蛋，你不重色輕友會死啊！

「不愧是正宮，就是比小二、小三霸氣！」紅姐感慨道。

傳說中的小二：「……」

傳說中的小三：「……」

「那我就是小四囉？」蘇一不知何時冒了出來。

「……」紅姐和她的小夥伴們驚呆了，於是她也情不自禁地爆出一句粗口，「居然玩上雙胞胎，真是太厲害了！」

蘇一露出八顆整齊的白牙，羞澀地笑了：「其實，我們是四胞胎。」

「……」小弟們第三次集體淚流滿面，他們是不是知道了什麼了不得的祕密？會被殺人滅口嗎？！

當然，夏黃泉本人完全不知道自己的名聲已經被敗壞得慘不忍睹，俗話說「屠一人為罪，屠萬人為雄」，她的地位瞬間昇華到了某個偉大的地步。

夏黃泉，真是神一般的女人！！！

❖

此時此刻，這位「偉大」的女人只感覺暈暈沉沉，就像是發了一場高燒，自從來到這個世界後，她還沒有體會過生病的滋味呢。身體飄飄浮浮，似乎搭乘著某艘小舟遊蕩在水面，卻又出乎意料地並不會感覺不安，反倒……充滿了恬適的安定感。

而且，很溫柔，很暖和。

她無意識地偏過頭，朝暖源處湊去，小心地蹭了蹭。

「……」商碧落的手指顫了顫，注視著懷中奶貓樣蹭著自己胸口的女孩，她的臉上有著不自然的紅暈，體溫也有點高，應該是使用異能過度的後果。

那個異能，正如他所料想，身為人類進化的開啟者，擁有那樣的力量無可厚非，他為其取了一個不錯的名字——王者令。

王者可以賜予，自然也可以剝奪。不是嗎？

他勾了勾嘴角，女孩沒有因為自己將要受到的屈辱而爆發，反倒是因為他，這一點讓青年很是愉悅。這是不是意味著，其實他在她心目中是非常重要的？

不覺間，兩人已然回到了房間裡。

商碧落小心翼翼地脫去女孩的外套和鞋子，將她放上床，蓋好被子，做好一切後，撤去了青霧的商碧落坐在床緣，一不小心壓住了不被髮帶束縛後肆意飄灑而下的長髮，他心念微動，握起一縷，髮絲滑潤得似乎馬上就會從手中溜走，青年不覺緊了緊手心。

烏髮如墨，與潔白的床單形成了鮮明的對比。

他移轉目光，只見女孩細瓷般的肌膚微紅，體溫已經和平時無異，呼吸較之剛才要均勻許多，可見女孩的身體狀態正在逐漸恢復。

似乎……很少看到她這麼沒防備的模樣啊。

因為女孩的直覺太過敏銳，每天的睡眠時間也極短，只要注視她超過一定時間，她就會立刻醒轉，眼神銳利，精神奕奕，平時如果想要揉揉，就做好被撓手捶頭的準備。

不像現在。

他用手指纏起掌心的長髮，舉至唇邊輕吻。

如果她此刻醒著，肯定會暴怒地大叫：「商碧落你個混蛋又在做什麼啊？！」

青年想著想著，嘴角不自覺地勾起一抹笑容——不趁機做點什麼似乎對不起她了。

如果她知道他的想法，八成會說——「喂！別以自己的腦補為由做壞事啊！！！」

夏黃泉當然不知道商碧落這時候在想的，她只在恍惚間覺察到一股奇異的壓迫感，有什麼東西一點點地壓到頭上卻無力抗拒，身體完全無法動彈。這種感覺讓她有些難受，不由得微微皺起眉頭，因方才的異常而變得格外紅潤的唇瓣小小地開啟，想呼救，卻又不知道該說什麼。

而這個細微的動作，在漸漸俯下身的青年眼中，是危險的誘惑。

——本來只是想親一下額頭的……

無恥地為做壞事找到理由的某人本著「機不可失，失不再來」的原則果斷地下了嘴。

並不是第一次親吻她，只是以往都太過倉促，猶如夜間開放又迅速謝去的曇花，不像現在——

青年並不急著入侵，只是溫柔地含住女孩的嘴唇，一點點舔著，品嘗著軟綿綿的棉花糖，帶著女孩之前吃過的蘋果味道，簡單的動作卻有魔力，讓人流連，難以抽身。

「唔……」直到女孩挪動頭，發出了意味不明的輕聲，商碧落才暫時放過她已然紅豔欲滴的微腫嘴唇，舌尖狡猾地順著她開啟的唇瓣鑽了進去，一點點嚐遍，固執地不放過口中的任何一個角落……直到最後，唇舌交纏，感受從彼此身上傳來的溫度，一次又一次，一次又一次，透過吻，甚至另外更親密的行為，慢慢補全好不容易才找到的缺失物。

女孩的手不知何時從被中伸出來，被青年撐在枕邊的手一把握住，十指緩緩交扣。

——妳是我費盡千辛萬苦才找到的寶物，沒有哪一刻，比現在更確定。

Ch.15 岳父和女婿是天生的敵人

因為使用異能過度而脫力，對夏黃泉來說是非常新鮮的體驗，但她體質不僅優於常人也勝過猩猩，故而很快就醒過來了。

不對勁——這是她醒來後的第一感覺。

但具體有哪裡不對勁，她又說不出來。

夏黃泉歪了歪頭，理不出頭緒來，只是覺得嘴唇非常乾，秋季的天氣有這麼乾燥嗎？下意識地舔了舔唇瓣後，一杯水出現在她面前。

「啊……謝謝。」她接過水，咕嚕咕嚕地一口氣喝完。

「老老實實」坐在床邊靠椅上的商碧落單手撐在扶手上托腮，看著女孩異常「豪爽」的狂飲動作以及自唇邊流下一路順著修長脖子滑落至衣內的透明水滴，漆黑的眼眸漸漸深邃，嘴上卻很自然地問：「身體怎樣了？」

「嗯？」夏黃泉放下杯子，滿足地嘆了口氣，略微感受了一下，點頭說，「已經完全恢復了。」對上對方眼眸的瞬間，她愣了愣，下意識地問道，「你是不是做了什麼壞事？」眼神看起來好奇怪！

「什麼？」商碧落非常「無辜」地反問道，壞人出身的他，心理素質和裝模作樣的本事極度優異，當然也必須感謝治癒異能，讓他成功地沒留下任何「犯罪證據」。

「……算了，大概是噩夢的後遺症吧。」

「噩夢？」

「嗯。」夏黃泉點點頭，想了想說道，「具體內容記不清楚了，似乎是被一隻狗撲倒猛舔之類的，真是……」糊了一臉口水，真是太噁心了，她抱著手臂抖了抖，「我以後都不想養狗了！」

「……」

如果女孩此時看向青年，就能從他臉上一閃而過的奇怪神色發現端倪，但很可惜她正忙著搓手臂呢；而商碧落也已然恢復了鎮定，如果被發現，他現在已經被按在地上暴揍了不是嗎？至於被當成「狗」，這點小事實在太不值得一提了。

「對了，關於異能，已經完全掌握了嗎？」

「啊！」夏黃泉終於回想起之前的一切，想著想著，她的神色一點一點變得難看了起來，轉過身惡狠狠地瞪向青年，咬牙吼道，「商・碧・落！這全是你搞的鬼吧？！！！」激動到極點，她抓起那混蛋就按在床上，騎在他身上，雙手提起他的衣領，「怪不得我一直覺得違和，你瞞著我到底是想做什麼？」

這也在商碧落的預料之中，本來就沒指望能一直瞞住她，能到最後才被發現，已經是意外之喜了。

他微微嘆了口氣，伸出手抓住女孩的手：「如果我說自己並沒有惡意，妳信嗎？」

這混蛋……是想解釋？夏黃泉愣了，按照這個混蛋的性格，應該是被誤會了也死鴨子嘴硬絕不悔改的類型吧？她本來還考慮怎麼揍到他說實話呢。

如果商碧落能聽到她的心聲，肯定極度無奈，對於其他人他當然不屑於解釋，可是她……從前一個烏龍表白事件就讓他們差點決裂，這次再不好好溝通，天知道會引起什麼後果。

他對那個可能的後果一點都不好奇。

「既然你想說，」夏黃泉一把拍掉他的賊爪子，順帶放開抓著的衣領，「我就大發慈悲地給你一個解釋的機會吧。但是！如果你還敢騙我，我就……」她皺眉，老是說揍，是不是威懾力不夠？

「就什麼？」

她脫口而出：「我就把你賣給紅姐，先這樣再那樣，一百遍啊一百遍！」

「……」之前一提到紅姐就炸毛的人是誰啊？

遠在異處的紅姐再次打了個噴嚏，揉鼻子，心中疑惑：難道又感冒了？

「……比起那樣，我還是比較願意做皇后娘娘。」眼見騎在身上的女孩又要發飆，商碧落果斷地轉換了話題，「我從頭說起？」

「說！」

青年整了整思緒，緩緩述說：「我修改計劃，是因為發現了一件事。」

「那件事……是關於我的異能？」

「沒錯。」商碧落點頭。

「可是，你是怎麼知道的？」連她自己都不清楚好嗎？總覺得毛骨悚然啊。

「之前有一次妳揍我，大概是情緒太激烈，說了句『挨揍的時候不許使用異能』，接著果然實現了。」

「……你說這個的時候好歹面帶羞愧好嗎？！我情緒激烈都是因為誰啊？」夏黃泉簡

直想吐血，這傢伙的臉皮到底有多厚，對於這種事完全不以為恥反以為榮！而且那時候他明明以「聽妳的話沒用異能」為名敲詐了吧？無恥！卑鄙！鄙視他！

商碧落非常配合地露出了羞愧的表情：「都是我的錯。」

「……繼續說！」再閒扯下去她真擔心自己抑制不住把他掐死。

「但是妳自己卻沒有意識到，之後我又試探了幾次，」他攤了攤手，「妳明白的。」

「繼續。」

「考慮到理解情況，還是由妳來提問吧。」

「……你！好，我問！」夏黃泉用眼神剜了某皮厚君一眼，將心中疑問問了出來，「首先，為什麼不直接告訴我？」

「因為我也不能百分百肯定，而且就算告訴妳，妳想用什麼方法來驗證呢？」

「那當然……」

話音未落，青年緊接著提問道：「妳那次無意激發異能與情緒有關，但妳能做到刻意讓情緒激烈起來嗎？」她根本不會演戲，更不會罔顧人員傷亡，只有在毫不知情的狀況下才能達到最佳的效果。

「我……」總感覺被他繞了，夏黃泉困擾地撓了撓臉頰，大手一揮，「這就算了，下一個問題，你怎麼確定他們一定會按照你的計劃走呢？」

女孩沒有繼續追究讓青年暗自鬆了口氣，激發她的異能當然是重點，但他也想試探某些事情，結果遠比他想得要好，雖然她嘴上不承認，但似乎他在她心中並不是毫無分量。

至於第二個問題，毫無難度，他勾起嘴角，回答得很氣人：「妳忘記整座城市都有我的耳目了？」

「……」好吧，她還真給忘了，咦！她猛然醒悟，「這麼說，那個操控昆蟲的你也很清楚他的能力？甚至知道他把昆蟲派向南方？怪不得那時候你打掉他的耳朵，你是故意要激起他的憤怒？」愈說思緒愈清晰，之前覺得奇怪的點也漸漸貫通了，「我就說，你這個一直愛披著羊皮的傢伙為什麼突然做出那種可怕的事情。」

「說得很對。」青年肯定了她的猜測。

「你瘋了嗎？」夏黃泉捏緊拳頭，「萬一我沒激發異能，你知不知道……你……」她深吸了口，「你給我講清楚！」

即使憤怒到這個份上，也依舊給他解釋的機會嗎？

而究竟從什麼時候起，他居然會因為「別人願意讓我解釋」這種過去嗤之以鼻的事情感到心跳加速，難以自己？

——這可真是不太妙。

但是……青年仰頭注視著女孩紅撲撲的臉蛋和專注著注視地自己的熠熠雙眸。

——似乎也不是那麼糟糕。

「如果妳真的無法激發異能，我不過是受辱而已。」

「你……」夏黃泉愣了愣，血液開始往臉上沖，「少、少說得好聽，我才不信呢！」

「真可惜。」商碧落露出一臉失望的神色，「難得我說一次真話。」

「……閉嘴！」而且很少說真話有什麼值得自豪的？雖、雖然，憑感覺她知道——他說的確實是真話，她才不會因為這種事而感動呢！

「其實，他的異能並沒有妳想的那麼可怕。」商碧落仔細地解釋道，「現在的季節已經是深秋，昆蟲，特別是飛翔類的昆蟲數量並不是非常多，去過南地轉而再飛回，數目要再要減少一些。」目前的病毒僅僅只能將人轉換成喪屍，而未能對其他動物起作用，這是人類的幸運，否則僅僅是昆蟲一類，就足以滅絕絕大部分的人類。

「但還是有昆蟲不是嗎？只要有一個人變成喪屍，這個城市就隨時面臨著危險。」成功轉化成異能者的人固然對病毒產生了免疫力，但那些沒有轉化成功的人，只要被咬，就會被感染。

「關於這一點，也並非無解。」

商碧落真的非常瞭解夏黃泉。那時候他說的「他們的死活，與我何干？」絕非謊言，整座城市整個國家甚至全世界的人，哪怕全部死亡和他又有什麼干係？他不僅不會悲傷……倒不如說，對「整個世界只有我和妳」這件事還挺期待。但是，他不在意，不代表她不在意。

兩個人想在一起，總要互相妥協。

既然她不樂意退一步，那麼只好他退了，反正並不是什麼難以做到的事情。

他輕敲手指，一縷藤蔓狀的青霧再次浮現在空中：「妳知道它的本質是什麼嗎？」

「本質？」夏黃泉呆了呆，想到它的來源，再想到商碧落剛才的話，她的眼睛漸漸瞪大，「你的意思是……」

「沒錯。」看見已經猜測出答案的女孩那不可置信的眼神，商碧落不自覺地笑了，他伸出手撫上她的臉孔，手指劃過那雙睜得貓眼般滾圓的眼眸上，「是病毒。」

「！！！」震驚過度的女孩沒意識到自己正在被一雙賊手「非禮」。怪不得，她總覺得死氣和青霧有某種共通處，原來是因為它們都來源於喪屍，而她和商碧落都可以透過某種方式吸收它們，區別在於，她的媒介是長刀，而他則是用藤蔓。

「這簡直太不可思議了。」

「其實也並非無據可循。」商碧落捏住女孩紅紅的臉頰，掐了掐，發覺手感不錯，又掐了掐，「別忘了，我的異能是治癒，這也算是治癒的一種吧。」

治癒？對，他這麼說也沒錯，商碧落可以吸收喪屍身上的病毒，那也可以吸收人類身上的病毒啊。

「放開爪子啦！你這傢伙是要逆天嗎？！」這異能也太讓人羨慕嫉妒恨了吧？夏黃泉一把拍掉某人的賊手就想摔碗啊，這傢伙的人品為什麼就這麼好？

「……逆天的不是我，是妳。」商碧落有些無語，難道她沒意識到這個世界上最可怕的異能正是她所擁有的？商碧落發現有一點倒是異常有趣，女孩明明有強悍到足以令人心生畏懼的力量，愈是接近，反倒愈讓人覺得她極為無害。

慢慢地，就想好好地保護起她的這份「無害」。

很矛盾，但是，並不違和，青年想著，接著說：「而且，我的異能並非沒有限制，別忘了，」他解開紐扣，露出纏繞在鎖骨上的青藤，「吸收總量是有限制的。雖然可以在吸滿後立刻使用掉，但根據之前的研究，持續使用異能會讓人的身體疲憊，所以……」他總結，「固然可以治癒被感染者，不過妳也很清楚，被感染後八個小時內就會轉化為喪屍，感染者如果太多，我不可能救治得了所有人。」簡而言之，讓他當救世主是很不科學的，而已經變成喪屍的人類，就算他吸收了他們身上的青霧，也絕不可能恢復原狀。

「就算這樣也很厲害了。」夏黃泉舒了口氣，眼神中是純粹的喜悅，「有這個異能，這座城市的人活下去的機率又大大提高了不是嗎？這真是太好了。」

「……」算了，她開心就好。

「那麼，下一個問題——言小哥被抓，你知不知情？」

問題真是一個比一個犀利，但欺騙很明顯不可行，商碧落只好說實話：「知情，但是他最後不是平安回來了嗎？」

「……紅姐是你引去救言必行的？」

「她在觀望者中屬於對軍方比較懷有好感的陣營。」如果不是夏黃泉反覆提起這人，商碧落還真想不起來，通過「眼」觀測後，他才決定用她去救人，況且……如果他沒記錯，第一次見面時言必行就被她揍過？讓他們再次會面也不錯，最近某人真是太得意忘形了。

「你又在想什麼亂七八糟的東西啊？」夏黃泉啪地一下砸在商碧落頭上，接著說道，「你老實說，他被抓你有沒有插手？」

「沒有。」商碧落回答得很果斷，「我只是知道，並且沒有阻止，而且我事先提醒過他『別引火自焚』，可惜他沒有把我的話放在心上。」雖然這些話是背對女孩說的，但這是肯定的啊，當著她的面說可就什麼都曝光了。

真話還是假話，夏黃泉當然分得很清楚，但她依舊不解地問：「你為什麼不對他明說？」言必行的異能已經覺醒了啊，不需要像她一樣「感受憤怒」吧？

「這個……」

「什麼？」女孩瞇眼，有・陰・謀！

「不能說。」

「蛤？」這混蛋想死嗎？

「是真的不能說。」商碧落搖了搖頭，很誠懇地表示自己並不是在吊胃口，「這件事關係到他的祕密，是與他有關的人想要對付他。」

「……祕密？」夏黃泉想起言小哥那些奇怪的舉動，她當然知道他有祕密，但問題是，「你怎麼知道的？」

「無意中觀測到的。」

「鬼才信呢！你個偷窺狂！」信他才有鬼！不過也就能理解為什麼商碧落不對言必行直說了，一直不願意說出口的祕密居然從別人口中說出來，這實在太過尷尬了。依照她對言小哥的理解，他寧願挨揍，也不願意面臨這樣的狀況；而且就算知道有危險，言必行也不會選擇退縮，用他的話說就是「伸頭一刀，縮頭也是一刀，早死早超生啊！」——他就是那樣的男人。

「算了，」她記不清自己今天是第幾次說這句話，不過也明白，「對你也不能要求太高。」她也很清楚，除去這個原因，他應該也想藉由「言小哥的悲劇」激發她的憤怒，雖然未能實現。

不管怎樣，他並非想傷害言必行，還為他安排了退路，以商碧落這混蛋來說，真的是難得的進步了。

「下一個問題……還有什麼？」夏黃泉歪頭思考了片刻，因為心中的疑惑幾乎都得到解答了，一時之間她也不知道還要問什麼，終於，讓她找到了一個，「你做這一切，僅僅是為了激發我的異能？不是吧？你到底還想做什麼？」

還想做什麼？

今天過後，她可以剝奪異能的事情會正式為人們所知，而後她將與人們覺醒異能前一樣，再次在這座城市樹立起絕對的威信。

相對的力量讓人蠢蠢欲動，絕對的力量讓人臣服。

更何況，今天她的爆發也是因為「想要保護市民」，與那次報紙事件一樣，女孩一如既往地展現了良好的品德和美好的人性，這正是許多人所缺失的。

強大，卻並不殘酷。

擁有力量，卻也願意擔負責任。

無論承認與否，人們的血液中銘刻著奴性，那萬千年來沉澱在靈魂深處的劣根性並不會輕易就被拋棄，而現在的她，完美地符合了絕大部分人所期望的「統治者」形象。

如果從前的她只是對這座城市有影響力，多少有名無實，那麼在這件事之後，他會讓她——有名有實。

也只有這樣，她才會獲得絕對的安全。

商碧落知道，女孩很強大，並不需要他的保護，但他依舊想用他的方式，讓她不再受到任何傷害。

這個與她聰不聰明強不強等等亂七八糟的事毫無關係，如果非要深究，大概是——身為一個男人，總想將自己心愛的女人牢牢護在身後。

對他而言，這不是錯，就算是，恐怕將來也會一犯再犯。

「說話啊？」女孩等他的回答等到不耐煩。

一直被女孩騎在身下的商碧落突然坐起身，伸手將懷中的笨蛋抓住，兩人瞬間變成了——女孩雙腿張開跪坐在青年的腿上，整個人被對方緊緊擁在懷中，耳朵貼著他的心臟，傾聽著他猛然激烈起來的心跳聲——這樣一種格外親密的姿勢。

長髮披散，輕撫順滑如綢，懷抱的軀體溫暖散發著淡淡的香味，最為可貴的是，這份再不會從別人身上尋找到的契合感。緊抱著的時候甚至會有一種感覺，她整個人就是為他而造的，每一個細節，甚至頭頂因為剛睡醒而凌亂飄起的幾根呆毛，都這麼熨貼心胸。

可惜，這樣的美好時光注定不能享受太久，懷中的女孩很快從一瞬的恍惚中回過神來，在對方發飆之前，商碧落推開了她，伸出手揉了揉近在咫尺觸感很好的腦袋，與她對視的眼神認真而專注：「我只是想保護妳。」

「……」

這個傢伙……

是認真的……

不要用這種眼神看著她啊！

怦！怦怦！！

女孩連忙摀住胸口，下一秒又趕緊放下手，臉上浮起濃濃的紅暈，整個人炸毛了，連滾帶爬地從他身上爬下去，坐到一旁：「混、混蛋！你在說什麼啊！奇奇怪怪的！誰要你保護了！！！」妄圖以叫囂掩飾自己完全亂了節拍的心跳聲。

「那麼，妳決定做出怎樣的裁決？在我解釋了一切後。」

「……」女孩沉默了片刻，突然伸出拳頭，狠狠地朝青年的臉孔砸去，順帶將那讓她心跳失序的眼神拍飛！

「商碧落，你果然是個混蛋！」

被揍了又被罵了的青年心中有些失望，但對這結果也並非不可接受，只是今後她會以怎樣的態度對待他呢？

正思忖間，他突然察覺到有東西接近，他扭頭想看，遲了一步，只感覺到有軟綿綿香噴噴的東西在臉頰上一觸即離。

這是？

他驚訝地轉過頭，手指輕撫上臉頰，女孩卻不肯看他，只快速地背轉過身，氣勢聽起來非常足地喊道：「但是怎麼說你也是為了我，就、就姑且原諒你吧！下次再做，我就揍死你！！」

但這話怎麼聽起來這麼心虛？

他突然輕笑出聲，湊過去卻怎麼都沒辦法看到她的臉——她一直轉來轉去躲著他呢！

「剛才那個，是獎勵嗎？」

「……」

「那麼，要不要再揍一下我的右臉？」

「……」女孩被嗆住，「你真的是M嗎？」被揍了左臉再送上右臉什麼的，怎麼想都不正常吧？

「因為被揍有獎勵啊。」

「……喂！才沒有那種奇怪的東西呢！」

「嗯？」青年意味深長地聲音傳來，「那剛才的是什麼？好像……」

「閉嘴啊混蛋！！！」毫無疑問，夏黃泉再次被調戲得炸毛了，她跳起身，毫不客氣地一腳將某人踩翻在床，悲劇的是，因為太過激動，她口不擇言了，一句話脫口而出——「我到底是犯了什麼病才會喜歡你這種無恥厚臉皮沒節操的混蛋啊？！」誰給她藥？

她絕對不放棄治療啊啊啊啊啊！！！

「……」

「……」

兩人同時陷入了石化中。

沒錯，商碧落這傢伙也呆滯了，他正處於「原本只想跳到屋簷上偷根小鹹魚吃沒想到撞上了一條大藍鯨」的狀況，以至於有幾秒，他的大腦處於當機狀態，才重啟恢復就看到踩著自己的女孩，臉在一瞬間漲得通紅，不僅如此，甚至連放在他胸前的那隻瑩白的腳丫子，也紅透了，整個人如同一隻新鮮出鍋的小螃蟹，從上到下冒著騰騰的熱氣。

在這一瞬間，他覺得喉間有些乾澀：「妳……」

「你什麼都沒聽到！！！」

「……」為什麼沒說話？因為他暈過去了！

商BOSS同學恐怕這輩子都沒想到，有一天，他會被一隻看似無害的腳丫子活生生踩暈過去，由此可見，女性傲嬌，不！是害羞起來有多麼可怕！

踩踩踩！

踩！踩！踩！

踩踩踩踩踩踩踩踩踩踩踩踩！！！

等到夏黃泉終於平靜下來，她一屁股坐在床上，抱頭注視著再次被「玩壞了」的商碧落，心中又羞窘又愧疚又糾結，她真的不是故意的，只是不小心就反應過度了……連忙檢查某人，好在沒什麼事，只是某個部位不太雅觀……咳，總之，有沒有一種異能是能夠時空倒轉重來的啊？

等……等等！異能？

夏黃泉稍稍冷靜了下來，雖然先前使用異能後立刻暈了過去，但不代表她沒有記憶，如果她沒記錯，那些人的異能……被她剝奪了？還進入了她的左眼中？

感覺就像孩子亂吃東西一樣讓人糟心啊。

可以，弄出來嗎？

心念一動，她突然覺得左眼有些難受，並不痛，就像眼睛無意間進了砂礫，女孩下意識揉了揉眼睛，隨即驚訝地發現，這顆沙子怎麼這麼大！不，還不只一顆沙子，兩顆三顆四顆……夏黃泉淚流滿面地看著被「黃泉之眼」吐出的一大堆晶核，第一次發現異次元口袋是這麼可怕的東西，尤其它還長在自己眼睛裡！

經過試驗，她發現「黃泉之眼」真的變成了一個儲存器，但是只能放入取自異能者體內的神祕晶核，她試著將喪屍晶核往裡塞，結果差點戳瞎自己，至於其他物品……還是算了！

接著她又想到，這些異能不知道她能不能用，試驗結果是，可行。

只要代表那種異能的晶核還在她的眼中，她就暫時可以借用，然而，她能感覺到，她只能夠發揮出一部分的異能，持續的時間也極短，有些能力甚至只有兩三秒。

這沒什麼好奇怪，要是可以肆無忌憚地借用異能就太過逆天了。況且夏黃泉沒打算留下這些異能晶核，直覺告訴她，既然能剝奪他人的異能，那麼給予應該也是可以的。

為了測試，夏黃泉找出高健使用的控蟲異能，這顆晶核是紫色的，泛著濃濃的神祕，暫時借用後，她發現因為高健還活著，那些蟲子還在「待命」，沒有人被牠們叮咬過，她當機立斷命令那些蟲子立刻飛去南方，並且在任何情況下都不允許與人類進行接觸。待牠們徹底離開W市後，她會讓這個威脅徹底消失。

做完一切，夏黃泉鬆了口氣，這顆晶核她不打算交給任何人，因為實在太危險了。

可惜的是……

「找到時間返回和刪除記憶的異能了嗎？」

「沒有，真可惜……咦？」夏黃泉僵硬地扭頭，不知何時，商碧落這傢伙居然醒了。

原本很尷尬，一看到他臉上那個明晃晃的腳印，她忍俊不禁，捣住肚子，噗地一聲笑了出來。

「？」

「笨蛋！自己照鏡子吧！」

說完女孩撒開腳丫子逃跑了。

之後商碧落沒能找到抓住女孩「審問」的機會，因為片刻後另外三人回來了，渾身裏得跟木乃伊似的言必行奄奄一息狀趴在蘇一背上，把夏黃泉嚇了個夠嗆。

「你、你沒事吧？」

「沒……」被放在沙發上的言必行翻了兩下白眼，抽搐著伸出手，「別麻煩阿商，他說自己很忙……」

「……」這難道就是傳說中的告黑狀？

「呀，我的頭怎麼這麼暈……妹子，給我拿張紙……我要寫遺囑……」蹬了幾下腿。

「……」

「我……妳……啊！」閉眼。

「……你夠啦！」夏黃泉簡直想摔碗，別這樣嚇人啊！而且，嚇人也請專業點，裝模作樣是怎樣啊？

言必行對夏黃泉的智商很是驚訝：「咦？妳怎麼發現的？」

「廢話！有哪個死人還記得吐煙圈的啊？！」

「原來如此。」言小哥連連點頭，吸取經驗教訓，「我下次會記得把煙吐出來再裝死。」

「請便！」夏黃泉捏了捏拳頭，擺著一張陰暗臉道，「我會毫不客氣地把你埋在花園土裡，就是隔壁樓那隻小狗的固定入廁點！」

言必行痛哭流涕，什麼叫最毒婦人心，這就是啊！

與此同時，默默在一旁觀看的蘇一將手搭上蘇玨的肩膀，輕聲說道：「看起來不是很精神嗎？放心了？」

蘇玨扭過頭，看著這張與自己一模一樣的嬉笑臉孔，微微皺眉：「這和你沒關係。」如果夏黃泉聽到他這麼說話一定會很吃驚，因為她所熟知的蘇玨永遠是溫和的，很少會以如此明顯的拒絕態度去對待一個人。

「真無情啊。」蘇一收回手，無奈地嘆了口氣，「明明我們是同一個人。」接著他轉而笑道，「其實你應該感謝我，不是嗎？」

蘇玨眉間的紋路愈加明顯：「別說了。」

「好吧。」蘇一攤手，看似選擇了妥協，「我可不想惹怒你，畢竟你才是老大。」

「……」

「阿玨？你在生氣嗎？」

蘇玨回過神，看向不知何時湊過來的女孩，展開眉頭回答道：「是啊。」

「咦！」夏黃泉大驚，「誰得罪你了？」

「妳啊。」

「……我？」

「妳答應過我不會做危險的事情。」

「……哈哈哈哈。」夏黃泉默默吐血，她是答應過，可是她被商碧落那傢伙算計了啊！

「稍後和我談談吧。」

「……」救命！！！又是幾個小時的談話教育嗎？傷不起啊喂！

眼看女孩的臉色變得格外糾結痛苦，蘇玨莞爾一笑，伸出手揉了揉她毛茸茸的腦袋：「還是先說正事吧，阿商呢？」

「北地來的回應？」總是神出鬼沒的商碧落再次符合特色地出現，他瞇了瞇眼，眼神直視那隻搭在女孩頭頂的爪子上。

這傢伙……是想把眼神變成菜刀嗎？

若有所覺暗自嘟囔的夏黃泉想起之前的事，臉微微地紅了——她才沒有害羞，只是覺得太丟臉了！

「……」蘇玨臉色微變，細細地看了看女孩，又看向毫不避諱與他對視的青年——那眼神簡直像在宣告所有物，他心中泛起不好的預感，卻也明白此刻並不是求解的時候，他深吸了口氣，回答道，「沒錯。」

蘇一靠在門上，笑眯眯地看著一切；而言必行則是嘆了口氣，默默點燃了另一根菸。

各懷心事的五人坐到了桌邊，氣氛嚴肅。

夏黃泉左看看，右看看，怎麼沒人說話啊？那就從她開始吧，於是抱拳輕咳了聲：「那個，阿玨，關於北地的回應是？」

見她提問，蘇玨點了點頭，說道：「他們已經得知今天發生的一切。」

「好快。」

「那是當然。」商碧落扭頭看了女孩一眼，解釋道，「W市這麼大，有幾個北地的耳目是很正常的，更何況我們也並沒有刻意封鎖消息。」

「只是沒有封鎖嗎？」蘇玨並不是傻瓜，他夠聰明，事發後不久便想通了一切，也得知在背後操控的那隻手是誰；正因如此，他才感到憤怒，這種情緒並非是因為他本身被利用，而是，「你這麼做，完全將黃泉推到了風口浪尖上，我希望你給我一個合理的解釋。」

商碧落卻氣死人不償命地輕笑了一聲：「我不覺得有這個必要。」與蘇玨起衝突是不智的舉動，但商碧落非常不喜歡他問話的語氣，喊名字姑且不管，不過是一個「沒・有・血・緣・關・係（重音）」的「認・識・稍・久的外人（重音）」，居然「就這樣（再次重音）」將「他的人（再次重音）」納入保護圈，並質問他。

有資格嗎？

「……」這混蛋腦抽了嗎？夏黃泉在桌子底下毫不客氣地踹了他一腳！

蘇玨放在桌上的手緊握成拳，他壓抑住情緒，努力讓自己平靜地說道：「你知道嗎？北地向我要黃泉的血液樣本。」

「血液？」眼看危機一觸即發，言必行連忙以提問打斷。

「嗯。」蘇一點頭，「政府也有祕密實驗室的，W市的情況引起了他們的興趣。為什麼這裡的人會出現異能？異能覺醒率極低的原因是什麼？出現異能後體內基因鏈會發生怎樣的變化？這一切都有待探索，不過對於研究者而言，小黃泉才是珍品中的珍品啊！」

「……請別把我說得跟珍禽似的好嗎？」夏黃泉搓了搓手臂，怪嚇人的。

商碧落再次開口：「你答應給了？」

蘇玨立即否定：「當然沒有。」身為研究者，他當然知道給血液樣本意味著什麼。

「那還擔心些什麼？」商碧落反問，「北地的手再長，也伸不到我們身邊來。」除了信任的人，誰又能取得女孩的血液？

被對方的死不悔改激怒，蘇玨拍桌而起：「如果不是你的舉動，黃泉根本不會遇到這樣的危險。」

「是嗎？」商碧落神色未變，卻充分地以眼神和語言表達了他的不以為然，「你以為瞞得住？就算黃泉今天不激發異能，遲早有一天也會激發，難道你要將她關在家裡？」如果關得住，他早就這麼做了，哪裡能容忍有人能看到她、碰得了她？況且如果真將她關起來，恐怕再難看到她的笑臉……不，根本會被討厭吧？故而不到萬不得已，他絕不會做出這樣的選擇。

「我看不出你這麼做好在哪裡。」

「我並不需要向你解釋。」商碧落再次重複這句話，而後說，「我只是在用自己的方式保護她。」聲調不高，話音不大，表情也沒有多莊重，然而話中的真意，是在場任何人都無法否認的。

Ch.16 我要這樣保護妳

這詭異的氣場是怎麼回事？

如果非要用四個字形容夏黃泉此刻的感觸，無疑是——如坐針氈！

明知不能這樣下去，但夏黃泉也敏銳地察覺到，這種時候不能開口，無論她說什麼都會帶有傾向性，而將「桌上這碗看似平衡的水」打翻。

覆水難收，她還是保持沉默吧！

蘇一依舊笑嘻嘻的，似乎很歡樂。

言必行再次嘆了口氣，明明身受重傷，結果這時候只能靠他了嗎？人太帥沒辦法啊……他搖搖頭，看向蘇玨：「我說，這時候比起吵架，妹子的安全更重要吧？」再看向商碧落，「阿商，你也別藏著掖著了，有什麼方法就說吧。」

「整編異能者以及體質優秀的普通人。」

「……喂喂。」言必行被菸嗆住，「你玩真的？」

蘇一則是一臉興趣盎然地看向自己的本體——被人坑到這個程度，你會怎麼做？

「……整編？」夏黃泉的心思沒有其他四人那麼複雜，她關注的是字面的意思，「你是說，把這些人集中起來？為什麼要這麼做？」

商碧落看向她：「還記得之前那些異能者相互間的配合嗎？感想如何？」

「那個啊，」夏黃泉回想起來，決定不太含蓄地實話實說，「慘不忍睹，無法直視……」

「沒錯。」商BOSS點頭，同意她的看法，「軍隊的異能者不論，民間異能者的戰鬥素養實在太差，這樣下去，與喪屍對抗根本沒有勝算。」

「喪屍？」言必行插嘴道，「阿商，你會不會太杞人憂天，喪屍還在河那邊呢。」

商碧落意味深長地瞥了某人一眼，在對方立即摀住嘴才接著說：「冬天就快到了。」

「冬天？」夏黃泉歪頭，是沒錯啦，現在是深秋了，再過不久寒冬將要到來，但是天氣和喪屍有什麼關係？

「你的意思是……」蘇玨的臉色微微變化，隨即又搖頭，「這個的機率實在……」

「但你不能肯定它不會發生，不是嗎？」商碧落指尖輕敲扶手，淡淡地說，「五次，至少在文獻記載，帶河曾經有五次因為嚴冬而結凍，有兩次戰役因此完全逆轉，其中一次更直接造成了國家更迭。」

原來是這麼一回事，夏黃泉恍然，不過她不知道不奇怪，畢竟她不是這個世界的人，但是商碧落這傢伙是怎麼知道的？她才不承認這傢伙比她聰明呢！

商碧落接著說道：「之前那次南地探索，我們遇到了操控型喪屍，可以肯定其有智慧。她操控喪屍的方式十分特殊，應該是透過叫聲或者腦波，這點比起人類更佔優勢。」說到這，他看向蘇玨，嘴角勾起一抹冷笑，「今天那場猴戲你也看到了，你確定這樣一群烏合之眾可以跟喪屍大軍對抗？別忘了，這座城市的異能者最多不會超過六千，而喪屍……」後面的話語不言自明。

一群數量少又毫無戰法的異能者對上數量多又協調同力的喪屍。這就是個悲劇！

「聽起來是很有道理，但是他們真的會接受整編嗎？」夏黃泉對此不太有信心。

「妹子，妳這可就低估自己的號召力了。」言必行吐了個煙圈，賤兮兮地笑了，「獅王陛下振臂一呼，誰敢不從？」

「……喂！」別說得她好像推銷高手一樣好嗎？！

「他說得沒錯。」商碧落居然肯定了這種說法。

「你怎麼也……」

「加一！」蘇一湊起了熱鬧。

「……」

夏黃泉看向蘇玨，期待他能給自己一個正常點的答案，誰知他嘆了口氣，無奈地點頭。

「……」這群人聯合起來欺負她嗎？

「當然，不可能是全員，只是一部分人。」剛開始會如此，但絕不會止於此。商碧落看了看女孩糾結的模樣，不禁笑了起，伸出手揉了揉她的腦袋，卻被毫不客氣地一把撓開，他不以為忤地收回手，接著說，「而且，別忘記妳的『王者令』。」

「王者令？」夏黃泉愣住，隨即反應過來，「你說我的異能？這種聽起來俗到極點的名字是怎麼回事啊？」

「……」被鄙視了取名品味的商碧落果斷地跳過了這個話題，說道，「據我推測，妳可以取走以及暫時封印住他人的異能。」看女孩似乎鬆了口氣，他又惡劣地補了一句，「就定名為『王之褫奪』以及『王之禁錮』吧。」

「你夠了！」夏黃泉抽了抽嘴角，算了，現在不是計較這個的時候，她扭頭不看這個讓人糟心的傢伙，但還是很負責任地說，「我之前試驗過，我還可以暫時借用被我剝奪的異能，不過只能發揮一部分力量，而且持續的時間不長。」

「『王之徵用』嗎？」商碧落沉吟了片刻，問道，「妳能不能將異能給予某個人？」

此言一出，其餘三人齊齊看向女孩，之前發生的情形他們都親眼看到了，取走他人的異能不說，如果還能給予，實在是……

夏黃泉猶豫了一下，斟酌著說：「我不確定，應該可以，只是……肯定有限制。」

「這個稍後再試。」商碧落點點頭，有限制並不意外，但只要有「王之賜予」能力就足夠了。

「嘖嘖，如果真的可行就熱鬧了。」言必行輕嘖出聲，誰都知道這有多吸睛。

異能出現的機率才千分之一，幾百萬人的城市僅有數千人覺醒，其餘的人誰敢說自己一點都不羨慕嫉妒恨？更何況，幾千異能者中，有不少人對自己的能力並不滿意，想著能換一種最好了；而已經有了強大異能的人，如果再得到另一種能力呢？誰也不會嫌多吧？

夏黃泉一口氣讓近三百人失去異能，讓某些人懼怕到了極點，這種情緒堆積到達頂峰會引發反抗的。但如果她只是取走，並且還可以將異能轉給某些人，情勢將會立刻變化，毫無疑問，一部分異能者和大部分普通民眾會立刻調轉槍頭，站到她的這邊。

這無關善惡，只是趨利的本能而已。

不過，言必行覺得，比起黃泉妹子的異能，將佈局安排到這一步，甚至應該還有下一步棋的商碧落，絕對比「王者令」還可怕。該慶幸他不站在他們的對立面嗎？

這麼看來，妹子才是站在頂端的英豪啊，什麼都沒做就讓這麼一個妖氣沖天的傢伙心甘情願被俘虜。

「不論有沒有異能，就算是普通人，只要經過系統化的訓練並配備足夠強大的武器，對喪屍也足以造成巨大的殺傷力。」商碧落下了總結陳詞，從這個角度，他的計畫簡直是為國為民到了極點，堪稱「模範市民」，然而除了女孩之外，其餘三個男人都知曉，他所求的並非到此為止。

願意被召集訓練的異能者與普通人，毫無疑問都是因為夏黃泉才來的，換句話說，這就是她的「私軍」，哪怕一開始不是，未來也會朝向這方向發展。

目前，軍隊的異能者雖然相對較多，但絕對不足以跟整個城市的異能者為敵，簡而言之，軍方的「絕對壓制時期」已一去不復返。

此後W市的勢力將會徹底分裂為三方——軍方，夏黃泉這方，以及剩餘的少數異能者。言必行再次感慨：阿商這傢伙真是黑心眼，藉著打擊「逆反者」的機會，一手將最大塊的蛋糕納入懷中，拉著妹子搖身一變成了最大的「逆反者」，而且還是官方認可的。

同樣明白一切的蘇一滿臉「同情」地看向沉默的蘇玨，心想本體必定比誰都清楚商碧落話中的深意——這是一個針對他的陽謀。

「阿玨，是不是有哪裡不妥？」夏黃泉敏銳地察覺到了蘇玨的情緒，就在剛才，系統居然提示她任務完成，並且下達了一個新的指令。

【征戰！W市無冕王之「實至名歸」！】

實至名歸什麼的，感覺很不妙啊……

「……」蘇玨看著女孩滿是擔憂色彩的臉孔，心中流轉過無數心思，最終卻是微笑著搖了搖頭，「不，沒什麼不好。」

目前軍方名義上的最高權限擁有者就是他，評估戰略，將夏黃泉收入軍隊內部是最有利的，一方面可以擴大勢力，另一方面便於對她……進行研究，但正因為研究這個項目，他絕對不能讓她加入軍隊。蘇玨瞭解女孩，如果真的成為了軍隊的一份子，必然不會抗拒履行「義務」，雖然他不會強迫女孩的決定，但難保不會有「有心者」在背地裡出手，屆時她遭遇危險的可能性就更大了。

所以，他的選擇只有一個——默許商碧落的提議，讓女孩擁有另一股足以與軍方相抗衡的力量，只有這樣她才能獲得真正的安全。

只是如此一來，獲利的人又何止是夏黃泉？根本就是……

「的確，沒什麼不好。」比起蘇玨，商碧落則氣定神閒多了，因為他明白蘇玨的選擇只有一個，所謂「陽謀」的特色就在於——明知不可為卻必須為之。

一旦蘇玨答應，此後他們將可以與軍隊分庭抗禮。女孩並不適合管理瑣碎事物，言必行也不擅長，真正的管理權會落在誰的手中不言自明。他對權力本身並沒有慾望，只是不願意自己的女人一直被別人納在保護圈，他要用自己的方式親自保護她，無須假手他人。

一旦蘇玨拒絕……這可能嗎？而且就算如此又如何？只要他在背後稍微推一下，「異能者自發聯盟」的崛起便勢不可擋，擋在形勢車輪前的螳螂結局只有一個。當然，如果能順帶讓女孩多討厭蘇玨一點，就更好了。

壞心眼的BOSS君觀察著蘇玨的表情，心中惋惜無比，對方似乎沒打算拒絕啊。

被坑得死去活來的蘇玨暗自嘆了口氣，他是不太甘心，但他的確不擅長計謀，有時候比起跟人打交道，他寧願回到實驗室觀看冰冷的數據。事已至此，為了黃泉，他絕不可能抽身將領導權交給其他人了，只要他還在，軍中就沒有人敢明目張膽地對女孩出手。

雖然被算計，但這也證明那個男人並不只是嘴上說說，而是真的有保護女孩的決心和實力。一個人也許力有不逮，合兩人之力……總可以完全將她護住吧？

「就這麼做吧。」蘇玨說話時目光直視著正對面的青年，溫和的表情一掃而空，罕見地展露出了凜冽的氣場，「我希望，你真的能實踐自己的承諾。」

與之對視的商碧落嘴角微揚，眼神亦是難得地鋒芒畢露：「自當如此。」

❖

次日，休息了一整夜的五人各自開始著手目前的工作。

相較其他三人，商碧落和夏黃泉倒是格外清閒，這讓後者有些不適應，尤其當其他人在外面奔波的時候，她還在陽台坐在軟墊上曬太陽。

「在想什麼？」

夏黃泉托著下巴歪了歪頭，側看同樣拖著軟墊而來的青年：「唔……在想我們這麼閒是不是不太好，總覺得有吃白飯的嫌疑啊。」

商碧落放下手中的軟墊，坐下：「享受這片刻的清閒吧，之後就輪到妳演重頭戲了。」

「嗯。」夏黃泉點點頭，她也猜到自己接下來該做什麼，承擔與力量相對的責任，這當然，他也是一樣。

很正常。她看了看商碧落的臉色：「你心情不錯？」

青年挑眉反問：「看得出來？」

「看不出來才怪吧。」

「那妳還看出什麼？」

「唔，」夏黃泉苦著臉嘆了口氣，「我還看得出來你是專門來找我麻煩的。」

「……」商碧落微愣，隨即輕笑出聲，「不躲？」

「躲得掉嗎？」女孩毫不客氣地瞪了身旁的青年一眼，「我可知道得很清楚，你唯一的優點就是臉皮厚！」

商．厚臉皮．碧落煞有其事地點點頭：「為了不辜負妳的期望，我會繼續努力的。」

「……別往這種可怕的方向努力好嗎！」

女孩吼完後，突然低下頭，似乎在思考接下來該說什麼，想著想著，雙頰漸漸紅了起來，原本想開口的商碧落心念微動，選擇沉默地注視著發生在女孩臉上的謎之轉變，覺得這一幕相當可愛。

從觀察者角度，她的思考過程並不是單調乏味的，他看見她——困擾地撓了撓頭髮，接著抓了抓臉頰，而後抱怨般嘟囔了句「真是的！」，又出拳砸了砸身下的軟墊。

將全套動作重複兩遍後，女孩彷彿下定了決心，以一種百死不悔的氣勢猛地抬起頭，直視向他！

那雙異色的雙眸猶如清晨的第一縷陽光，劃破了黎明前的黑暗，商碧落在與女孩對視的剎那，心跳亂了一拍，而後慢慢失序，他預感到，一如夜晚到白日的轉變，他們之間的關係將要發生變化。

商碧落如同放棄掙扎的囚徒，等待著即將到來的將決定命運的判決——所有的一切都由對方掌控，這對他來說是極其新奇的體驗。

「我覺得……」他牢牢注視著的粉唇開啟，緩緩吐出了言語，明明是正常的語速，卻彷彿被放慢了無數倍，以至於每個字聽起來都格外清晰，「我應該是……」

可惡的是，說到這裡，居然斷住了。

「……」商碧落驀然想起之前女孩說過的話——我褲子都脫了，你就給我看這個？此刻真的頗能理解她當時的心情。

「啊啊啊！！！」夏黃泉叫了一聲，注意到商碧落的臉色怪異，頓時更加不滿，她伸出手駕輕就熟地就給了他一拳，「你那是什麼表情啊？給我點醞釀感情的時間會死嗎？！」

「妳害羞了？」疑問的語氣。

「誰、誰害羞了！」

「妳害羞了。」肯定的語氣。

「混蛋！都說我沒害羞了！」夏黃泉雙手揪住商碧落的衣領，搖晃著吼道，「不就是不小心喜歡上你了嗎？你以為我不敢說……」女孩突然頓住，臉以肉眼可見的程度漲得通紅，並且很快地整個人就像從蒸鍋裡跳出來的龍蝦一般豔紅。

被她的「鉗子」夾住的某人心滿意足地笑了：「妳已經說了。」

「……」

「妳說了。」繼續補刀。

「……」

「妳……」

「閉嘴！」被逼到極點，女孩反倒鎮定下來了，她鬆開青年的衣領，輕哼一聲，「我說了又怎麼樣？重點根本不在這裡。」

觀察對方驀然轉變的眼神，青年的心中泛起一股不太好的預感，他輕皺起眉頭，回視對方：「妳認為重點在哪裡？」

「……」夏黃泉偏過頭，閃避對方的目光，「雖然我喜歡你，但我果然還是覺得，不要再進一步會比較好。」語氣聽起來從容，女孩縮到身後的手卻緩緩捏住了坐墊，收緊。

當不祥的預感成為現實，商碧落反倒平靜了下來——他們在這方面真的很像。他淡然開口：「……我需要一個理由。」

「因為……」夏黃泉深吸了口氣，再次開口時，說了這樣一句話，「我其實不是這個世界的人。」

昨晚夏黃泉躺在床上翻來覆去想了很久，最終還是做出這樣的決定。她的確喜歡商碧落，這是不可逃避的現實，她也不打算逃避，因為人可以欺騙任何人，卻欺騙不了自己的心。但如果結局注定是悲劇，那麼從未開始會比較好吧？至少雙方在分開時所感受到的悲傷，應該會輕上許多吧？

明明注定要離開，還因為「喜歡所以想要」、「不求天長地久，只求曾經擁有」這種自私的理由毫無顧忌地將對方拖下水，實在太過不負責任了，她……做不出這樣的事。

既然決定拒絕，她想說得明明白白，告訴對方真正的理由，所以昨夜她詢問過系統相關規則，結果不盡如人意……有些事情被限制不可以說出來，比如「商碧落對她來說是書中的一個角色」，這類與系統有關的都不能說。

「我其實來自另外一個世界，雖然聽起來很不可思議，但我說的是實話。我原本所在的世界，末世沒有到來，我所在的國家也不叫炎黃國……」夏黃泉緩緩地訴說，努力在系統允許的範圍內解釋清楚。

她說了很多很多，像是要一口氣把這個世界和她自原本的世界的差別全都說清楚，以求得對方的信任。還有就是……告訴商碧落，即使她和他一樣來自另外一個世界，但是，他們兩人所屬的世界也是完全不同的。

然而，她所得到的回應卻是一句——

「所以呢？」

「所以呢？」夏黃泉呆住，這是什麼詭異的回答？

商碧落注視著愣愣的女孩，微嘆了口氣：「其實我也來自另外一個世界……」

「蛤？」

「雖然聽起來很像是謊言，但如果是妳應該可以分辨，我原本所在的世界……」

夏黃泉仔細地聆聽商碧落的敘述，雖然她曾經看過小說瞭解過他，但是小說所揭露的僅是某個視角，從青年所吐露出的事，將她所不知的缺失的面向一點點補充完整。

這真是不可思議。他們明明存在不同的時間與空間，卻在這個世界以奇蹟般的方式相遇，一路走到了今天。

「知道嗎？過去我從來不相信所謂的『命運』，而且對癡迷這個詞的人嗤之以鼻。」

商碧落伸出手，緩緩撫上女孩的臉。

「你現在信了？」

「不，還是不信。」

「喂！」夏黃泉忍不住吐槽，「那你說剛才的話意義何在啊？」

「如果我相信是命運安排我們相遇，不就等於也要相信妳所說的——它總有一天會使我們分離。」

「……」

「所謂的『命運』，就是萬事萬物從一開始就被預定了從生到滅的軌跡。妳覺得這個說法如何？」

「總覺得……有點狡猾呢，只用一個詞就輕鬆地抹殺掉許多事情。結果是好的不說，當鍛羽而歸時就說『這不是我的錯，而是命中注定，我再怎麼努力也沒用』。」

「妳難道不正是如此嗎？」

「……」雖然不想承認，但夏黃泉知道商碧落說的沒錯。她的確是如此，什麼都沒有試著去做，或者說，想都沒有想過去做，只覺得「命中注定我們總有一天會分開」，便輕易地下了決定。

商碧落摩挲著她的臉，接著說：「我還聽過命運的另一種解釋。」

夏黃泉眨了眨眼眸，撫上青年貼著自己臉孔的手：「是什麼？」

「『命由天定，運由己生。』前者也許與生俱來不可改變，後者卻可以自己選擇把握，合二為一，是為命運。」

「……我總覺得，自己又要被你坑了。」

「哦？」

「但我居然非常想被你坑。」夏黃泉抿了抿唇，向來堅強的她在這一瞬間居然顯現出了近似脆弱的表情，「我……其實真的有些害怕……」

商碧落確定，他不喜歡她露出這樣的表情，下意識就將女孩攬入懷中，低聲問道：「害怕什麼？」

夏黃泉沒有拒絕青年，只是伸出手緊緊地抓著他胸前的衣服，如同溺水的人抓住一根彌足珍貴的稻草：「我……怕痛。」

是的，雖然一遍遍地用看似高尚其實道貌岸然的話欺騙自己說服自己催眠自己，其實內心卻比誰都清楚——她只是害怕而已。

有生以來第一次這麼這麼喜歡一個人，這種喜歡比自己想像的還要深。有多麼想要在一起，就有多麼不想面對有一天可能到來的分離，這種事情光是想像就難以忍受，如果有一天真要面對，自己會變成怎麼樣呢？到那時如果這份愛更加深厚，是不是疼痛也會更加劇烈？

她就像一個沒有打過針的人，對即將扎入手臂的針懷著無比懼怕的心情。如果曾經被扎過還好，她至少可以對將要到來的痛楚有預期心理，問題是她對這件事沒有任何經驗，更無法估量最終到來的痛楚會到達什麼程度。

真的是非常非常非常害怕。

奇怪嗎？

好笑嗎？

可恥嗎？

夏黃泉不知道，再堅強的人在愛情面前也必須俯首稱臣，如果沒有，那只是愛得還不夠深。

她單純地以本能遵循了這一點。

青年低下頭，輕輕地吻著女孩的額頭，這種時候，也許他應該溫柔地安慰她說——「別害怕」，但最終他說的卻是：「那就一起痛吧。」說完之後，他勾了勾嘴角，一把將懷中女孩的頭按在胸前，緊緊地、深深地擁抱她。

被完完全全遮住了臉孔的女孩沉默片刻，突然嗚哇一聲哭了出來，她一邊嚎啕大哭，一邊哽咽著吼道：「你這傢伙，還敢更自私一點嗎？」

商碧落深吸了口氣，又緩緩吐出，感受胸前的衣物正逐漸被眼淚濡濕，他輕聲卻異常堅決地回答道：「敢。所以，妳別想逃。」

Ch.17 男友的職責就是挨揍

人經常有這樣的經驗吧？

自然而然地做了某件事，事發當時沒有任何感覺，但做完以後就開始糾結，不斷地想「我當時為什麼要這麼做呢？腦子壞掉了嗎？如果不做就好了！」，愈是想就愈是後悔。

——夏黃泉此刻，就處在這種狀態中。

沒錯，她．後．悔．了！

抱著商碧落這混蛋哭鼻子什麼的，太不科學了！

可以殺人滅口嗎？貌似不行，那麼用拳頭砸他的腦袋砸到失憶呢？似乎非常可行啊！

就這樣，無人看到的陰暗角落，一隻罪惡的魔爪緩緩伸出……當然不可能啦！夏黃泉又淚流滿面了，為什麼她這麼有道德觀啊？

同一時間，商碧落默默抬頭看了眼日光，天氣並沒有什麼變化，為什麼他會突然覺得有些涼呢？這是深秋中難得的好天氣，日光和煦，大風未至，既然原因不在氣候，那麼就是……他低下頭，很快發現了一隻捏了又鬆、鬆了又緊、明顯躍躍欲試的拳頭。

剎那他便明白了女孩的腦迴路……真心不知道該說什麼，但是壞心眼卻很自然地浮了出來，勾引著他蠢蠢欲動。

他勾起嘴角，拍了拍懷中人的腦袋：「哭夠了嗎？」

果不其然，女孩如同被戳中痛點的小貓瞬間炸毛，喵地一聲抬起頭就反駁：「誰、誰哭了啊！」

商碧落意味深長地「哦」了一聲，微歪了歪身體靠在一旁的牆上，戲謔道：「那妳臉上的是什麼？」

「……這是汗！沒錯，是汗！」為了增強說服力，夏黃泉用手搧了搧風，煞有介事地點頭，「嗯，天氣太熱了。」

「……」

「你那是什麼表情啊？！」

「等……」

於是，商碧落又被揍了，這真是個悲傷的故事，為他點蠟燭。

揍完人，夏黃泉擦擦額頭上冒出的幾顆汗珠，把手伸到被蹂躪得氣喘吁吁的商碧落面前，一臉認真地說：「看，天氣真是太熱了。」

原本橫屍在地的商碧落堅強地爬起來：「……妳的汗水還會從眼睛裡冒出嗎？」

「當然！」傳說一對男女一旦結婚，模樣和性格就會變得愈來愈像，雖然夏黃泉還沒和商碧落結婚，但在確定關係的伊始已經非常不妙地學會了某個名為「無恥」的特點，「還會從鼻子裡冒呢！」吸了吸鼻子。

商碧落慘不忍睹地扭過頭，從口袋拿出一塊手帕遞到對方面前：「擦擦！」

「哦。」女孩十分自然地接了過去。

正常人都知道，流淚會伴隨著流鼻涕，科學一點的說法就是「在人類的眼睛有一條鼻淚管，與鼻腔相通，所以當人大量流眼淚時，就會有一部分眼淚流入鼻腔，與鼻黏膜分泌的黏液混合後流出」，當然，說得再好聽它也不會變成金子！就算是再漂亮的美女哭起來也避免不了眼淚鼻涕，暴力女當然也不例外。

但是……

擦完後，夏黃泉不滿地說道：「你那種嫌棄的表情是怎麼回事？」表姐說得沒錯，男人得到了就不會珍惜了，全是充滿劣根性的混蛋！她咬牙說，「從前你上完廁所沒洗手我都不嫌棄你！」

被指控了的某人有想吐血的衝動，那種糟糕的往事明顯還是忘記比較好，誰知對方卻不依不饒地盯著他，商碧落扶額：「那是因為妳沒給我洗手的機會吧？」直接扛了就走。

「閉嘴！我是為了救你，還忍受著潔癖幫你提褲子，你應該感謝我才對！」

「妳真的有潔癖嗎？」商碧落看了一眼被揉成一團的可憐手帕，痛苦地移開眼神，「而且能別再繼續這種話題嗎？」

「你嫌棄我！」

「沒有。」

「你在嫌棄我。」

「真的沒有。」

「你就是在嫌棄我。」

「……好吧，我嫌棄妳。」

「混蛋！」

「等……」

於是，商碧落再次被揍了。

他很快就明白——自以為關係改變不會輕易挨揍什麼的永遠都是做夢啊，倒不如說正好相反，被毆的機率反而大大增加了——泡一個傲嬌等於情趣，泡一個武力值逆天的傲嬌就等於「去死吧」。

再次為他點蠟燭！

短短十分鐘內挨揍兩次，而且下手比平時還重，即使是商碧落也不淡定了，只見女孩捏了捏拳頭，挑眉問他：「怎麼？你有什麼不滿嗎？」

因為沒得到準確答案而心中沒底的商碧落決定採用委婉的說法，「妳的手不疼嗎？」

「是有點疼，你皮太厚了。」

「……」

「沒辦法啊，誰讓我們關係不同了呢？」

商碧落更加摸不著頭腦了：「……這和關係不同有什麼關係？」而且明顯話題轉換的方向不對啊。

「當然有關係。」夏黃泉伸出兩根手指，「我有個表姐對我說過，男友這種東西就是用來揍的，而且必須打不還手罵不還口！所以剛才，你一半是作為『得罪我的人』挨揍，另一半是作為『男友』挨揍。」說罷，她晃了晃手臂，「還真有點手疼，不過，就算太累我也可以堅持的。」

「……」她那個表姐其實很恨她吧？才會灌輸她這種扭曲的戀愛觀！商碧落慘不忍睹地捂住臉，「其實，妳可以不用堅持的。」

「你嫌棄我。」

「……好吧，妳繼續堅持。」

「我會的！」

「……加油。」可以申請分手嗎？

「對了，表姐還說過，如果要分手，必須是由我先提出，當然，你想先提也可以，就是被打死了不要怪自己背也不要怪社會。」

被嗆住的商BOSS輕咳了兩聲：「能問件事嗎？」

夏黃泉眨了眨眼，點頭：「可以啊，你問。」

「妳表姐，有男友嗎？」

「有啊，年輕英俊還聽話。」夏黃泉雙手合十，一臉憧憬地說，「據說他還是從魔法世界穿越而來的法神。」

「妳信？」

「不信啊。」夏黃泉歪了歪頭毫不猶豫地回答，緊接著她又說，「但是能讓我表姐滿臉幸福地說出這種話，正是因為對方給了自信不是嗎？這點很讓人羨慕啊。」說罷，她雙手叉腰，嚴肅地看向商碧落，「你還差得遠呢哼。」

從懂事以來從來充滿自信的BOSS君糾結了，他哪裡不好？他就這麼差嗎？他……

「雖然你的臉不錯，但是，」盤腿坐著的女孩雙手托腮，十分困擾地說，「你覺得我以後該怎麼介紹你？」她開始模擬起現場狀況——

「你們好，我男友是從其他世界穿越過來的犯罪份子。」

1Hit！

「或者，我男友是從其他世界穿越過來的，他有反社會反人類傾向，還超級小心眼，你們要小心啊哈哈哈……」

2 Hit！

「怎麼想都太丟人了吧？」

神補刀攻擊！

說著說著，女孩絕望地四十五度角望天：「蒼天啊，我怎麼會喜歡上你這種除了臉之外毫無亮點的傢伙。」

致命一擊！！！

（叮咚！恭喜妳成功地殺死了「男友」，獲得物品「死男友一隻」。）

商碧落嘆了口氣，不死心地問：「我在妳心中就這麼差嗎？」

「是啊。」

「……」

「但是，」夏黃泉輕咳了一聲，微微湊近臉孔，「反正我也好不到哪去……」她可是很有自知之明的，而即使如此依舊緊緊抓住她不放的傢伙，不知道該說是眼光太差還是太死心眼，「我們很相配不是嗎？」

商碧落無奈地看向女孩，同樣微微湊近臉，與她鼻尖對鼻尖：「狼小姐和狽先生嗎？」

「正是如此。」夏黃泉輕輕動了動腦袋，用自己的鼻子磨了磨著對方的，「還痛嗎？」

「……還好。」每被揍一下就自動治癒什麼的，如果現實世界像言必行玩的遊戲那樣──積攢滿「熟練度」就可以升級，他一定會成為第一個達到滿級的異能者。

女孩輕笑一聲，突然歪歪頭，柔軟粉嫩的嘴唇輕輕印在青年的嘴角：「現在還痛嗎？」

商碧落被這突如其來的糖甜得有些懵，不是他太蠢，而是……女孩還是第一次滿含情感地對他做出親密的行為，這個輕輕柔柔的吻實在美好得過頭──就像上一秒還被繩索綁住倒吊在半空，下一秒繩索突然斷裂，整個人一頭栽進正下方的蜜罐中，從頭到腳都被蜂蜜泡軟了。

他看著女孩近在咫尺的眼眸，其中泛著溫柔的淡淡粼光，還有一絲調皮，青年情不自禁地也輕笑了出來：「嗯，還有一點。」

親一下。

「現在呢？」

「似乎還有一點。」

再親一下。

「這次呢？」

「嗯……」

「敢再說痛我就揍你！」

「……痛。」

「喂！你這傢伙是抖M嗎？」

商碧落望天，他是抖M嗎？本來不是，現在……他自己也真心不確定了，唯一可以肯定的是，如果每次被揍完都有「安慰」，那麼被打似乎也不是什麼不好的事？

如果夏黃泉聽到他內心的想法，肯定會大吼：「你不確定個鬼啊！根本就是好嗎！」

不過，歸根究柢，到底是誰的錯呢？

❖

很快地，城市的情況就如商碧落所預料的，無論是異能者還是普通民眾，都懷著各異的想法開始行動了。

這一件堪稱歷史性的變革在所有人的共同意志下，遵循著兩條基本規則：

一，無論市民做出何種選擇，都完全依照自主自願的原則。

二，禁止異能者運用力量欺壓普通民眾，違者將受到嚴厲懲罰。

在沒進化出異能之前，所有人都是拼死才從南方逃到這裡，沒有誰比誰更擁有活下去的資格；也許現在有人更強，但這並不意味他們比誰更高貴或擁有欺壓別人的權力。

而在夏黃泉這一方開始聚集民眾的同時，軍方也徵召異能者——有些人選擇加入軍方，有些人選擇加入夏黃泉這方，還有些人選擇暫時不選邊站，當然，還是有人選擇了自發聚集……W市「一家獨尊」的形勢完全地打破了。

而蘇玨和商碧落等人看似壁壘分明，實則在進行一場心照不宣的「官民勾結」。在此之後，W市的形勢變成「三足鼎立」，眾所周知，三角形是最穩定的，三方對立也比兩方對峙要讓人放心，卻很少有人知道，其中的兩條腿其實早就站在一起，簡而言之，其中兩方佔據了絕對的優勢和主導地位。

至於異能者自身並非沒有得到任何好處。作為今後的主戰力，他們在各方面都享受比普通民眾更多更好的待遇——專門劃分出的住宅區，優渥的生活條件，豐富的物資配給等等——這些人輕輕一躍，站到了城市的階級上層。

當然，既然享受了權利，就意味著他們肩負了更大的責任，在某一天，必須盡到比一般人更接近危險的戰鬥義務。

「嘖嘖，阿商，你這招可真夠毒的。」言必行知道商碧落向蘇玨提出這項建議時，如此說道。

商碧落只是挑眉一笑：「毒？」

「……好吧，是聰明！」言小哥淚流滿面，真是的，眼神威脅什麼的真是太可怕了！
「呵呵。」
「……」別以為我聽不出來你是在罵人！
「喂喂，你們別光顧著打情罵俏，誰來跟我說明一下！」夏黃泉很不滿地拍了拍桌子。
「……」×2。
眼見BOSS君的眼神又開始殺人了，言必行果斷地腳底抹油：「再見！」
「……真是的。」夏黃泉抓起沙發上的風衣朝青年的背影丟過去，「小心著涼！」
「瞭解！」
女孩轉過頭看向青年：「到底是怎麼回事？」
青年卻向她勾了勾手指。
「……」夏黃泉嘆口氣，走了過去，蹭到沙發上某人的身邊坐下，抓起他的手扛在肩膀上，點了點頭，「你可以說了！」
被敷衍了的某人很是無言，但也明白再不說清楚恐怕要挨揍了，開口道：「妳覺得異能者應該享受優先待遇嗎？」
「這個當然吧？」女孩歪頭回答道，「雖然我不覺得異能者高人一等，但擁有與眾不同的力量，也就想得到與眾不同的對待，這是很正常的事情。」
「正是如此。」商碧落微微頷首，同意她的說法，「對於普通民眾來說，這也不是不能接受的事情，更何況……據說在這座城市裡，有某人可以將普通人轉化成異能者。」
「這點就……」把她吹得這麼厲害真的沒問題嗎？
「認同這一點，就意味著自己或自己的親人朋友某一天可能享受同樣的待遇，這對他們來說並沒有壞處；更何況誰都知道，享受了就要付出，他們現在得到的愈多，將來也將直面更多危險。」商碧落伸出手指晃了晃，「接下來，第二個問題來了，異能者的能力其實並不相同，有些強，有些弱，有些很適合戰鬥，有些則不然，妳認為這些人應該得到同等的待遇嗎？」

「這個……應該因人而異吧？如果大家都一樣，反而覺得不太公平呢。」

「沒錯，大部分人應該都保持著同樣的想法，那麼怎麼判斷異能的強弱呢？又該由誰來判斷呢？」

面對青年的問題，女孩眨了眨眼，思索了起來：「唔……由異能者們自己判定吧？如果由別人判定……總覺得誰都沒有資格呢……」

「正確的見解。」

「但是……這些和『毒』，不，是『聰明』，有什麼關係呢？」至少到現在為止，她不覺得有什麼不好啊？

青年側臉看著女孩認真思考的臉孔，微微一笑，湊過去親了親她紅撲撲的臉頰。

「……喂！說話呢，別隨便佔便宜！」一巴掌推開。

「咳。」商碧落人面獸心，不對，是人模人樣地清清嗓子，接著說，「首先，想要享受高人一等的待遇，就必須先向『異能者聯盟』報備自己的異能者身分以及異能類型。」因為所有物資依舊掌握在軍方手上。當然，「報備就等於加入軍隊」這條是行不通的，且不說一些異能者對軍方沒好感，不會為了區區物質條件就自願被拴上狗鏈，商碧落也不會允許這種事發生——如果不是怕被女孩討厭，聚集民眾打劫物資庫據為己有這種事他完全做得出來。

「其次，為了得到其他異能者的認可，獲得較高的評價，必須盡可能地表現自己的能力，至少展示出自身能力在某個方面的強大性。」比如傳說中的空間系和控獸，雖然它們並非正統的戰鬥異能，但誰也不能否定其作用。

「你的意思是……」夏黃泉福至心靈，眨了眨眼說，「我們可以透過這種方式對全市的異能者進行檢錄，瞭解他們的異能類型以及異能強度。」

「妳變聰明了。」揉頭，「哪怕他們未必加入我們或軍方，瞭解這些資料只有好處沒有壞處。」未知者永遠比已知者可怕。

蘇玨這次真是被商碧落坑慘了，為了推動決策案，取得民眾的信任，軍方的絕大部分異能者最先加入聯盟（當然，隱藏部分底牌也是必須的），話說回來，他們也同時也拿到了聯盟中所有異能者的資料。同時，加入軍方的人數可不少，戰鬥力更不低，可以想見，他們在「異能者聯盟」步入正軌後，將取得強而有力的主導權——這一切究竟是利大於弊，還是弊大於利，就目前狀況還真不好說。

「走開！」打手！夏黃泉撓了撓臉頰，將剛才想到的疑惑問了出來，「就算這樣，想必還有一些異能者會採取觀望的態度，或者有別的想法，不肯現身於人前吧？」

商碧落搖了搖頭：「他們人數太少翻不起什麼波瀾。」微挑起眉，不屑地說，「說到底，人們可是熱愛成群結隊的動物，彷彿不簇擁在一起就感覺不到溫暖一般，可憐又可悲。哪怕不願意展現在人前，他們想必也會三五成群地組成團體。」嗤笑出聲，「群體和群體之間會自然地發生排斥，如果不是勢均力敵，形勢總會發展到強大的一方壓倒弱小的一方，甚至弱小群體的某個團體或整個團體被其他組織融合。歸根究柢，不過是征服與被征服的過程。」

歷經團體整併後，這群人在寒冬到來前，究竟有多少人能堅持到最後呢？

畢竟隨著時勢發展，稍微有腦子的就清楚，加入聯盟的好處可不僅僅是那些表面的蠅頭小利——晶核，集體狩獵，後勤治癒，以及危機時的互相救助，大團體的力量可比幾個人抱緊要可靠太多。

「靠在一起可憐又可悲？」夏黃泉抽了抽嘴角，一把將脖子上的手丟開，「那就別湊我這麼近啊！」而且背脊涼颼颼的，這傢伙八成又在想些很不妙的東西，鄙視他！

「……」

「說，可憐嗎？」

「……不可憐。」

「哼。」

❖

很快，W市的三方勢力已然初具雛形。

而在商碧落的推動下，「異能者聯盟」也第一次在人們面前正式成立——完全由異能者構成，對異能者的能力進行檢測並劃分等級，維護異能者的權益，制定異能者適用的法規，監控異能者的行為，懲罰異能者中的違規者，並督促異能者完成應盡的義務。

在其中佔據最高領導位置的——是「異能者仲裁協會」，目前……協會組成人員暫時空缺，毫無疑問，會長一職引起了不少有心人的垂涎。

「異能者領頭人，最強者才可為之！」

「誰若不服，便來戰！」

這位一開始就拉了所有人仇恨的倒霉孩子，除了夏黃泉還能有誰？

最悲情的事在於，明知如此，她還得硬著頭皮繼續做下去——憑一人之力挑幾千人的仇恨，真的太虐心了好嗎？！！！

Ch.18 揍著揍著就習慣了

「秋風蕭瑟！草木搖落！！洪波湧起！！！大浪滔天！！！！！只見黑衣少女站在高處的巨石上，左手撫刀，風衣長長的衣襬在驚天波浪中……」

「ＳＴＯＰ！」正在梳頭髮的夏黃泉緊急喊停，瞪向言必行，「你那詭異的描述是怎麼回事啊？」

「英雄出場不都這個氣氛嗎？」言小哥不知從哪裡找到了一頂黑色貝雷帽卡在頭上，一副導演深思臉地說，「正所謂無招勝有招，先以驚人的氣勢壓倒對方，然後！」

「然後我就和他們一起被風浪捲進河裡了啊謝謝。」

「……」

「而且帶河附近哪有你說的那種巨石啊？不，單挑選的場地在城中心，不是河邊啊，你的思維到底是怎麼發散到那種詭異的方向啊？！」

「妳沒救了。」言必行悲傷地摀住臉，「妳這種沒有浪漫之心的女人已經沒救了！」

夏黃泉嘆了口氣，一邊將風衣套在身上，一邊毫不客氣地反駁：「如果浪漫之心是那麼無厘頭的東西，我寧願沒有！」

「……」言必行幾欲吐血，看向商碧落，控訴道，「阿商！管管你女人！」

商碧落只瞥了他一眼，便又目光專注地幫女孩扣好最後一粒扣子，又理了理衣領。

被皇后娘娘「伺候」地非常舒爽的夏黃泉挑釁地看言必行，露出一個超級得意的笑意，似乎覺得這樣還不夠刺激人，她雙手勾住青年的脖子，踮起腳在他臉上「啾啾啾」……言必行正想摔碗，就見看似「賢良淑德」的某人再次看向自己，笑容既陰暗又得意——混蛋！秀恩愛死得快啊！

他怒火萬丈地抓起劇本砸了過去：「狼狽為奸最討厭了了了了！……啊——」

咦？怎麼頭突然好痛？！

「喂，你沒事吧？」

言必行猛地搖了搖頭，費了片刻工夫才從恍惚的狀況中恢復清醒，看到女孩彎下腰正擔憂地注視著自己……彎腰？他這才發現自己正躺在地上。這麼說他剛才是在做夢？還不小心從沙發上滾下來了。

「摔痛哪裡了？」

「不，沒事，只是……」他一手拉住女孩的手起身，另一隻手無力地揉了揉腦袋，「做了個超級可怕的夢而已。」

「可怕的夢？」

「嗯。」為什麼會做那樣的夢呢？他低頭看撿掉在地上軟墊的夏黃泉，一時間沒有頭緒。

女孩對上他的視線，眨了眨眼，好奇地問，「是怎樣的夢呢？」

「……」不知為何，言必行下意識地掩藏了真實的情況，耍起嘴皮子，「被一千隻恐龍追什麼的……」

「喂，那是什麼可怕的夢啊！」夏黃泉狐疑地看了言小哥一眼，直覺告訴她，對方沒有說實話，不過她沒想要追根究底，說不定是被一千隻恐龍壓倒什麼的……呸！做人不可以這麼惡毒，她肯定是被商碧落帶壞了。

「被追到後才發生了可怕的事情吧。」說話的是商碧落，他一邊說一邊伸出手從言必行手中「奪」回了女孩的手。

「……」夏黃泉無言望天，他們的思維模式真是愈來愈像了！這是最可怕的發展方向！

「喂喂，」他這是又被欺負了嗎？急著轉換話題的青年看向牆上的鐘：「該出門了。」

「啊，真的。」夏黃泉深吸了口氣，「該走了。」

商碧落握緊女孩的手，低聲問道：「緊張？」

「那是當然的吧。」她這次可是拉了大仇恨啊。

不過她也知道，如果自己不想做，完全可以不去，但是逃避是不行的。她很明白自己看似強悍的「異能」是多麼的危險——就像是懷抱著黃金站在人群裡，如果沒有足夠的力量保護，很快就會被群起而攻之。

他們沒有說，不代表她就真的不明白。

「別擔心，我會保護妳的。」

「你說反了吧？」女孩揚起下巴斜睨青年，輕哼一聲，「怎麼看都應該是我保護你吧，公・主・陛・下！」

這樣的打擊對商BOSS來說連讓他皮癢都做不到，他只是單手撐在輪椅扶手上托腮，輕笑出聲：「那麼，騎士大人，需要一個祝福之吻嗎？」

「敬謝不敏！」

「……」站在一旁的言必行淚流滿面，這進入「雙人LOVE模式」的一對笨蛋情侶是怎麼回事？完全忽視他了嗎？幸好，這段時間並不長，否則他真的會點火把燒死他們！

❖

出門後，一路無話。

當三人到達會場的時候，不少異能者已經到了。「異能者聯盟」所選擇的集會地點是市立大學的體育館，在喪屍出現之前，這裡是全國一流的學府，這座學校中最大的體育館經常被當成運動比賽場地使用，足以容納萬人。現在這座被觀眾席圍繞的場館中心，已經被收拾得乾乾淨淨空空蕩蕩。

甫一進場，夏黃泉便感覺到無數道炙熱的視線，即便是她也有些hold不住，但是她知道這種時候不能露出膽怯的神色，她的左手緩緩握緊腰間的長刀，抬起頭，毫不退縮地掃視群眾，不將那些人的眼神逼到閃避誓不罷休！

不就是比誰會瞪眼嗎？她才不怕呢！

但她的行為就其他人的解讀是——那位傳說中的狼小姐掛著一張冷豔高貴的臉孔，在狽先生和一名嘍囉（言必行：我抗議！抗議！）的陪伴下，緩緩走入場館，她著一身漆黑風衣，打扮與從前相比並沒有明顯的變化，但！那只是錯覺！

她抬起頭！

她看過來！

那隻一直被眼罩所遮蓋的左眼露了出來！

琥珀色眼珠正中是血紅的瞳孔，宛如蛇眼讓人心神顫慄，為了增加威懾力，她目光炯炯，威脅性十足地注視著眾人。

多麼可怕的眼神！

多麼明顯的殺氣！

多麼恐怖的女人！

夏黃泉應該慶幸自己的異能不是讀心術，否則肯定會立刻吐出一口血。她在什麼也不知道的情況下，獨自一人緩步走向場館中心——商碧落和言必行在觀眾席的最後一排停住。

體育館突然變得極為安靜，那些交談的人們在某個剎那戛然而止，不約而同地將目光轉向某道纖細的身影，是不是錯覺？明明女孩走路時沒有發出一絲聲響，人卻彷彿清晰地聽到她的腳步聲，踏踏踏地踩在眾人的心上。

她的步履平穩而堅定，沒有絲毫的顫抖與動搖。

直到走到場地正中央，女孩才停下腳步，轉過身，掃視所有人。

其實夏黃泉並不像其他人以為的那麼鎮定，搭在長刀上的左手微微痙攣，她以撫刀的動作平息了這種緊張感後，吸了口氣，以不大卻足以讓所有人聽清楚的聲音開口道：「大家，都吃了嗎？」

「……」有幾個人倒在了地上。

言必行抑制不住噗地一聲笑了出來。

商碧落則挑起眉，饒有興趣地繼續看下去。

「我知道，你們不是為了聽這種話才來的，」夏黃泉不以為意地揮揮手，「就讓我們丟掉那些無聊的廢話。」

一旦開了口，一切都變得順暢了起來，事先打好的草稿全都丟掉，她自然隨意地發揮了起來，並且微妙地感覺到——這樣也沒什麼不好。

「在座的諸位對我都不陌生，說句不客氣的，你們中有不少人都被我揍過，我不知道你們今天是懷著怎樣的念頭來到這裡。」

女孩一邊說著，一邊緩緩拔出腰間的刀：「想要看熱鬧也好，想要撿便宜也好，想要報復我也好……都和我無關，我對會長那種亂七八糟的位子沒有多大興趣，但是，有人告訴我，那是最強者的位置，所以我今天到這裡來，只想做一件事，就是告訴你們——」她注視刀刃在燈光的照射下流淌過的銳利光華，微勾起嘴角，將刀平舉，自左方劃到右方，在萬眾注視下，自信而驕傲地開口說，「我才是最強的。」

「不服氣，就到這裡來！」一個華麗的刀花，她穩穩地將長刀插入身前的地板裡，「揍到你服氣為止！」

短暫的寂靜後，突然爆出了巨大的喧譁聲。

「好大的口氣！」

「她也太……」

「誰上！」

「……」

言必行扶額，「喂喂，還真是毫不客氣地拉了仇恨啊。這樣真的沒問題嗎？」

「沒關係。」商碧落交叉雙手，淡定地說道，「我在場館下設置了炸彈，真要有個萬一，就把他們全部弄死好了。」

「……不是吧？你冷靜點啊！」言必行抓狂了，為什麼他這麼愛好和平的人身邊，一個兩個都是危險份子啊？！

「我開玩笑的。」

「……」他對這句話才一點都不信好嗎！

商碧落嫌棄地瞥了言必行一眼：「離我遠點，你現在的表情真是太蠢了。」

「……」混蛋！他也暴躁了好嗎！

「大家別中了她的激將法！她的異能可是剝奪其他人的能力，怎麼可能不贏？」

「就是！」

「有本事妳別用異能啊！」

某位仁兄此言一出，頓時引來其他人鄙視的目光——太無恥了！雖然大家都這麼想，但你說出來就是不要臉啊！

「好！」

出乎眾人意料，女孩居然真的答應了。

面對眾人驚訝的目光，她說：「我保證，在揍人的時候絕對不會讓你們失去異能。」

「……」其他人不知道該說什麼好。

這個條件的確不錯，但是什麼叫「揍人的時候」啊？他們看起來就這麼容易被揍嗎？他們已經和過去不同了！他們有異能了！他們不會再挨揍了！

無數人回想過去，正視現在，展望未來，被自己的勵志心聲感動得紛紛淚流滿面。

而女孩居然嘆了口氣，用非常不耐煩的口氣說：「都退到這一步了，還是沒人願意下來嗎？難道非要我保證下手會輕點嗎？」

「……我來！」

「不，我去！」

「混蛋，不許和我搶！」

「我……」

「喂喂，不是吧。」言必行扶額，「他們居然為了爭奪被揍的名額打起來了？」

這都叫什麼事啊！！！

這叫什麼事?

夏黃泉也真心不知道這叫什麼事,說好單挑啊?他們自己人先打起混戰把她丟一旁算怎麼一回事啊喂!難道要她坐在這裡邊摳腳邊吃洋芋片邊看戲嗎?

正糾結間,一道微弱的銳利聲響突然自她左面傳來,同一時間,她便快速地側身躲過。

「砰!」

一根冰錐恰恰好擦過她的臉頰,狠狠地扎入不遠處的地面。

夏黃泉伸出手接住自鬢角落下的一縷髮絲,她,緩緩地收緊手心。

又是幾聲與剛才類似的聲響傳來!

已有經驗的女孩單手拔起地上的長刀,精準而嫻熟地揮舞著,只聽得「砰」「砰」幾聲脆音接連響起,她腳邊瞬間落下一堆被斬成兩半的冰錐。

她雙腿微蹬,猛然跳起!

幾乎在同一時間,幾根青色的箭矢穩穩地扎在她方才所站立的位置。

女孩在空中翻轉一圈!

一顆閃爍著雷電的淡紫光球以令人驚訝的速度擦著她的腿側掠過。

落地!再次騰躍而起!

那短暫的落腳處瞬間化為一片漆黑沼澤。

說好的單挑呢?!

夏黃泉炸毛了,若這是混戰中的無意失手也未免太過可恥了吧?怒火萬丈間她不忘低頭,一顆火球在下一秒自她頭頂擦過,雖然沒有被燒到,但她感覺到了那股灼熱的氣息。

夏黃泉抽了抽眼角,深吸了口氣:「我要淡定……」又一顆火球砸來,「……個鬼啊！！！」

「你們這些混蛋，不知道頭髮是女人的第・二・生・命嗎？！！！」怒吼的女孩完全拋棄了所謂的「單挑」，以一種百折不撓誓死同歸的可怕氣勢衝進觀眾席的人群裡，手持利刃左右劈斬，下定決心要給這些傢伙一個「血的教訓」，讓他們知道和女人打架有一個地方是絕對禁區，那就是——頭髮！！！

「……喂喂，這在搞什麼？」言必行推著商碧落一路小跑到了場館中心，淚流滿面地發現，原本應該作為打鬥主場地的這裡居然門可羅雀……在女孩跑上觀眾席之後，群眾徹底沸騰了，壓根兒沒人分心搭理他們這兩隻「小貓小狗」。

商碧落注視女孩帥氣的身手，微微挑動手指，幾根青色的藤蔓悄然自某些人的腳下冒頭，快速地纏繞住他們的雙足，他勾起嘴角，一個輕輕的響指，這些人便「轟！」地一聲倒在女孩的面前，成為她怒火下的可憐受害者；他一邊「小小地」惡作劇，一邊說：「誰讓他們動了她的頭髮呢？」他看向之前曾攻擊過女孩的幾人，嗯，還剩下一個……商碧落的眼色深了深，那如綢緞般順滑觸感極好的髮絲差點毀在了他們手上啊……

「……」言必行扶額，「就因為這個？我說，女人所謂的禁區難道不應該是別的部位嗎？比如臉蛋？」

「可以整容。」

「……胸部？」

「除了你還有誰會攻擊那裡？」

「喂，你們這是什麼詭異的邏輯啊！」言必行又想吐血了，「頭髮也可以使用生髮劑不是嗎？！」

「揠苗助長是不會有好結果的。」

「……」是他的腦子壞掉了嗎？完全不明白他到底在說些什麼啊！

完・全・不・能・理・解！

言必行的暴躁並不能挽回已經徹底亂套的局勢。所謂的「打群架」和砸雪球很像，哪怕最初旁觀時覺得「啊，真幼稚」，一邊這麼說一邊夾著書本宛如文藝青年般冷豔路過，而在……被幾個連環雪球砸中之後，大多數人的理智就此崩塌，少數人還能再堅持一下，然後在所謂「持之以恆的手滑」下，徹底爆發了，一把丟開書本狂吼出聲「你們這些混蛋亂打哪裡啊？！」，之後……之後還用說嗎？

簡而言之，這種悲劇是基於人類的「復仇心」而誕生的，不是每個人都能像某神那樣打了左臉遞右臉，也不是每個人都能像某人那樣被揍了一頓還想再挨一頓。

「難道就沒有人能冷靜下來嗎？」言必行嘆了口氣，這樣亂七八糟的，沒問題嗎？

「因為氣氛。」

「蛤？」

即使在紛亂的場面中，商碧落的眼睛依然一眨不眨地追逐著女孩的身影：「氣氛，是非常可怕的東西，堪稱毒品。」

「這說法也太誇張了吧？」

「你應該有過這樣的體驗吧，有人說了一個笑話，你覺得一點都不好笑，但其他所有人都笑了起來，所以你也笑了。日常生活中的聚餐演唱會體育賽事等等，在所有人都興奮起來時，你能夠堅定地保持冷靜嗎？」

「這個……」

「人類是群居動物，大多數人類內心深處都存在某種類似趨近性的特質。」商碧落將最後一個「犯罪者」絆倒在女孩腳下時，滿意地笑了，「這種本質有些像變色龍——拼命地讓自己與周圍的環境保持一致。」

「但其他人歡欣喜悅時，會違背心意地強顏歡笑；當其他人保持安靜時，會情不自禁放輕聲音；當其他人對某人漠視時，會下意識地躲避與那人交流；當其他人對某種強權表現臣服態度時，會同樣變得卑躬屈膝……諸如此類可說滲透了我們生活的各方面。」

「……」言必行望天，什麼時候話題過度到這麼有深度的地步了？

「校園暴力、賭博、群毆，甚至集體殺人，多多少少都與此有關。」商碧落抬頭瞥了言必行一眼，「現在的情況也差不多，雖然很多人不是出自本意，但不知不覺就陷入其中……當然，黃泉是例外。」

「你說『當然』之前那詭異的停頓是怎麼回事？」

「不，並沒有這回事。」

「絕對有！」

「……」商碧落扭過頭，聖父笑容再現，「我說，沒有。」

「……妹子，我來幫妳！」

於是言小哥撒著腳丫子也去參與「氣氛」了，與其聽某人散播暗黑思想，他其實更愛群毆，真的！

然後……他悲劇了。

被商碧落宣稱是「例外」的夏黃泉到最後也打紅了眼，當她回過神冷靜下來時，她已經站在了一片「屍骸海」，附近滿是翻著白眼滿臉青腫渾身抽搐的人們。

「……發、發生了什麼事？」現在的夏黃泉宛如喝醉第二天滿臉驚愣地對著身旁光屁股的人大呼實際上卻什麼都想不起來的渣男，她伸出滿是鮮血的爪子揉了揉腦袋，發現自己腳下似乎有東西在蠕動。

她連忙挪開腳，低頭一看，發現一張看似陌生其實又很熟悉的臉——因為完全腫成包子樣所以只能勉強看得出輪廓，辨認了半天後，女孩恍然大悟：「言小哥？你怎麼了？是誰打你了？！」

「……」就是妳！！！

「打他的人已經被妳收拾了。」商碧落推著輪椅上前，睜眼說瞎話的技能點滿！

「是嗎？太好了。」夏黃泉鬆了口氣，左右張望，「這到底是……」

「這是一個意外。」

商碧落說的是實話，夏黃泉一個人當然弄不「死」這麼多人，不少人是互相殘殺到悲劇；當然，也有一部分人是被陰暗的某人絆倒在地，被陰暗的某人丟到混戰的人群中，被陰暗的某人推到打紅了眼的妹子面前，被陰暗的某人……為什麼都是陰暗的某人啊？！

「……意外？」夏黃泉摀住腦袋，頭突然好痛……直覺告訴她，還是別深究比較好，她彎下腰小心翼翼將言小哥拉起來，才用公主抱走了兩步，就聽到懷中人虛弱地抗議。

「妹子，能換個別這麼羞恥的姿勢嗎？」

「……哦。」因為頭痛而處於呆愣期的夏黃泉點點頭，換成了單肩扛的姿勢。

「……妳還是讓我繼續羞恥吧。」

「……哦。」再次點頭，換回來。

才走到商碧落身邊，女孩見他對自己張開了雙臂：「交給我吧。」

「……嗯。」

被換了個人「公主抱」的言必行抬頭見到某人惡魔般的眼光，抽了抽嘴角，雙眼一翻，似乎完全地失去了意識，商碧落的背後伸出幾根藤蔓，將某人直接橫綁在輪椅的靠背。

他展顏一笑，朝女孩伸出手：「好了，我們回家吧。」

「……哦。」

於是，所謂的「第一屆會長爭奪戰」就以這種詭異的方式拉下了帷幕，不過最終沒有人因此掛掉真是可喜可賀，可喜可賀……唯一的壞事是，不少人在這次後互相結了仇，以及，每次看到女孩都覺得身體的某個部位痛得厲害，當然，身體的疼痛再怎樣劇烈也比不上心臟的痛楚——我們已經變強了！我們已經和過去不同了！我們有異能了！我們……為什麼我們還是在挨揍啊！但是……又覺得很正常，這種微妙的心態到底是怎麼回事？

如果讓商碧落來回答他們，大概會說：「因為人都有被虐心理，虐著虐著就……」

如果讓夏黃泉聽到這句話，大概會吼道：「別以為所有人都和你一樣啊！」

如果讓言必行聽到二人的對話，大概會吐槽：「你們兩個就是歪鍋配歪灶，誰也好不到哪裡去？！」

Ch.19 舔舔需要練習

跳過回程路上的時間，再跳過回到屋中之後的時間。

此刻，五人的位置如下——夏黃泉在浴室，言必行被丟在沙發上，蘇一興致勃勃地拿起一枝油性筆試圖在他臉上作畫，而蘇玨和商碧落正在書房中。

最後一對的組合真心不可思議，因為從開始到現在，他們之間的關係與其說是不好，倒不如說完全沒有交集，這二人無論是性格、出身還是別的方面都沒有共通點，如果沒有女孩這個紐帶，恐怕連現在的交談都不可能發生。

但既然它發生了，那麼就必然有它發生的理由。

到底是因為什麼呢？

「住手！」言必行一把抓住蘇一的手，「這玩意兒很難洗的！」

蘇一聳肩，鬆開了手中的油性筆：「你不繼續裝睡了嗎？」

「……知道我裝睡你還玩這個？」

「有趣嘛。」蘇一嘻嘻地笑起，「反正你的臉就算不畫，別人也認不出來。」

「……」他可不知道有趣在哪裡，言必行揉著自己腫起來的包子臉，困擾地嘆了口氣，這個家裡除了他之外難道就沒有真正的正常人嗎？隨即他看向書房，「開始了？」

「算是吧。」蘇一坐到另一側的沙發上，「你猜他們會打起來嗎？」

「應該不至於……吧？」

「如果打起來，我肯定站在我們家本體那邊。」

「我……」身為好友當然應該站……言必行回想剛才回來路上的遭遇，默默扭頭，「我正在昏迷中！」

「我完全可以理解。」蘇一點頭，「那個人的確很可恨。」

那麼，傳說中「很可恨的那個人」究竟做了些什麼呢？

「準備什麼時候離開？」這是靜坐片刻後，蘇玨對商碧落說的第一句話。

對於蘇玨的提問，商碧落顯然並不詫異，只微微挑眉：「愈快愈好。」

按規定，異能者有專門劃分出的居住區域，加入聯盟後可以選擇是否居住在那裡。所謂的「是否選擇」，對於商碧落他們而言並不存在。

為了避嫌，維持三方鼎立的態勢，他們當然不可能再居住在隸屬軍方的區域，更何況商碧落已經散播了雙方鬧翻的流言，之後再稍加推波助瀾即可；另一方面，蘇玨雖然也是異能者，但身為軍方重要人物，不管出於安全還是其他考慮，都不可能住進異能者社區。

簡而言之，分居勢在必行。

蘇玨的目光落到商碧落身上，真是個佔有慾和心機都可怕到極點的男人，從最開始，這人就一環緊扣一環地將一切都算計好了，完全沒有給別人任何一絲逃脫的機會，最為可惡的是，明知如此，他還必須依照對方所畫出的道路前行。

家教良好的蘇玨，從小脾氣就很溫和謙讓，從小學到大學，大部分同學都對他讚譽有加，其他人雖未必與其交好，也從未和他交惡，因為他實在不是一個會惹人討厭的人。

但是，蘇爸爸曾經對他說過：「雖然你是我的兒子，但我其實很討厭你這種性格。因為溫和謙讓，有時候就等於猶豫不決，就相當於懦弱。」

當時蘇玨不理解父親話中的含義，因為從未有人說過他有哪裡不好，頂多是人多的時候就不太有存在感，直到此刻，他才有些明白，並同時有了悔意，因為兩件事。

第一件事就是因為某個原因和女孩分開了三年；第二件事……就是沒在一開始將女孩和眼前這傢伙隔離開來，以至於事情進展到今天這樣無可挽回的地步。

現在哪怕他被迫從「研究」的象牙塔中走出，真正地開始以一個符合年齡和身份的「軍人」承擔些什麼，有些事也注定無法回到原點了。

「你有其他意見？」

「你並不適合黃泉。」

「適不適合，你說了不算。」商碧落嘴角噙起一抹微笑，「她說的才算，不是嗎？」

蘇玨居然點頭表示同意：「沒錯，但她畢竟年齡還小。但是，她總會長大。」他看向商碧落，以難得一見的咄咄逼人的態度說道，「總有一天，她會發現這一點。」

「如果堅信這點才能讓自己安心，」商碧落嗤笑出聲，「你就繼續等那一天的到來吧。」

「我會的，而且，你以為自己真的完全贏了嗎？」蘇玨反問。

「……」

蘇玨說：「之後你打算怎麼和黃泉說呢？就算她同意，理由大概也是因為……不想給我惹麻煩吧？」他對夏黃泉的瞭解並不輸商碧落，畢竟——系統的強制灌輸是不存在謊言的，「我和她畢竟是那麼多年的青梅竹馬，這些年的感情絕不是虛妄的，如果我想，一定可以改變她的判斷。但是目前我並不會這麼做。」

「哦？」商碧落瞇起眼眸，目光中怒意如漆黑夜空的流星一閃而過。

「如果某一天，我發現待在你身邊只對她有害無益，我會去做。」蘇玨摘下女孩送給他，以時下的眼光看來有些可笑的眼鏡，露出的淺褐色眼眸少見地泛起銳利的光華，「不管付出什麼代價。」

「是嗎？」商碧落輕笑出聲，「即使是死？」

「即使是死。」

「但我一定不會讓你死，因為這樣做她會生氣。」青年斂起臉上的笑容，一字一頓，「我會讓你好好活著。」

這個男人一定殺過不少人。

這是蘇玨的第一直覺，他隨即轉念，身在這個末世，誰沒殺過人呢？雖然人們不把喪屍當「人」，但那僅是因為如果不這麼認定，很許多人無法順暢地揮動手中的武器。

他最終說：「我拭目以待。」無論是活著感受絕望，還是活著收穫希望，他會靜待那一天的到來。

他始終堅信，無論這男人有陰險狡猾，在女孩面前毫無用武之地，如果有一天，他這份目前看來還算純粹的情感夾雜了「欺騙和利用」，她會立刻覺察，並且決絕地做出判斷。他對這一點從不懷疑。

如果這男人沒有欺騙和利用女孩呢？在這樣的末日世界，被一個男人真誠地熱愛著，並不是壞事，至少……他看得出來，她也很喜歡他。

——只要她覺得快樂，就沒什麼不可以。

——雖然曾經被她叫「叔叔」還不承認，但似乎不管是年齡還是心態，都老了啊……

蘇玨起身離開，一手輕輕撫揉著鼻梁，另一手重新將眼鏡掛到鼻梁上，打開門時，以往那種溫和又略顯柔軟的笑容再次浮現在他臉上。

果不其然，他看到了出現在門口的女孩。

「阿玨，你們談完了？」

「嗯，是啊。」

「你這是什麼笑容？神神祕祕的……」

「我在請教阿商一個問題。」

「蛤？你請教他？」

「是啊，關於如何能不迷路，阿商答應為我做一個隨身攜帶的導航軟體呢。」蘇玨回頭朝房內的男人笑了笑，「是吧？」

「這的確是必需品。」夏黃泉嘆了口氣，「阿玨，你現在怎麼說都是長官啊，總迷路什麼的，指揮的時候出問題就完蛋了吧？你放心，我會好好監督他的！」

「嗯！那就交給黃泉了。」蘇玨揉了揉女孩略濕的腦袋，嘆了口氣，「亟待處理的事情還有好多，我總算理解自己的異能是從何而來了。」

夏黃泉看著蘇玨離開的背影，突然覺得在這位「青梅竹馬」身上發生了某些改變，但又抓不到痕跡。他們可以說是世界上「最熟悉的陌生人」，這種關係太過微妙，以至於她有時候無法準確地做出判斷。

她歪歪腦袋，最終決定不想了。

關上門走入了房間，又意外地發現「被請教」的商碧落情緒也不好，她雙手抓著軟綿綿的毛巾在頭上擦了擦，走近時奇怪地問道：「你怎麼了啊？一張便……咳，排泄不暢的臉。」自從住進來以後，提醒他的「生理需要小箭頭」就再也沒有煩過她啦，偶爾還有些懷念。不過，這傢伙到底怎麼了呢？蘇玨欺負他了？怎麼可能！這傢伙不欺負人就謝天謝地了！

青年一言不發，似乎正在思考。

女孩眨了眨眼眸，走到他身邊，小心翼翼地戳了戳他的肩膀：「喂……！！」手腕被握緊，整個人被拉進他懷中，而後，臉被另一隻略帶涼意的手捧住，對方近在咫尺的俊臉帶著某種不容反抗的威勢壓下，一個略顯急切同時滿是掠奪意味的吻隨之襲來。

「唔……」

這傢伙，在搞什麼鬼啊？！

❖

情人間的吻經常是激烈而熱切的，這沒問題，但對於初次踏入愛河的女孩來說，青年此刻給予的吻所承載的溫度明顯超過界線了，她不禁想起曾經聽過的一個故事——想讓一個人脫下衣服，需要北風或者太陽？

這侵略性的吻，就像是一貫幽閉的窗櫺猛然被大風吹撞開，一枝徘徊在窗口的藤蔓，夾雜著北風的劇烈與太陽的炙熱趁虛而入，實在……不行……

夏黃泉的雙手抓住商碧落的肩膀，用力將他推開，低低地喘著氣——不可思議，做這種事居然比打架更辛苦——她微怒道：「你搞什麼鬼啊？」

女孩自以為的「秋後算帳」在對方眼裡完全是另一幅景象——因為剛才熱烈的動作，女孩平素淡粉的嘴唇有些紅腫，閃爍著淡淡水光的唇瓣微啟，一下下發出急促的喘息聲，她已經蒙上淺薄煙霧的雙眸緊緊注視著他，極力地想要傳達怒意，卻很明顯是失敗了，這宛如霧中春花的眼神，與其說是生氣，不如說是嗔怪，本意是為了讓人懼怕，但此刻……只讓人感覺更深的誘惑。

不可自拔。

商碧落順隨著內心的慾望，再次湊了過去，卻被一隻柔軟的手攔截動作。

用爪子結結實實堵住某人嘴巴的夏黃泉有些氣急敗壞：「你這傢伙是癡漢嗎？！」隨即觸電似地速度縮回手，猛地在睡衣上擦著，這傢伙的嘴唇濕濕的，和她一樣，因為……

青年清楚地看見，女孩的臉再次以肉眼可見的速度快速爆紅，她惱羞成怒地捏起拳頭威脅地吼道：「你你你你你到底是抽什麼風啊？」

「只是突然想吻妳。」

商碧落的心情就奇異地好轉了，因為一件可能發生的事情患得患失，又因為一件微不足道的小事心存歡愉──完完全全將情緒的主導權交給對方，似乎，也沒什麼不好。

「……別、別別說得這麼不要臉啊！什麼叫突然啊，你把我當點心嗎？想吃就吃！」

才剛喊完這句話，夏黃泉就看見商BOSS的臉上露出一個「惡意滿滿」的笑容，他非常無恥地說道：「就美味程度，的確很像。」

「……混蛋！！！」她一拳砸中這傢伙色瞇瞇的眼睛！

而後又是劈里啪啦地一頓猛揍。

一陣雲雨，不對，風雨之後，夏黃泉一把提起地上的商碧落丟回椅子上，哼了一聲，彎下腰抬起他的下巴：「聽好了。我不知道你和阿珏究竟說了些什麼，」讓蘇珏露出剛才那種有一點點可憐寂寞的眼神，像被拋棄的惡犬，不，惡犬本身不符合被拋棄的設定，「但是，有些事情，真正的決定者是本人不是嗎？」

「……」

「咳，」夏黃泉別過頭，目光刻意不與青年接觸，「雖然你又可惡又無恥又厚臉皮又壞心眼，但是，我覺得……這樣的你也……也……總之！」她扭回腦袋，「別老想些有的沒的，真是，腦子好的人就是這點討厭，總是愛東想西想！」
商碧落的表情從最初的微愕到釋然再到忍俊不禁，他輕輕地笑道：「妳在安慰我？」
「誰會做那麼肉麻的事啊！」女孩的表情又凶了起來。
「原來不是啊……」失望臉再現，可憐眼神攻擊！
「……」明明知道這傢伙是裝的，但是……真的和以前不同了啊，要是過去她看到這樣的表情會無視嘲笑甚至暴毆，但現在居然有點想順毛摸。
不妙，真是太不妙了！
「原來真的不是啊……」
「……你夠了啊！」夏黃泉抿抿唇，晃了晃捏住青年下巴的手，很是出人意料地俯身吻了上去，而目標不是嘴角，而是……
「！」商碧落的眼中閃過一絲驚訝，女孩的這個吻輕柔得像羽毛撓過心口，柔柔的，癢癢的，麻麻的，又暖暖的，又像是小貓在向主人表達親密，小心翼翼地，一小口一小口地舔著——因為從未如此做過所以有些生疏，更有幾分忐忑，但是卻不知道，這份青澀正是最好的催情藥。
他的手輕輕攬住女孩的腰肢，讓她離自己更近，而後停住動作，有了之前的教訓，他當然知道現在什麼也做不了，否則只會適得其反，這可真是甜蜜的折磨啊。青年下意識地放輕呼吸，感受著女孩主動給予自己的——
第一個真正意義的吻。
他隨著女孩的動作微微張開唇，而後……被推開了！
「……」褲子都脫了……不，還沒脫，舔舔嘴唇就算了？！

「別、別得寸進尺！」這已經是極限了！再繼續下去只覺得羞恥啊！再進一步就完全是另一個世界了好嗎？！

夏黃泉紅著臉、摀住嘴，從青年的腿上下來，連連後退了幾步：「我才沒你的皮那麼厚呢！」看見青年扶額的動作，她怒了，「你那種失望的表情是怎麼回事啊？」明、明明吃虧的人是她才對吧？

商碧落嘆了口氣：「看來以後我們要多加練習才可以。」

「……誰要和你練習啊！」踹！捶！踩！

兩人之間一次小小的危機就在拳打腳踢中這麼幸福地過去了……咦？

總而言之，言而總之，第二天，商碧落、夏黃泉和言必行三人搬離了居住許久的房子，而女孩答應的原因正如蘇玨所料的一樣——不想給他添麻煩。

而後，一切正式走上了正軌。

❖

在充分瞭解所有加入異能者和普通人的狀況後，商碧落對他們進行了分組，並針對不同的配對進行訓練。

夏黃泉原本擔心這些人會桀驁不馴，或者對訓練表示不滿，結果去探訪時，發現他們被商碧落這傢伙調教得意外地好，便徹底放心了。

在幫幾個人進行異能覺醒，針對她的「王之賜予」（商碧落這個取名無能星人非要這麼稱呼，夏黃泉被他的堅持不懈無可奈何地打敗了）的測試結果也出來了，她的確可以將異能給予他人，但受到了不小的限制：

首先，異能必須與本人的特質相符。

簡而言之，哪怕是普通人，體內也存在某種傾向，只是太過微弱而不足以覺醒成為力量，被放出的晶核會選擇與其最契合的人，但所謂的「最契合」是相對的，比如一顆晶核與所有人的契合度都是百分之一，而被它選中的人是百分之二……雖然是「最」，但也是個悲劇。

其次，被動覺醒異能有失敗的可能。

相對於自然覺醒，依靠外力因素獲得異能所需要承擔的風險自然也會加大，所以成功率並非百分之百。晶核契合度愈高，成功率也就愈高，反之亦然。

最後，「人工異能者」不能充分發揮晶核的力量。

所謂的「人工異能者」是商碧落下的定義，這批人工異能者不能百分之百地發揮晶核的力量，異能使用率最高只有百分之八十，最低……目前的幾個例子中，最低是百分之六十，但不知是否會發生變化，也不排除有更低的可能。

因為第二、第三條，許多想要更多異能的「自然異能者」因而卻步，畢竟人工覺醒時的痛楚不是所有人都能忍受，甚至有人血管碎裂、骨頭斷裂、內臟出血，整個人幾乎變成血人，而經歷這種痛苦，異能沒有覺醒，或者覺醒後使用率過低，那就真的虧大了。

而且這些人都清楚，服用喪屍晶核可以升級異能，但是這股吸收進體內的能量是被所有異能平分的……簡而言之，如果覺醒的第二異能，沒多大用處還一天到晚拖後腿，趴在地上求人家把異能拿回去，萬一把天生覺醒的異能也一起給拿走了怎麼辦？

就算能再次弄回來，誰知道這「天然」變「人工」的使用率會不會降低啊！

用言必行的話說就是：「覺醒異能就像在體內打孔，有些人打了一個孔，有些人打了兩個三個四個五個孔，並且鑲嵌上合適的寶石；而妹子的異能就是搶走別人的寶石再填上別人的孔，以及幫本身沒有孔的人打孔成功再鑲嵌寶石嘛，當然，打孔有失敗的可能，這取決於寶石的品質！」

話糙理不糙，異能覺醒的原因要用科學來解釋，目前沒有個定論，但如果用遊戲術語來解釋就很好明白了。

「至於多系異能者和單系異能者，就像玩遊戲，是單升級一個技能快呢？還是每個技能都升來得快呢？明顯是前者更佔優勢。當然，後者如果兩項技能相輔相成也可能比前者更厲害，具體情況要具體分析嘛。」

不過，因為晶核的數量有限，人工覺醒存在失敗率，而且「人工異能者」掌握異能需要耗費不少時間，並不如「自然異能者」像喝水那般容易，所以到目前為止，她只給幾個商碧落選中的人各打了一個孔——總覺得這種說法略邪惡啊。

就在一切似乎都發展得很好的時候，言必行這傢伙卻遭遇了一個不大不小的麻煩，簡稱——「桃花劫」。

Ch. 20 再次出場的神祕女人

W市如同被驚石砸亂的湖水，隨著時間的流逝，再次恢復了平靜。

普通人漸漸接受了「異能」這個設定，而異能者們也憑借自我意志決定了自己的歸屬。「異能者聯盟」的崛起勢不可擋，除去會長外，仲裁協會的其餘位置也是眾人爭奪，如果僅憑戰鬥來決定，對於其他非戰鬥系的異能者顯然不公平。

比如商碧落這一系，也許打起來不是最強，但他的能力是治癒，還可以提取病毒，前者姑且不論，後者誰能說不珍貴？

再譬如帶有大型隨身空間的啊，能夠瞬間使土地變得肥沃的啊，能快速催熟植物的啊，誰能否認他們的重要性？

於是在大會上一片吵吵嚷嚷聲中，言必行跳了出來：「吵死了！既然異能不同沒法比較，那就分開再比啊！」

「這小子算哪根蔥啊……」某人話說到一半，被旁邊的人扯住衣袖，他扭頭沒好氣地問，「怎麼了？」

拉住他的人猥瑣地伸出小拇指：「你不知道？那小子是那位的這個。」

「！！！」某人指向商碧落，「不是說和他嗎？」

「那小子也是，有人說他們三個住在一起。」

「……世風日下，人心不古啊！」某人對崩潰的秩序表達了強烈的憤慨與不滿。

夏黃泉：「……」雖然是說悄悄話，但聲音也太大了吧喂！

商碧落：「……」若有所思地看了言必行一眼。

言必行：「……」躺著也中槍，我才是最無辜的那個好嗎？

但言必行的意見的確是個解決方法。

於是又經過一番討論，決定分成「主攻」、「輔攻」、「後勤」三組——「主攻」就是所謂的主力攻擊，破壞力較強，便於與喪屍正面戰鬥的異能都歸屬於這一類；「輔攻」就是輔助攻擊，像是能召喚出盾牌、給自己和他人加速或身體鎧甲化之類，雖然正面作戰未必強力，但在這些異能的幫助下，主攻者可以發揮巨大作用；至於剩下的看似無法直接用於戰鬥的異能則全部被劃分進「後勤」，所以這個組的人數最多，異能種類也最駁雜，比如隨身空間種田流啊，獸語變形治癒啊，之前提到的「一笑就發光」和「雞翅兄」也名列其中。

三組的人數比例大約為一比一比二。

這樣的分類明顯不完備不謹慎不科學，雖然異能者只有數千人，但光粗分種類就有幾百種，實在太多了、而且哪怕是相同類別的異能，也存在各種各樣細微的差別。

如果人類保持這個狀況再發展個幾十年上百年，也許能使之成為一門學科，並劃分出清楚明白的學系，很可惜，目前異能才剛剛出現，而且現在也不是做學術研究的時機。

「總算弄完了啊。」看似得到結果後，夏黃泉一臉困擾地扶額，「我的頭都被吵碎了。」

「接下來才是重頭戲。」商碧落瞥了她一眼，很不懷好意地說，「一共三組，主攻和輔攻，每組兩個名額；後勤因為人數最多，有四個名額；加上看似不屬於任何系的會長，一共九人，組成仲裁協會。」

「……還要吵啊。」夏黃泉抱住腦袋，救命！這一大群人吵起來比一千顆炸彈爆掉還要可怕啊！

言必行吐了個煙圈，聳了聳肩：「後勤部的名額看來你是要定了？」

「雖然擁有治癒異能的人不在少數，但能去除病毒的只有我。」商碧落微笑，「我相信問題不大。」畢竟就算是不會再感染病毒的異能者，也總有幾個身為普通人的親人朋友。

「陰險的傢伙。」言必行嘆了口氣，他的人品到底是有多差才會認識這個人？

商碧落嘴角的笑意愈發溫和了，他看向言必行，語調輕柔地說道：「主攻系的名額，你必須拿到手。」理想狀態是他們三人一人奪得一個名額，單方奪得兩到三個名額，確保能完全全地將仲裁會控制在手上。

「……要是拿不到呢？」

「那你就沒用了，永遠地休息下去吧。」

「喂！你這是變相地要我去死嗎？」

「你想太多了。」

「……」言必行淚流滿面地看向夏黃泉，「妹子，妳看……」

耳朵嗡嗡作響的夏黃泉抱頭：「這傢伙如果達不到目的肯定會繼續作亂，所以你就努力吧，加油！」

「……」惡魔！這兩個狼狽為奸的傢伙都是惡魔！

❖

主攻系肯定要靠戰鬥取勝，為了確保言必行能在之後的比賽中取勝，夏黃泉決定親自對他進行特訓，當然，這是好聽的說法，現實就是「單方面的毆打」，有時候她打累了，就讓他們這方的異能者和普通人繼續攻他，反正有商碧落看著，肯定死不了人（商碧落自己語），於是，可憐的言小哥就這樣被坑了。

不管過程如何，言必行最終拿到了戰鬥組的名額，成功擺脫了「人間地獄」。這種「普天同慶」的事情當然會讓人心情格外好，但是……在他身上卻完全感覺不到。

不僅如此，夏黃泉覺得言必行看她的目光有點微妙，但當她反看回去時，對方總是先一步移開視線，這副欲言又止的模樣還發生了不止一次，起碼有四五次，相當不對勁。

趁其不備，夏黃泉一把抓住對方，在徹底消滅「逃跑」的可能性後，她問：「你怎麼了？奇奇怪怪的。」

「沒……沒什麼。」扭頭。

「喂。」夏黃泉突然覺得有些好笑，於是調侃地說，「你該不會是暗戀我……噗！」話音未落，她本人先撐不住笑了出來，卻被一把摀住嘴巴，爪子所有者言小哥左右張望了一下，緊張兮兮地說，「別隨便說這麼危險的話啊，會死人的！」

「……」她這是被嫌棄了嗎？

發現商碧落那傢伙似乎真的不在附近，言必行鬆了口氣，放下手：「真是的，別用這種方式殺人啊。」

「……」夏黃泉深吸了口氣，捏拳頭，「你是在暗示我用更直接的方式嗎？」

「我錯了！」

「好了，不開玩笑了。」夏黃泉放開言必行，認真地問，「你是不是遇到了什麼為難的事情？」

「……」

「你不想說就算了，但是如果需要幫助，一定要告訴我。」女孩邊說邊嘆口氣，「雖然我不一定能幫上什麼忙。」

言必行的表情有些動容：「妹子……」

夏黃泉伸出手指晃了晃：「畢竟你現在可是珍貴的財產，要是掛掉，我們在仲裁會就失去重要的一票了。」

「……喂！」言小哥怒道，「妳徹底和阿商學壞了！」

「嘿嘿！」

學壞不學壞無所謂，夏黃泉就是覺得，感動啊感傷啊之類的氣氛不適合言必行，一點都不適合。不管怎樣，看他稍微正常了些，她也就放心了。

「現在放心還太早了。」

「……」夏黃泉被嚇了一跳，隨即發現商碧落這傢伙不知何時冒出來，她突然稍微理解言必行剛才的驚恐了，這傢伙是背後靈啊？！她瞪了對方一眼，「別突然冒出來嚇人啊！」

「我的出現沒有任何問題。」商碧落挑了挑眉，「除非有人做了虧心事。」

「……誰做了虧心事啊？」夏黃泉想到之前和言必行的對話，還真有那麼一點點心虛。

「是啊，」商碧落意味深長地重複了女孩的話，「誰做了虧心事啊？」

「……」這傢伙！夏黃泉鼓了鼓臉，「好吧，算我錯了，不過，」她轉而問道，「你剛才說的話是什麼意思？」什麼叫做「放心還太早」？

見女孩轉移話題，青年也不再固執地繼續探究，反正他「秋後算帳」的技能已經點滿，隨時都能釋放。

「昨天拿到名額後，他又見了那個女人。」

「那個女人？」誰？

「準確地說，是那個女人來見他。」

「……啊！」夏黃泉想起來了，不久前言必行和一個留著披肩長髮的女人見過面，他還給了對方不少物資，那時候他的心情還低落過一段時間。當時她很好奇，但考慮到事涉對方的隱私就沒有多問，這一次又和那位不知名女人有關係嗎？

「想起來了？」

「嗯。」夏黃泉點了點頭，察覺不對勁，「你是怎麼知道的？」

「他現在可是我們的珍貴財產，當然要好好維護。」

「……」有心罵對方是禽獸，但一想到自己剛才也說過一樣的話，真心罵不出啊……要是罵出來不就代表她和商碧落一樣厚臉皮了？

不過，那位女人到底為什麼主動來找言必行呢？之前那麼長時間一直沒見過面，為什麼現在又……夏黃泉撓了撓頭髮，真心想不明白。此事關乎言小哥，她還是和之前一樣保持「無視」比較好吧？

可惜，夏黃泉忘記了很重要的一點——她不去找事，不代表事情不會來找她。

❖

「請等一下！」杜向晚在夏黃泉身後喊道。

走在街頭的夏黃泉因為這聲叫喊回頭，目光與其對上的瞬間，覺得這女人好眼熟。

時節已近秋末，天氣一日日地寒冷，氣候的變化在人們的衣著方面表現得尤為明顯，比如正朝夏黃泉走來的女性。人天生愛觀察同類，目光的焦點因人而異，但臉孔和衣著永遠是重點（當然，紅姐那種局部格外「突出」的例外），哪怕在很多人眼中，夏黃泉壓根兒「不像女人」，就這點天性她還是相當合格的。夏黃泉最先注意的，是對方身上的淺黃色風衣，在秋風蕭瑟的街頭，遠遠走來的纖細女性看起來就像被大風從枝頭捲落的無辜孤葉，多了幾分楚楚可憐的味道。對方愈走愈近，臉孔愈加清晰——她有一張和氣質非常相符的長相，不算非常漂亮，但很清秀文靜，傳說中的「小家碧玉」就是這種類型吧？

只是女人的臉色有些蒼白，在披肩長髮的襯托下，下巴尖尖，身體看起來有些孱弱，這份瘦弱並沒有讓她顯得難看，反而讓那雙很水靈的眼睛顯得更大了——總覺得，一不小心就會被打碎啊。

夏黃泉這種從小到大很少生病的健康寶寶，碰到身體不太好的人自然會湧現一種緊張感……她自己也不清楚這種感覺從何而生，但很肯定絕對不是討厭啊看不起啊同情啊之類的負面情緒。這種情感驅使她小心翼翼地詢問對方：「請問，有什麼事嗎？」

「我……」

女人一開口，夏黃泉突然意識對她的這股熟悉感從何而來——身材，披肩長髮，給人的感覺，一切都與之前看過的影像重合了。

「啊！是妳啊，言必行的……」夏黃泉頓住，不知道該用什麼詞來形容言小哥和對方的關係，畢竟她一無所知。

女人的臉上露出了一絲驚訝的神色，隨即問道：「他和妳提過我？」

「這個……」夏黃泉默默扭頭，答案是否定的，問題是……她不能說自己曾經偷窺過言小哥啊，做這種事很符合商碧落的設定，可是和她完全沒關係！

「我本來以為按照他的性格，絕對不會對任何人說的。」女人微笑了起來，笑容中卻夾雜著些許苦澀。

「啊……哈哈哈。」對方想必微妙地誤會了，但她完全沒辦法解釋，這滋味真是糟糕透了，於是夏黃泉開始轉換話題，「真巧啊，在這裡碰見，哈哈哈。」

「不是巧，我聽其他人說，妳偶爾會在這附近巡視地盤。」

「……」喂！她只是擔心基地附近有人搗亂，城市裡有異能者欺負普通人等等諸如此類，所以得空就會到處轉幾圈好嗎？那種「動物撒尿佔地盤」的說法是怎麼回事？！

「能耽誤妳一點時間嗎？」

「嗯？」夏黃泉本來想拒絕，她直覺如果答應了會知道了不得的事，但在對上對方懇求的目光後，她心一軟，鬼使神差地點了頭，「可以。」隨後就想掌嘴！但反悔明顯做不出來啊！

「去那裡可以嗎？」女人指向不遠處的長椅。

「嗯。」

走向長椅的途中，她們兩人進行了自我介紹，夏黃泉終於知道對方的名字——杜向晚。

「很好聽的名字。」這種一聽就像文藝小說女主的名字真是讓人羨慕嫉妒恨啊。

杜向晚禮貌地回應：「謝謝，妳的名字也很特別。」

「……」是啊，特別到對方都不好意思說「好聽」，特別到小學老師問她父母是不是和孩子有仇啊！要是沒仇能取出這麼一個可怕的名字嗎？

下黃泉什麼的……再見！

閻羅王之類的詭異外號……再見！

兩人自然而然地分別坐在了長椅的左右兩邊，她們又不是多親密的關係，硬是坐在一起才奇怪。

「咳，有什麼事，妳現在可以說了。」

「聽妳剛才的話，他……」杜向晚頓了頓，似乎有些難以啟齒，但最終還是說了，「好像沒和妳說過我的請求。」

「妳的請求？」

「嗯，我請他帶我去見妳一面。」

「蛤？」這是什麼詭異的進展？夏黃泉愣住，隨即問道，「妳找我有什麼事嗎？」她們之間應該完全沒有交集吧？千萬別說是什麼「新歡舊愛的交接儀式」，太狗血了！

「我想求妳……求妳……」杜向晚低下頭，手指捏著衣角，好半天才低聲說道，「求妳放了成揚。」

「成揚？誰？」以夏黃泉的腦容量，話題已經走向另一個次元了，完全聽不懂好嗎！她似乎明白了言必行的痛苦，像他這種智商和她差不多的傢伙，腦迴路肯定和杜向晚完全對不上啊！

——等等，這說法好像完全拉低了她的智商。（言必行躺槍不解釋！）

好在杜向晚直接了當說明來意，原來成揚是之前的「逆反者」之一，身為抓住千分之一機率覺醒的異能者，運氣真是不錯，可惜走錯了路……結局不言而明。

據夏黃泉所知，之前的那批逆反者，軍方扣留了主犯後，將其餘人都放回去了，這意味著——「他是帶頭鬧事者之一？」

此話一出，杜向晚的臉色瞬間煞白，她低聲說：「是。」

果然，夏黃泉疑惑地問道，「妳和他是？」

「他……是我未婚夫成宣的弟弟。」

「未婚夫……」夏黃泉默默地在心中為言必行點了根蠟燭，節哀！

「嗯。」杜向晚點頭，「成揚的確做錯事了，但是，他已經知道錯了，真的，所以……」

「稍等。」夏黃泉皺眉，就在剛剛的一瞬間，她終於想起商碧落說過——言必行被抓和他過去的事情有關，這麼說，事情應該是那個「成揚」主謀或者親自實行的，「妳知道他對言小……言必行做了什麼，對不對？」

「……」

「妳的未婚夫也參與了，對不對？」

「……」

「妳也參與……」

「不，我沒有！」杜向晚立刻抬頭反駁，臉色更加蒼白了。

她沒有撒謊，但是——「妳知道這件事，卻沒有阻止，是嗎？」

「……對不起。」

「妳應該說對不起的人不是我。」夏黃泉起身，「我們之間沒有什麼可說的了。」她雖然不討厭對方，但人心是偏的，她更願意站在言必行那邊。

「請……」杜向晚連忙也站起身，眼神中滿是祈求，「我知道他們做得不對，但那時候他們向我保證過，不會傷害他的生命，之後言……他被以紅髮女人為首的異能者們救走時，成宣還受了傷，他只是個普通人，我的意思是……」

夏黃泉深吸了口氣，認真地說：「我說了，妳該說對不起的人不是我。妳既然熟悉言必行，應該知道——他很強，剛拿到了戰鬥組唯二名額之一，我無法想像那樣的他會被人輕易抓住。」她看著對方的雙眸繼續說道，「我相信妳說的不是假話，但妳能發誓，自己的未婚夫和未來小叔子沒有利用妳來抓他嗎？」

「……」

「言小哥被救回來的時候，身上都是傷，很顯然遭到毒打，如果不是我們恰好有治癒異能所有者，他未必能完全恢復。然而關於自己那段時間內的遭遇，他一個字都沒提，就算問了也是嘻嘻哈哈地刻意帶過。」夏黃泉抿了抿唇，本來還很淡定，卻愈說愈生氣，「他本來可以打擊報復他們的，但他什麼都沒做，不管從什麼角度，受害者都應該是他吧？妳應該道歉的人都應該是他吧？如果——」她再次吸了口氣，又緩緩呼出，盡量讓自己的語氣冷靜下來，「不管怎樣，麻煩妳真誠地向他道過歉後，再來和我說這件事。」

說罷，她轉身就走。

「我道過歉了！」背後突然傳來了她的叫聲，杜向晚大聲地說，「在來找妳之前，我已經向他道過歉，他也說自己不在意，但是卻怎麼都不肯答應放過成揚或帶我來見妳。」

「……」夏黃泉覺得自己能理解言必行的想法。那時候，她和商碧落在那群逆反者的包圍下遭遇的恥辱的事並未刻意隱瞞，所以言必行肯定知道。他的內心深處也許真的原諒了杜向晚，但同時他和剛才的她一樣，做出了抉擇，選擇和她們站在一起。

怪不得之前看她的眼神那麼奇怪，大概心裡糾結吧？那個傢伙……總覺得略感動啊，以後，嗯，還是別再說他是重要物品了，沒錯，少欺負，多愛護！

女孩的嘴角不自覺地勾起了一抹笑容。她真的非常幸運，在這樣一個陌生又危險的世界，能夠找到那些在正常世界中都難以尋覓的珍貴感情，無論是親情、友情還是愛情……真是幸運過頭了，甚至有些害怕會遭報應。

「像言必行那樣的人，妳既然可以接受，為什麼不肯相信其他人也會改過自新呢？」

「啊？」夏黃泉猛地回頭，總覺得聽到了什麼了不得的內容……「像言必行那樣的人？」

「沒錯。」杜向晚擦去臉上的淚水，如同被逼到極點的兔子不管不顧地說，「他應該和妳說過我是他的前女友吧，以這個身分我肯定地告訴妳，過去的他——就是個混蛋！」

「這個說法是不是……」太過分了。

「我沒有撒謊，更沒有誇大。」女人的表情漸漸恢復鎮定，「我是在高中時認識他，我們同班。他的成績很差，經常遲到早退、曠課不來，但因為家裡有權有勢，誰也不敢管他。」

「……」

「那時的他特別飛揚跋扈，簡直是學校的霸王，班長因為和他吵架就被打到住院，之後為了避開他選擇了休學一年，班主任因為這件事當眾訓了他幾句，沒多久就被調走了。」

「……」

「他還經常出去和人混，抽菸喝酒飆車勒索，這些事情他都做過。」

「……」我、我勒個去！這算什麼？叫「每個青年都曾經中二過」？還是「不是每個中二都有春天」？

總覺得……難以想像啊那樣的言小哥，更為奇妙的是，夏黃泉看向杜向晚：「他這麼渣，妳怎麼看上他的？」

「我是被逼的。」

「……」強搶民女？！

今天，是巨雷日嗎？

一個個的雷當面劈下來，她簡直接受不能啊！

Ch.21 言必行是渣渣，商碧落是偷窺狂

被驚雷劈到的夏黃泉脫口而出：「他真的逼著妳那個那個……那個……」完全說不出口！她認識的言小哥才不是會做那種猥瑣事情的男人！

杜向晚臉色微紅大叫了出來：「不是妳想的那樣！」

「哦。」夏黃泉舒了口氣，她就知道言小哥不是那樣的人，哪怕處於中二期。不過所謂的「逼迫」是怎麼回事？

「他那時候死纏爛打到了極點，哪怕我和其他男生不過說上一句話，他都要去找別人麻煩，害得所有人都不敢和我說話。」

「……」好二！而且不知道為什麼，夏黃泉突然覺得很想笑，這可是百分之百的黑歷史啊，她有預感——以後言小哥恐怕在她面前再也抬不起頭了。

「在週一的升旗儀式上搶走話筒說些莫名其妙的話；上學放學都跟在後面，怎麼甩都甩不掉，鄰居們議論……」

「……」夏黃泉眨了眨眼睛，聽著聽著，在長椅上重新坐下來，不知道為什麼，她總感覺——眼前的女人雖然是用抱怨的語氣在陳述，但對於那段記憶並不討厭。

而且真的很難想像，對方口中那種「中二到極點」的傢伙居然是言小哥，過去和現在也差太多了吧？至少現在的他是個非常會體察別人心思的男人，怎麼說呢？男人的成長還

真是可怕啊，當然，像商碧落那樣從小二到大從來不進步的傢伙是例外！

女人意識到自己說太多了，臉上露出非常不好意思的神色：「抱歉，我失態了。」

「不……不過我還是很好奇，他那麼二，咳，不對，是混蛋，妳怎麼看上他的？」

「……」杜向晚明顯地愣了，好一會兒才說道，「後來我家裡出了問題，非常缺錢。」

「然後？他用錢威脅妳？」夏黃泉吐血，這種標準的言情小說既視感是怎麼回事？哼哼哼，小妖精，想要錢嗎？讓我包養妳吧！——讓言小哥當總裁男主角總覺得有種強烈的違和感，她腦補起這混蛋魅惑狂狷的笑容，瞬間起了無數的雞皮疙瘩。

「不，不是的。」杜向晚搖搖頭，「他很乾脆地就借錢給我，還不要欠條，寫給他還被當場撕掉。只是，」她抿了抿唇，「那時候我除了我自己，沒有什麼可以報答他的。」

「他不會接受吧？啊……對不起，我的意思不是……」

「妳果然很瞭解他。」杜向晚看著夏黃泉，後者很清楚地在前者的聲音中聽到了傷感的味道，「他不僅沒接受，還罵了我一頓，說我在侮辱他。」

「噗！」夏黃泉捣住嘴忍不住笑了起來，「果然是言小哥。」雖然當時處於中二期，但一個人的本質不會輕易改變的，那時候的言必行，也是言必行。

「後來……」身著淺黃色風衣的女人抬起頭，注視著被秋風捲下的落葉，嘆息出聲，「我們還是在一起了，他對我很好，家裡的情況也逐漸好轉。」

「那不是很好嗎？」女孩很是疑惑，這完全是HE的節奏嘛，而且她敘述中的言必行雖然算不上好人，但也絕對搆不上混蛋的標準。

「我當時也以為會一直好下去，我的父母都是老師，從小對我的學業要求很高，他知道這一點……雖然還是懶得念書，但漸漸地很少逃課了。直到有一天，他突然消失了。」

「消失了？」這神發展讓夏黃泉很是訝異，言必行不是不負責任的男人，怎麼會……她靈光一閃，「他遇到什麼事了？」

杜向晚搖了搖頭：「我不知道，只是後來聽別人說才知道他家徹底倒了。他沒有告訴我，」她自嘲地笑了，「只用信封裝了一筆錢塞進我家，信封上還寫了三個字。」

夏黃泉扶額，已經猜到那三個字是什麼了。

「妳猜上面寫什麼？」

「……分手費？」

「你們果然關係很好。」

「……啊哈哈哈。」這種時候說這種話不是誇獎啊。

「妳說，他是不是混蛋？」

「是！」夏黃泉斬釘截鐵地回答道。

換得女人驚訝的眼神：「妳……」

「真是個混蛋男人，」夏黃泉嘆了口氣，「完全不清楚女人心裡究竟是怎麼想的，又自負又自卑，因為不敢面對所以就夾著尾巴偷偷地溜走，太混蛋了！」

杜向晚笑了出來：「是的，他就是個混蛋！他留下來的錢我一直沒用，在那之後的很多年間，我也一直在攢錢，總想著有一天見到了，就把當初欠的錢都還給他……不，我想親自砸到他臉上。」她的眼圈漸漸紅了，「那時候他為什麼不來見我最後一面？為什麼不親自問問我——在不在意他什麼都沒有，願不願意和他一起承擔。就那麼悄無聲息地消失了，不正意味著他從來都沒有相信過我嗎？我在他心裡，難道只是因為錢才……」

「不是的！我覺得言小哥心裡一定不是這麼想的。」

杜向晚愣住：「為什麼妳會這麼覺得？」

夏黃泉不假思索地回答道：「女人的直覺。」

「……」

「別看我這樣，我的直覺可是很靈的。」夏黃泉撓了撓臉頰，「我覺得他一定不是那麼想，既然有疑惑，親自問問他如何？」

「我……」

杜向晚之前已經見過言必行不止一次，卻一直沒有問出口，他們其實真的挺像的，夏黃泉站起身：「當我們和對方做出不一樣的選擇時，才可以盡情鄙視！」如果因為害怕得到自己不想聽的答案就拒絕提問，等於間接地放棄了資格，而且……她扭頭看向不遠處，「身為男性，在女性裹足不前時，你難道不該主動點嗎？」

「咦？」杜向晚隨之看向女孩所注視的方向，目光所及唯有末世到來後許久未曾修剪的樹叢，除此之外什麼都沒有。

夏黃泉環胸冷哼出聲：「要我抓住你的頭髮把你拔出來嗎？小・蘿・蔔！」

「……大王，不用麻煩了！」一臉苦情的言必行從樹叢後站了起來，頭上還掛著幾片這個季節都尚顯青綠的樹葉。

夏黃泉看他那副可憐兮兮的模樣，忍不住又想笑，但到底抑制住了。她走到青年面前踮起腳尖拍掉他頭上的枝葉，將其往女人的方向一推：「別老露出一副欲言又止的表情啊，既然來了，想說什麼就一次說完，拖拖拉拉可一點都不像你！」

「是，是，謹遵大王旨意。」

「……想挨揍嗎？」

「我錯了。」

真是的，夏黃泉微嘆了口氣，注視著向女人走去的青年，一陣秋風襲過，她微微縮起脖子，將衣服裹得更緊，嘴角卻緩緩勾起了一抹笑容。

❖

十多分鐘後。

言必行將「那件事」當成多年以來的遺憾，但真正要解決並不需要花太久的時間，禮貌地互相告別後，他深吸了口氣，緩緩朝來時的方向走去，心中有些空落落的。一直以來壓在心頭的大石消失了該釋然吧？但心中突然消失了某樣東西，怎麼能不覺得孤寂呢？

沒走多久，他便看見靠著一棵樹站著的女孩，她抬頭仰視著天空，表情很明顯正在發呆，懷裡抱著一些不知名的物什，整個人看起來像是抱著果實蹲在樹下的松鼠，讓人很有戳一下的慾望。

但是，很明顯做不到。

某個極度小心眼的傢伙是原因之一，而原因之二……

尚未等他走到她身邊，女孩小巧的耳尖微顫，靈敏地捕捉到他腳底與地面接觸時發出的輕微摩擦聲，她轉過頭，最初表情有些驚喜，但隨即換成了一副後媽臉：「太慢了！」

「抱歉抱歉，」言必行雙手合十，一臉懺悔狀，「我沒想到妳在等我。」

「我擔心你哭得回不了家，都做好扛你回去的準備了。」夏黃泉挑眉，沒好氣地說，這是撒謊，這種時候當然要留下來比較好。

只是她不會知道，這番看似無厘頭的對話，令青年身上的孤寂氣場漸漸消散無蹤。

「妳懷中抱的是什麼？水果？麵包……雞蛋？」言必行抓起一顆蘋果，「能吃嗎？」

「啊，這個啊……」夏黃泉點點頭，看他咬了一口後，才一臉困擾地說，「我剛才就站在路邊，然後路過的人給了我這些，真是的，我又不是城管！」

「不是城管勝似城管。」青年賤兮兮地笑了起來。

「呵呵，」女孩冷笑了兩聲，「說起來，我最近得罪了不少人，還擔心有人在裡面下瀉藥呢，看你吃了沒事，我總算放心了。」

「……」

「你口袋大，幫我裝著！」毫不客氣地將手上的東西都塞進言必行的口袋，夏黃泉招招手，吆喝苦力小弟，「走了！」

「妳的口袋也不比我的小吧。」言必行看自己衣服兩邊鼓鼓的口袋，覺得自己現在的造型真是異常之土鱉。

「那樣太難看了。」

「……」所以妳就讓我難看嗎？言必行嘆了口氣，「妹子，妳真的被阿商帶壞了。」

「囉嗦！」這一點她當然知道，但能有什麼辦法啊？都說影響是雙方面的，什麼時候商碧落那傢伙能變得和她一樣既聰明又善良？總覺得……那樣的商碧落反而讓人出一身冷汗！被自己的腦補雷到的夏黃泉果斷將這段想像拍飛，看向身旁的青年，「都搞定了？」

「嗯，算是吧。」

「『算是』這種模糊的說法是怎麼回事啊？」夏黃泉抱怨了一下，沒有追根究底，只是調侃地笑了，「怎麼樣？難道你想破鏡重圓？不過我對小三實在……雖然男小三向來名聲比女小三好聽，但是……」

「妳想太多啦！」言必行拍了下女孩的腦袋，在對方的瞪視中微嘆了口氣，嘴角勾起一抹輕鬆的笑意，「都過去了。」

現在回想來，那時候自己所認為的喜歡真的是喜歡嗎？如果是，怎麼會那麼容易就逃開；如果不是，自己為什麼又會做出那樣的選擇。不過，是和不是都無所謂了，無論是他還是杜向晚都清楚地知道——他們之間早就結束了。在很早很早之前就結束了。

「渣！」

「……她已經有了未婚夫不是嗎？我也……嗯，總之現在這樣就很好了。」

「也？」夏黃泉敏銳地捕捉到關鍵詞。

「咳！」

「喂！說話別只說一半啊！快說快說！」

「……再見！」

「別跑呀混蛋！」

❖

忙著追逐言必行和「嘲笑」他的夏黃泉沒有注意到，在他們身後有幾個詭異的身影閃了閃，而言必行……被追得死去活來的他能注意到才怪吧？

不久後，論壇上出現了這樣一條帖子——

（八卦）獅王感情實錄：雖然默然無語，但其實我們一直在關注！

只要將這篇網路文章點開，就會發現「有圖有真相」，照片中，女孩正追趕著前方穿淺灰色風衣的青年，不管是前者還是後者，臉上都掛著輕鬆愉悅的笑意。

眾所周知，人的八卦性是非常強大的，何況這帖子的標題前還掛著大大的「八卦」二字，不「八一八」實在是對不自己啊，於是……

1樓：沙發！

2樓：火鉗劉明*！獅王陛下後宮質量相當高！分我一個好不好？求泡漢紙*祕訣！

3樓：火鉗劉明+1，求泡漢祕訣+10086。

4樓：情侶裝？大家看這兩人的風衣是不是有點像！

5樓：LS好眼光，膜拜！

6樓：膜拜+1！

——如果夏黃泉看到這帖發文八成要吐血，衣服當然是一樣的啊，這是來W市之前，他們在某個商場中蒐羅到的，不只她和言小哥，商碧落也有一件一模一樣的——她還給了蘇玨一件，可惜他很少穿！

20樓：光天化日之下當眾調情，婦道何在？可恥啊可恥！牝雞司晨，天下必亡啊！

21樓：LSSB*鑒定完畢。

……

35樓：我總覺得主樓的照片還少了點什麼，所以非常好心地加上了，大家不要太感激！

這樓放上的照片，所加上的是……配音。

沒錯，每張圖上都加上了黑色大字，比如：「啊哈哈哈你來追我啊～～」「討厭等等我嘛～～」「追上了今晚給你獎勵喲～～」「嘻嘻嘻嘻我來了～～」之類……

……

36樓：不忍直視……

37樓：35哥GJ*！我看好你，求繼續！

38樓：35哥……明年的今天我會帶菊花去看你的，保重！！！

……

50樓：23333*，笑死我了。

但是，這篇歡樂的帖子在被「某人」看到後，很快就無疾而終。不少本來還在樂呵呵猛按「F5」的圍觀者一次猛刷後，驚訝地發現……什麼都沒了。

於是，很快隔壁又出現了這些樓。

（灌水）隔壁帖子呢？怎麼一瞬間就不見了？

（灌水）隔壁帖被管理員刪了？

（灌水）官官相護何時休！抗議！求言論自由！

（灌水）管理狗去死！坐等封爺IP！

……

（灌水）我是管理員，我們沒有刪帖，詳情請入內。

被罵了祖宗八代的管理員壓力很大，非常大……那叫一個冤啊！管理員在帖子裡解釋了一番，內容概要是這個這個被攻擊那個那個數據封包丟失之類的大道理（因為他們查過後也完全不知道是因為什麼啊！）後，倒霉的管理員兄表示原本的樓主可以重新發帖，並且暗示「加個精」、「上個首頁」也是可以的。

下面有懷疑的、有鼓掌的、有罵娘的，無一不全。

可惜的是……那位樓主，他再也沒有出現過。為他點蠟燭！

❖

夏黃泉和言必行終於回到家，他們所入住的新居與原本所住的房子條件差不多，因為各種各樣各種各樣……好吧，因為商碧落被默認為她的隨身掛件，他們依舊睡同一間房，當然，是兩張床！

雖然她總擔心愈來愈癡漢的某人會夜襲，但到目前為止，他似乎還算老實？

幾乎是一進門，言必行就火速找了件圍裙戴上，高喊了一聲「我去做飯」就火速溜走，速度之快直讓夏黃泉懷疑他其實是速度系異能者。不過笑他的機會有得是，不急於一時的。

夏黃泉脫下身上的黑色風衣掛在門邊的衣架上，換上拖鞋走進書房。因為搬離後不能隨時見到蘇玨，他們經常會透過電腦保持聯繫。雖然阿玨什麼都沒說，但她從言小哥那裡得知，北地在掌握W市的現狀後，已經開始施壓，明擺著對她和其他異能者的「身體詳情」戀戀不捨。蘇玨給了對方一批普通異能者資料後又以「雙方已決裂無法弄到夏黃泉的血液樣本」為由暫時搪塞了過去，形勢還不算太糟，但她還是有些擔心的。

可惜才一進門，她就看到某人正陰惻惻地對她笑，笑得她瞬間汗毛豎起：「你那詭異的笑容是怎麼回事？」

商碧落看著炸毛的某人，抑制著想要揉上一把的衝動，非常之犀利地演繹了「妒夫」的形象——瞥了女孩一眼便低下頭，死氣沉沉，不搭理人。

「……喂！」夏黃泉覺得相當之莫名其妙，出門時還好好的，怎麼現在就又發病了？她歪了歪頭，心中偷笑地走了過去，用手指頭戳了戳：「藥在哪裡？」

「……藥？」

「是啊，總犯病，藥不能停啊！」

「……」商碧落扶額，好吧，女孩屬於「看到你裝可憐就會把你變成真可憐」的那一型，他默默地將電腦螢幕轉向：「自己看。」

「什麼？」夏黃泉好奇地看了……頗為無語，如果被八卦的不是她，她肯定會覺得很好笑，但問題是啊！被八卦的就是她啊！

「這些人到底有是多無聊啊！」她舉起拳頭表達強烈抗議，「黑了他們！黑了他們！」

「已經黑了。」

「哦，做得好！」等等……這思維模式是不是有點奇怪，真糟糕，她果然被帶壞了！

內心有些糾結的夏黃泉手不經意地劃過鍵盤上的某個按鈕，而後讓她驚愕的一幕出現了——論壇頁面瞬間關閉的同時，開啟的是一幅幅來自監視器的畫面，那些畫面也很眼熟，沒錯，正是她之前和杜向晚談話的地方。

這個……混蛋！！！「商・碧・落！」她撲上去一把掐住某人的脖子，毫不客氣地大力搖晃，「你個偷窺狂偷窺狂偷窺狂！」

「……」剛剛把全部注意力放在駭進論壇，忘記洗去痕跡了，被搖晃著的商碧落總結經驗教訓，暗自警惕下次做事一定要更小心，當然，更重要的是，他堅定地認為，「不是偷窺，是關注。」

「蛤？這兩者有區別嗎？！」

「咳……」

「你完全說不出話了吧？！」夏黃泉鬆開手，捏拳頭，「做好去死的準備了嗎？」

商碧落深思了片刻，很是懇誠地說道：「半死可以嗎？」

「……你以為是煎牛排嗎？！」喊了一聲就上去暴揍某人的夏黃泉完全忘記了，她以前還真跟商碧落問過「要幾成死」，話又說回來，接受了那麼多血和淚教訓的某人居然還學不會「不作死就不會死」的硬道理，可見是多麼「樂在其中」。為偉大的抖M點蠟燭！

事後，夏黃泉點上了一根菸……不對，是不知從哪裡翻出了一根棒棒糖塞進嘴裡，但據某位世界名人說「棒棒糖吮吸得快就會冒煙！」，所以說是菸應該也可以吧，大約……

總之，她叼著糖果坐在桌上，異常之渣地看向「遍體鱗傷」的某人：「別裝死！」

商碧落嘆了口氣：「我覺得妳應該更珍惜我。」

「為什麼？」這傢伙的臉皮到底是有多厚！

「除了我，」青年挑眉，「還有誰受得了妳疾風驟雨一般的摧殘。」

「……要是其他人，我也不會動手好嗎？」

「哦？」商碧落不以為恥反以為榮，居然很是快活地語調輕快地回答道，「這麼說我對來說妳是很特別的。」

「是啊！特・別・欠・揍！」夏黃泉懸在半空的腳丫子晃蕩著踢掉了拖鞋，看似重實則輕地踹向某人，「真是的，為什麼我的初戀不能像言小哥的那樣正常？居然遇到你這種重口味的傢伙，我上輩子肯定做了不少壞事！」

「正常？」商碧落一把接住女孩的腳，緊緊握在手心，因為氣候轉冷，她穿了一雙微厚的天藍底襪子，印著白雲的形狀——雖然無法直接撫摸那柔滑的肌膚，但可以觸及溫暖的體溫，聊勝於無了。他一邊做著非常無節操的事，一邊抽空說道，「那種中二到了極點的戀愛哪裡正常了？」

「……你有資格說別人嗎？至少他現在脫離中二期了！」這傢伙怎麼看都一輩子無法畢業啊，永遠的初中生！

「妳很想要他那樣的？」微醋的某人接連不斷地說出讓女孩十分驚悚的事，「上學和回家路上像癡漢一樣尾行結果被抓色狼的警察逮住，半夜跑到人家樓下彈吉他唱歌被狗追著咬，每週的升旗儀式都搶麥克風告白害得學校暫停儀式三個月……嗯，全城廣播似乎不錯。」這方法有點心動，當著所有人宣告所有權什麼的。

「你夠了啊！」被嚇到的夏黃泉一時忘記抽回自己的腳，追問道，「你怎麼知道得這麼清楚啊？」連和杜向晚本人談過話的她都不知道得這麼詳細好嗎？！

「呵呵。」

「……少假笑了，快說啊！」

商碧落伸出手指晃了晃：「有人的地方就有訊息，言家的事鬧得不小，而且他當年很囂張，雖然後來被人刻意抹平，但仔細調查，痕跡還是很多的。」

「這樣啊……」

「想知道？」

「雖然想……但不太好吧？」夏黃泉抓了抓頭髮，雖然言小哥應該不會生氣，但探究他那些「丟人」往事總覺得略不厚道啊。

不上鉤？商碧落眸子閃了閃，繼續丟餌料誘惑：「其實，他和杜向晚之間存在一個非常大的誤會，原本事情不應該發展到現在這樣的。」

「咦？」

「不想知道嗎？」

「我……」夏黃泉想要淚流滿面，混蛋！這個抓住人弱點就不放的混蛋！如果僅是丟人往事她的確可以選擇不聽，但如果存在誤會……畢竟人心是偏的，哪怕杜向晚已經有未婚夫，但至少言必行應該有知情權！

看見女孩臉上的風雲變幻，青年露出了必勝的微笑，而後被一隻手將臉拍扁了……

「不許笑得這麼可惡！」夏黃泉氣哼哼地說，猛地收回自己被握了許久已沾染上對方體溫的腳丫子，「說，到底怎樣才肯告訴我？」

商碧落悵然地看了一眼遺失了珍寶的手心，抬起頭，笑得眉眼彎彎，活像隻叼到了獵物的賊狐狸，他說——

「妳真的猜不到嗎？」

「……」

（＊編按：①火鉗劉明，「火前留名」的諧音。由於輸入法預設詞彙的緣故，當輸入「火前」時出現的是「火鉗」，所以網友們為了方便，「火前留名」也就變成了「火鉗劉明」。此用於常用在網路文章或者論壇的回帖詞彙，意思是「在帖子火（熱門）之前留下名字」。②漢紙，「漢子」的諧音。③LS，指上一個回帖者。④SB，傻逼，罵人很傻很蠢的意思。⑤GJ，Good Job。⑥23333，來自網路論壇表情符號「捶地大笑」的代碼。）

Ch.22

想求婚必須先做好失敗的準備

看這種色瞇瞇的臉，猜不到才怪。

夏黃泉沒好氣地翻了個白眼，當年這混蛋雖然二，但好歹算得上冷豔高貴，裝模作樣的時候也是堂堂白蓮花一朵，怎麼現在完全變成這副癡漢的模樣？簡直不科學！而且，這轉變到底算好還是算壞？

說壞吧，似乎遭他毒手的受害者的確少了點，說好吧……受害者就是她啊！

真是……她左手拿出口中的棒棒糖，右手捏住某人的下巴，藉著坐在桌上的姿勢俯下身非常敷衍地在青年的左右側臉「啁啁」親了兩下，鬆開手後裝出一張渣臉：「行了，說吧。」

「……」

「怎麼？不夠？」夏黃泉挑眉，威脅地伸了伸手，「讓我幫你扒開頭髮找虱子也可以，不過我建議拔光它！」

「……妳還真把自己當大猩猩了？」

「囉嗦！」踹！女孩非常不客氣地說，「我要是大猩猩，你也好不到哪裡去吧？」要麼也是大猩猩，要麼是看上大猩猩的男人……口味更重了好嗎？！

「……」完全理解女孩話中含義的商碧落非常無語。

「快說快說！」女孩在桌上盤起腿，一手托腮，另一手捏著棒棒糖，一邊吃一邊催促道，開口間草莓味散發出來，近在咫尺的青年聞得到淡淡的甜味。

「好吧。」商碧落眼眸一閃，似乎真的「死心了」，點了點頭說道，「也不是什麼祕密，言必行前女友現在的未婚夫和他弟弟，原本都是他的舊相識。」

「等……這關係有點繞啊。」夏黃泉掐手指算了算，終於理清楚了，大驚，「你的意思是，那個成宣和成揚，不僅和言小哥認識，還和他是朋友？」

「沒錯。」商碧落似乎不認為自己說出的話有多驚悚，「他們兩家的關係一直不錯，不過那兩兄弟在初中時，父親被調任到其他省，他們也就跟著去了。」

「……你知道得還真清楚。」

「他們回鄉時，正好趕上言家倒台。」商碧落輕嗤出聲，「當然，本著明哲保身的原則，他們家沒有出手幫忙，但是他們三人最後還見過一次，在那一天，成宣從銀行取出了數目不少的現金。」

「……」

「在那之後，成宣和成揚轉入言必行之前就讀的學校，前者和杜向晚同班，還為她整過幾個人，之後關於言家的消息漸漸地沒人再傳播，特別是言必行和杜向晚交往過的事。大學時，他們訂了婚。」商碧落輕笑出聲，「依妳的直覺，妳認為這之間發生了什麼事？」

夏黃泉緩緩呼出一口氣，「這完全是小說情節吧？」商碧落雖然沒有明說，但事情已經夠清楚了，成家兄弟贊助了窮途末路的言小哥一筆錢，但他將這筆錢的全部或是大部分給了當時家境困難的杜向晚，並且拜託自己的兩個朋友照顧「前女友」，誰知成家哥哥照顧著照顧著就……就這樣，言必行慘烈地變成了被男主角踩著上位的「悲情男配」——真讓人不知道說什麼是好。

不過，夏黃泉醒悟了過來：「他發現杜向晚也在W市，不，應該在更早之前，就清楚一切了吧？」想像一下，家世沒落後一個人在社會上摸爬滾打的言小哥在某一天悄悄回到從前的城市，結果卻發現自己慘遭兄弟NTR＊什麼的，「這可真是……」（＊編按：被他人強佔配偶或對象、橫刀奪愛。）

「狗血嗎？」

「何止是狗血，簡直……」夏黃泉嘆了口氣，「我以為在拍偶像劇呢。即使這樣，言小哥還是什麼都沒說呢。」

「這樣不好？」

夏黃泉搖頭：「不是不好，只是……如果言小哥覺得這樣很好，那就夠了。」

「不想報復嗎？」

「報復？」

「還記得那次見面時，杜向晚接過了言必行手中的東西嗎？」

「啊……」夏黃泉反應過來，是啊，一直想要還清言必行一切的她，為什麼會接受他當時的饋贈呢？

不等她問出心中的疑惑，商碧落就說道：「因為他們兄弟倆之前在城市暴動中受了傷，傷口癒合需要營養，以及，八成言必行說他是他們的朋友。」

如此一來，成宣的行為也可以理解了，害怕當年的事情被揭穿，害怕杜向晚被奪走，或者根本是害怕他們這群言必行的好朋友會對做出打擊報復他們兄弟的事，所以才想要先下手為強。

「生氣嗎？」

夏黃泉低頭思索後，還是搖了搖頭，杜向晚屬於身體很弱的類型，指望她對抗喪屍是不可能的，而她安安全全地被帶到了W市，沒有被拋棄，始終被好好地呵護著——

「言必行看到她，應該覺得放心了吧？」當年的他因為某些未知的原因，選擇了放手，在多年以後，看到另一個人，哪怕世界顛覆也始終堅定地握著她的手，這就夠了。從前造成的遺憾已經無法補救，但現在已經不需要補救了。杜向晚和他之間的故事，在他放手或在她開啟一個新篇章時就已經結束，這樣……就夠了吧。

「妳總是把人想得太好。」

「總比你老把人想得太壞要好。」夏黃泉拿出口中的棒棒糖指著某人，「而且，我們加起來除以二不就是正常人標準了嗎？」

商碧落居然很是贊同地點了點頭：「說的也是。」他突然張開嘴，非常不厚道地叼住了面前的糖果。

「……喂！」夏黃泉一把鬆開白色小棒子，「混、混蛋，你做什麼啊？」

商BOSS眨了眨眼，很是無辜地回答道：「吃糖啊。」看他這副表情，簡直像在說——麻麻，妳為什麼不給我糖吃？

「……」好像都是她的錯？不，不對，「重點不在這裡啊！」夏黃泉怒道，「糖果還有得是，為什麼你非要搶我的啊？」

「因為比較甜。」

「不都一、一……」剩夏黃泉說不出話來了，因為她深刻地意識到眼前這混蛋話中的含義，「商碧落，你個色鬼！變態！癡漢！唔……」話沒能說完，因為她的嘴巴被堵住了，嗯，被一根棒棒糖，沒錯，某位仁兄又把「罪魁禍首」塞回了妹子口中。

「……」夏黃泉真是含也不是吐也不是。

「妳看，」青年很是無節操地眨了眨眼睛，「的確比較甜吧。」

「去死！！！」抽打！！！

此時，言小哥敲了敲書房的門，很淡定地說道：「妹子，抓緊時間，快開飯了。」沒錯，現在的他已經非常習慣看到某人挨揍了。習慣，還真是個可怕的東西啊。

三人的時間就這樣在揍與被揍與圍觀中流逝著。

❖

很快，秋盡冬來，無論世界發生怎樣的變化，大自然都維持著自我的節奏，依時轉換季節，令人感慨的同時更加敬畏。

這段時間發生的事情，說多不多，說少也不少。

「異能者聯盟」運作得井井有條，制定了詳細的法則，甚至還處理了幾個違規的異能者，更有一個嚴重違規者直接被夏黃泉剝奪了異能。

軍方和夏黃泉這方的人員也早已習慣了系統的訓練，體質和戰鬥力一天天增強。與此同時，民間還掀起了組成中型或小型聯盟的風潮，雖然小組織的勢力並不足以和「兩大巨頭」媲美，但總人數加起來也相當可觀。

北地也察覺到W市的「異心」，兩者之間密不可分的聯繫逐漸斷裂，但又無法完全決裂。

首先，因為軍隊以及這座城市中都有不少人的親屬還在北地，蘇玨不可能下令處理掉這批人，而北地也絕不可能冒著「千夫所指」的風險，拿那一堆親屬當人質。

其次，北地固然可以減少或停止對W市的各項供給，但是，在W市出現眾多異能者的現在，這種制裁不僅無用，甚至只會惡化兩地之間的關係。

最後，W市是喪屍病毒與北地間最堅固的防線，這座城市的防禦力愈強，北地就愈安全。因如此，北地與W市之間的關係由上對下，逐漸變為了相對平等且互相牽制，北地繼續為W市提供所需的物資，而W市也堅定地以現有戰力站在阻擋喪屍的最前線，並不斷向北地提供病毒以及部分異能者的資料。

就這樣，在看似平穩的時光中，夏黃泉即將迎來穿越以來的第一個聖誕節——沒錯，這個世界的人們也是過聖誕的。

原本夏黃泉沒把這當回事，可是在聖誕節前幾天，她居然看到言小哥非常賢慧地坐在沙發上織東西……一問他，他居然回答：「我在織聖誕襪，一人一只，到時候晚上掛。」

「喂！」夏黃泉扶額，「你該不會相信世界上真的有聖誕老人吧？」

「我很早就不信了。」

「那還……」

「不過嘛，」言小哥提起織得很漂亮的聖誕襪，拿起一旁的鉤針和彩色毛線開始裝飾圖案，「既然這個世界都有喪屍了，有聖誕老人也不是什麼不可思議的事情吧。」

「……」

「而且，」他笑了起來，「所有人的神經都繃得夠緊了，趁這次機會盡情狂歡如何？」

❖

十二月二十四日夜。

所謂的「平安夜」。畢竟是西方的節日，不管是夏黃泉從前所在的Z國，還是如今的炎黃國，人們慶祝的方式都不是全家團圓窩在一起吃飯聊天，而是走出家門盡情感受街頭熱鬧的景象。

聚集了幾百萬人的W市，算是個不小的城市，街頭上雖然因為物資管制的緣故較為冷清，但這種事情又怎麼阻攔得了人們迸發出的熱情？所謂的慶祝，物品都是其次，人才是真真正正的主體啊主體！

「妹子！阿商！該出門了。」言小哥在客廳喊道。

「稍等！」夏黃泉在房間回應。

今天的女孩穿上了言小哥不知從哪裡為她刨來的衣服，用他的話說就是「所謂聖誕節就是紅白綠三色的，妳別總是一身黑漆漆的！」，外套一件頗為喜氣的紅色大衣，毛茸茸的領口和袖口是白色，與裡面的同色毛衣交相映襯，因為大衣緊扣，僅能看到一小圈紅黑格子的裙襬，再下來是白色的長靴，靴子外側上歪歪斜斜地掛著一個紅色的蝴蝶結，結心處是一個金色的鈴鐺，走動時叮噹作響，很是可愛。

她對著鏡子拉拉外套，又轉了個圈，始終有些彆扭。雖然在穿越之前不是沒有穿過這樣的衣服，但是這幾個月以來穿衣只追求打架便利，以至於現在反而覺得有些怪。

「怎麼了？」

夏黃泉注視著出現在鏡子中的商碧落，鼓了鼓臉：「你進房間前不能敲敲門嗎？萬一我還在換衣服怎麼辦？」

那正好——當然，這話不能說出來，於是商碧落很無恥地回答道：「我敲了，只是妳太專心了，沒聽到。」

「……是嗎？」夏黃泉撓了撓臉頰，轉過去看向商碧落，不自在地扯了扯裙襬，「怎、怎麼樣？會不會奇怪？」

「唔……」商碧落摸下巴。

夏黃泉嚥了口唾沫，緊張地等待著他的判決。

「嗯……」繼續摸下巴。

「果然很奇怪嗎？我還是……」她低頭解起大衣的紐扣，不知為何心中浮現一股失望。

「相當漂亮。」

「……」夏黃泉呆呆地注視著青年臉上的微笑，吸了口氣後，怒吼：「混蛋，你說話敢不結巴嗎？！」

商碧落嘴角的弧度加深：「我只是被妳的美麗驚呆了。」

「……走開啦！」女孩的臉騰地一下紅了，她威脅地捏起拳頭晃了晃，「想、想死嗎？」

「我錯了。」青年很誠懇地低頭認錯，隨即說道，「給妳補償好不好？」

「什麼補償？」夏黃泉挑眉，雙手環胸，「要是我不滿意就揍死你！」

商碧落伸出手指頭點了點：「紅、白，還差了綠。」

「啊……」似乎真的是，只見商碧落居然朝她勾勾手指頭，夏黃泉盯了他一會兒，彷彿要看出那傢伙要玩什麼陰謀詭計，但很可惜失敗了，撇了撇嘴，她慢吞吞地挪到某人身邊，「你想幹嘛？」

青年彎了彎眼眸，從銀灰色大衣的口袋拿出一串手鏈，鏈體本身由銀色金屬與藍色絲帶穿插纏繞而成，最引人矚目的是被穿入其中呈現出透明黃綠色的晶石，色澤清澈秀麗，十分賞心悅目。

「這個……」夏黃泉眨了眨眼，蹲下身小心翼翼地戳了戳手鏈，「給我的？」

「嗯，賠罪禮物。」

「哼，那我就勉強接受吧！」

商碧落笑了起來，雖然嘴上這麼說，可那欣喜的眼神完全暴露了一切。今天女孩沒有束起長髮，任其披落，動作間幾縷髮絲落在他的膝蓋上，哪怕隔著衣物似乎依舊能體會到柔順的觸感。異色的雙眸閃閃發亮，宛若天邊的星辰，她朝他的掌心伸出手，就像是小貓拿爪子試探主人新買的玩具，戳啊戳，戳啊戳，終於發現「呀！這玩意兒是給我玩的！」於是滿心愉悅地用毛茸茸的爪子將手鏈抱起。

拿起來之後，夏黃泉仔細地看了看，突然說道，「這絲帶……怎麼有些眼熟？」

「咳……」商碧落輕咳出聲，「不戴上看看嗎？」

「神神祕祕的……」夏黃泉嘟囔了一句，但果斷地放棄了之前的話題，將手鏈戴在左手，畢竟右手揮刀的頻率比較高，戴好後她輕輕搖晃了幾下，又抬起手對著燈光照了照。

「喜歡嗎？」

「嗯。」夏黃泉點點頭，原本已經恢復的臉色再次紅了起來，她的眼神左右游移，有些拙劣地轉換了話題，「對了，這是什麼石頭？」

「這個嗎？」商碧落右手抓起女孩的手，左手手指則輕輕勾著手鏈，輕聲回答道，「是橄欖石。」

夏黃泉愣了愣，隨即笑道：「橄欖石？顏色倒是挺像的。」

「古時它被稱為『太陽的寶石』，相信它能驅除邪魔，以及……它是八月的生辰石。」

「八月？」夏黃泉這才想起自己的生日不就是八月。她看向手鏈，其上的晶石不多不少，正好是八顆。

她的心如同被注入了一股暖流，也許是因為注入太多溫暖，她覺得自己的臉燙得厲害，只好彆彆扭扭地轉過頭：「這個……是你親手做的？」

商碧落輕笑出聲，低下頭，一個吻落在女孩的手背上。他沒有正面回答女孩的問題，卻說道：「據說，它還象徵著婚姻美滿，夫妻和睦。」

「……」所以，這混蛋是在求婚？不，是她想太多了！

「妳收下了。」商碧落很陰險地說。

「喂，不帶這樣強買強賣的啊！」夏黃泉氣鼓鼓地站起身，抽回手，怒指，「想求婚成功至少先被我拒絕個一百次再說吧！」

「……」

「哦，從現在起只剩下九十九次了！」

「……」

「哼！」夏黃泉決定不搭理這個不懂少女心的混蛋，起身扭頭就走出房間，隨即聽到發自言必行的驚呼：「哇！黑寡婦變萌蘿莉，只要一秒鐘！」

「……誰是黑寡婦啊！」踹！怎麼個個都欺負她！

「喂喂，難得穿得這麼可愛就別這麼暴力啊！」言小哥四處閃躲，可惜無力回天，還是被夏黃泉一腳踹中臀部，可惜她的鞋底很乾淨，所以並未在青年的身上留下腳印。

「等等，你跟我說聖誕是紅白綠，為什麼你還穿平時的衣服啊！」夏黃泉發覺不對，她又轉頭看向商碧落，「他也一樣！」

「我們是男人嘛，不需要打扮。」

「喂！」

「而且，我還有這個，」言必行不知從哪裡摸出了一件迷彩綠外套穿上，他很自豪地指指綠色的外套，「綠！」又指了指裡面暗紅色的毛衣，「紅！」再指向褲子，「白……不對，這裡是黑的。」思考片刻後，他咧嘴笑，指牙，「白！」

「……」夏黃泉扶額，「好吧，你贏了，那他呢！」手指商碧落。

只見某個陰暗的傢伙不知從哪裡摸出了一條圍巾圍上，顏色正是紅白綠三色，而後朝她歪頭露出了個宛如耶穌再世的聖父笑。

「……你們兩個！」都到這個地步還意識不到自己被兩人聯手欺騙就是蠢貨了！

「噹噹！來分這個吧。」言小哥不知從哪裡摸出了幾個圓錐形的紙聖誕帽分發了起來。

「你還真是準備全套啊。」夏黃泉很是無語。

「氣氛！注意氣氛！」

「好吧好吧。」夏黃泉拿起一頂聖誕帽歪歪地戴在頭上，眼神突然落在一旁的彩紙上，非常小惡魔地笑了起來，只見她撲過去，先這樣再那樣，再這樣再那樣，而後轉身，雙手背在身後，朝兩個男人笑得很是燦爛，「丟掉你們手上的帽子吧，我為你們準備了更好的。」

「……」言必行默默看向商碧落，「阿商，我有不好的預感。」

商碧落：「……」再怎麼糟糕也不會比求婚被拒絕更糟糕吧？

事實證明，他太天真了！

當他看清楚女孩手中的物品時，突然意識到——居然真的更糟糕啊！

那麼，夏黃泉手中拿的到底是什麼呢？

「綠帽子！！！」言小哥痛呼出聲。

沒錯，正是兩頂綠色的聖誕帽子！

言必行發出了抗議：「不戴，我絕對不戴這個，會被整座城市的人恥笑啊！」

夏黃泉歪了歪頭，笑得更加燦爛：「我都按照你們的要求好・好・打・扮了，所以你們一定不會拒絕我這小・小・的・請・求，對吧？」

「……」商碧落深吸了口氣，「如果拒絕，妳會怎麼做？」

「不會做什麼喲。」

兩個男人鬆了口氣，而後就聽到女孩用輕鬆的語調接著說——

「頂多是綁住你們戴好帽子再扛出門囉。」

這還叫「不會做什麼」嗎？！

Ch.23 你在就是對的

最終，夏黃泉很成功地牽著兩隻「綠毛龜」出門。

她大步在前方走著，兩個男人一臉悲痛地在她身後跟著，簡直像在樹林裡被她先這樣再那樣蹂躪了一百遍的小媳婦——雙飛什麼的真是太邪惡了！

言必行幾乎可以想像今晚的頭條新聞：（八卦）趁著夜黑風高，獅王陛下後宮戴綠帽，請諸位努力自保小心貞操！

下面的圖片，毫無疑問是他和商碧落慘綠的臉孔……

商碧落暗自盤算，今晚要封掉多少人的帳號才好？不，乾脆直接讓網路癱瘓電腦爆掉一了百了吧。

眼看即將走到有人處，女孩雙手叉腰，轉過身來：「現在知道錯了嗎？」

言必行敏銳地從她的話中嗅到了解脫的味道，連連點頭：「知道了，知道了。」

夏黃泉輕哼出聲：「這次就算了。」她其實沒有生氣，只是跟他們開了個無傷大雅的玩笑，反正除了她，也沒其他人看到他們這副造型。

重新從懷中拿出兩頂拍扁的紅色聖誕帽替兩人戴上後，三人繼續前行，夏黃泉一手推著商碧落的輪椅，另一手輕輕彈著他頭頂的帽子。

商碧落：「……」不管是紅帽子還是綠帽子他都不想戴，實在太蠢了。

言必行摸下巴深思：「你們說，如果我們待會兒不幸地碰到一個色盲怎麼辦？」

「蛤？」夏黃泉呆住，什麼意思？

「有一部分色盲患者會把紅綠色看反。」商碧落倒是很能領悟言必行話中的含義。

「所以在他眼中，我們三人都戴著綠帽子呢！」言必行總結陳詞。

「所以說，你到底還要關注這個話題多久啊！」

終於走到街上，夏黃泉眼眸一亮，好熱鬧！

兩旁的店鋪幾乎沒有營業，所以也沒有燈光，但一切難不倒萬能的人們，不知是哪位異能者，憑空變出了無數散發著淡淡微光的七彩氣泡，這些小可愛高高低低地飄散在大街小巷中，無數風系異能者笑著用微風將它們吹得更高更遠。植物系異能者在街頭催化了無數棵樹木，讓它們長成各式各樣的形狀，有復古路燈，有撐傘蘑菇……花樣百出，人們將點燃的燈火懸掛其上，不少氣泡飄著飄著就停在了樹梢上，像是一個個彩色的小燈籠。

一位火系異能者站在街頭，手一揮，掌心突然冒出一朵朵微型的火花，隨著他揮舞的動作，那些盤旋而起的火苗彷彿一隻隻翩躚飛翔的蝴蝶，精巧無比。

不遠處還有位異能者，隨著他雙手合十的動作，四周的空氣彷彿瞬間變得乾燥了起來，同時一條巨大的水龍出現在他身旁，站在他身旁的另一位青年打了個響指，那隻水龍瞬間凍住，在他們的身後擺放著一隻隻以同樣手法做成的形態各異的冰雕。

兩個美麗的少女用清脆的好嗓子喊道：「現做的白開水味冰淇淋，免費贈送。」

夏黃泉噗地一聲笑出來，這兩個妹子真幽默，沒加任何調料的冰，不就是白開水味。

「看，煙火！！！」突然有人叫道。

眾人紛紛朝天空看去，只見一顆足球大小的火球快速劃過夜空，在到達距離人們不遠的頭頂處，四散開來，化為無數火光，轉瞬即逝。
掌聲響起，有人大叫：「再來一個！」
「對！再來一個！」
言必行伸手拍夏黃泉的肩膀：「妹子，我們合作來一個？」
「好啊！」
得到應允的言小哥雙手快速凝聚出兩顆火球，而後將其壓縮成蘋果大小的能量球，他看向女孩：「開始了喲！」
「嗯！」
四周人看到他們的動作，紛紛讓開位置，好奇且欣喜地圍觀著。
只見言必行一把丟出左手的火球，夏黃泉雙手舉起長刀，以揮舞棒球的姿勢將火球狠狠地打擊出去！
那顆火球飛到了極高的地方。
言必行再次丟出另一顆能量球，夏黃泉以兩倍的力道再一次揮棒打擊！
飛旋而出的第二顆火球以超越一切的急速追上前一顆，而後，全速撞擊！
「砰——」兩顆炸彈在空中相遇，相互衝擊，迸發出了巨大的能量與燦爛無比的光芒。
他們所製造的「煙花」空前成功，沸騰的熱情燃燒掉了人們之間的隔閡，不少人認出了他們三人，拍打著雙手高喊著——
「再來一個！」
「獅王陛下再來一個！」
「後宮一號怎麼不出手！來一個！」

「……」被團團圍住的夏黃泉手忙腳亂，如果這些人滿懷敵意她反而不害怕，但像現在這樣熱情反而令她無所適從——連她都覺得自己被玩壞了，這是什麼壞毛病？

一直關注著她的商碧落眼中閃過一絲笑意，伸出手想要握住她的手。

誰知被熱情感染的言必行一手攬住女孩的肩膀，另一手攬住商碧落，哈哈大笑起來。

商碧落：「……」破壞好事者，殺！

言必行：「……」突然覺得背後好冷，怎麼回事？

夏黃泉：「……」能不能別再圍著了，好可怕！

就在這時，頭頂上突然傳來一陣樂音，所有人朝空中看去，全看到了令人驚異的一幕。

「天、天使？」夏黃泉驚呼出聲。

言必行驚呼：「開玩笑的吧？」

商碧落瞇了瞇眼，搖頭：「不，不是。」

隨著天上的身影愈來愈近，人們也看得愈發清晰，而後……全體冒冷汗。

弄出這番大陣勢的不是別人，正是在論壇上非常有名的「有天使翅膀不能飛君」和「一笑就發光君」，他們不知從哪裡找到了兩位可以飛的異能者，一人一個抱著他們飄在空中。「一笑就發光君」宛若明亮的燈塔，照耀了夜晚的天空，同時也照亮了他身邊的「天使」，而「翅膀君」則不斷地揮舞著背後的純白羽翼，散落下無數美麗的羽毛。

這四人同樣穿著紅白的聖誕服，看起來喜慶極了。

又是一陣激烈的掌聲響起。

趁著周圍人關注天上，夏黃泉等三人悄悄溜走，因為這場意外的逃跑而大笑的女孩問言必行：「接下來去哪裡？」

「廣場！大家都在那裡狂歡。」

「所有人？」

「不，像這樣的廣場這座城市有很多。」畢竟幾百萬人不可能聚集在一起，「這個廣場離我們最近。」

一路上，無數異能者盡情展露自己的特長，將這座狂歡中的城市妝點得更加美好。

在女孩的眼中，現在的W市完全不像末世中的孤城，倒像是碧海中璀璨的明珠，展露著奪目的風華，簡直……不像在人間了。

——今夜過後，還會有這樣的時光嗎？

在這樣歡愉的氣氛中，她的心頭突然浮起一絲傷感，興盡悲來，勝地不常，盛筵難再，再美的風景也會消失，再美的時間也會流逝，再美的歡聚也會離散，再……

「！」夏黃泉低下頭，注視著緊握著自己的那隻手，順著它看向它的主人——青年溫柔地注視著他，沒有偽裝、而是一種真正發自內心深處的柔和，這份情感透過兩人緊緊交握的手，明白地傳達到女孩的心裡，溫暖了她的身心。

她突然俯下身，緊緊地抱住商碧落。

「看，又有煙火！」

許多人再次看向天空，周圍再次想起喧譁聲。

在這個時刻，青年清晰地聽到女孩在他耳邊說：「……」他的眼中閃過一絲欣喜，緊緊抱住她纖細的身體。

如果對的時間對的地點沒有對的那個人，那麼一切都是錯誤；但是，只要有對的那個人在，每一刻都是對的時間，每一地都是對的地點。

——只要有你在，就可以再創造出無數美麗的歡聚。

漫天的火光下，擁擠的人群中，兩人靜靜地相擁。

❖

不知何時悄然離開的言必行注視著這一幕，輕彈手指，點燃口中的香菸。深吸了口後，異常熟練地吐出了一個完美的煙圈，瞧著那裊裊升騰的煙霧，他微笑了起來，舉起手朝不知何時也到來的蘇玨和蘇一小哥揮了揮——可憐的傢伙就組成團互相安慰吧！

當然，如果能點火把就更好了。

很快，兩人來到了他的面前，蘇玨問道：「黃泉呢？」

「唔……」言必行望天，該怎麼說呢？說你妹子正被別人泡嗎？略殘忍啊！

「在那裡！」蘇一指向不遠處。

「……」兄弟，是你自己坑你自己啊！言必行為蘇玨點蠟燭。他扭頭一看，突然又覺得這傢伙真的幸運，因為那兩個該燒死的戀人已經分開了，女孩還朝他們揮著手。

五人再次齊聚。且不管某人心中如何翻滾著騰騰的醋海，許久沒親見的蘇玨和夏黃泉自然免不了一陣寒暄，蘇一拉著言小哥也是一陣嘰嘰喳喳，商碧落……沒錯，他被無視了。

「才沒有瘦呢，我每天都有好好吃飯。」夏黃泉揉了揉被蘇玨說瘦了的臉，明明她完全不需要吃東西的，是不是每個家長看到許久不見的孩子第一句話都是「肥了瘦了」啊？

「那就好。」蘇玨微笑了起來，「今天很可愛哦。」

「嘿嘿。」夏黃泉有些不好意思地扯了扯衣角，「你今天也很帥氣。」沒錯，今天蘇玨沒穿軍裝，反倒換上了一套常穿的私服——內西裝外套大衣，脖子上圍著一條深色的格子圍巾，很有學者氣息。

「我呢？帥氣嗎？」蘇一湊過來，與以往一樣，他的衣服完全是少年系，反正源自蘇玨的臉無比的嫩，就算這麼穿也絲毫沒有違和感。

「……帥。」

言必行見某人周圍的黑氣都快變成黑洞了，連忙岔開話題：「你們特地來玩？」

「一半吧，」蘇玨微笑地回答，「軍方在各個歡聚點送食物。」

「食物？」夏黃泉反問道。

蘇玨點頭：「是啊，據說待會兒有燒烤活動。」

商碧落說過，氣氛是很重要，人們手中的物資不多，在這種時候「雪中送炭」最便於拉近關係，更何況軍方已是城市不可或缺的一部分，如此做也無可厚非。

話音剛落，夏黃泉突然發現周圍的人安靜了下來。她下意識看向人們所關注的方向，也不由得呆住了。只見一位三十歲左右的大漢，手中舉著高達十幾公尺的物資堆，一步步朝廣場走去，步履穩健，看不出有任何吃力的跡象。

「力量異能者？好厲害！」

一旁的商碧落涼涼地來了一句：「妳和他比也不遑多讓。」他可沒忘記她雙手舉起越野車的戰績。

「……喂！」雖然這麼說沒錯，但怎麼聽怎麼怪好嗎？

但是，接下來不是鬥嘴的時間了。

夏黃泉這才注意到，廣場的正中央居然矗立著一棵巨大的聖誕樹，足有上百公尺高，幾近聳入雲霄。這也是植物系異能者催生的，樹身上纏繞著一圈又一圈的彩帶與小燈泡，在夜空下閃爍著魔法般的光芒。

「好厲害……」

今晚，是狂歡夜。

❖

所謂的狂歡，注定少不了人、吃以及喝！

最後一個可難倒夏黃泉了，她才剛剛成年，過去的日子中因為家人的限制，她很少碰酒，而且她也真的不喜歡酒那種苦苦的味道，更無法體會其他人品味的所謂「香濃」。

不會喝酒就算了，更為悲情的是什麼？

是大家都向她敬酒啊！

最初，大家不敢上前，但吃飽了喝高了膽子就大了，直接端著杯子就跑過來，「不喝就是看不起我們！」這話一出，夏黃泉也就只能捏著鼻子喝了。最開始是喝果汁，但之後的某一次她不小心將啤酒當成果汁一口氣灌進肚子裡，當她發覺時已經太晚了——整個人已經喝高了。

「一杯倒」說的大概就是這種情況。

然後，慘劇發生了。

在今天以前，她從來不知道自己喝多了居然會發酒瘋，她身邊的幾隻當然更不清楚。

於是——

女孩手中的杯子落下，「砰！」地一聲脆響，化為碎片。

近在咫尺的商碧落立刻注意到這件事，隨即問道：「怎麼了？」

「……」

等等，這個顏色和味道……「妳剛才喝的是酒？」

「……」

注視垂著頭不發出任何聲音的女孩，商碧落心中閃過一絲擔憂，他輕聲喊道：「黃泉？」

就在他伸出手準備確認時，女孩猛地抬起頭，一把拎住他的衣領，微挑眉，表情很不耐煩：「你這傢伙，從剛才就囉囉嗦嗦的吵死了！想死嗎？別以為長得好看我就不會揍你！」

「……」

「怎麼不說話？」抓住領子來回甩，「看不起我嗎？」

商碧落扶額：「……妳喝醉了。」

「胡說！我才沒有喝！」夏黃泉怒道，「我一直喝的是果汁怎麼可能會醉？別想騙我，我可是很聰明的！！！」

商BOSS立刻意識到自己的愚蠢，喝醉的人怎麼可能覺得自己醉了呢？那不科學！

就在他思考該怎麼處理眼前的狀況時，言必行湊過來笑著叫道：「妹子，又打阿商呢？」

圍觀者A很無語：「這打招呼的方式略奇特啊。」

圍觀者B很激動：「宅鬥，這就是所謂的宅鬥啊！」

圍觀者C不屑地輕哼出聲：「宅鬥？真是弱爆了，這是宮鬥才對！」

圍觀者A和B崇拜臉點頭：「正是如此，大哥英明！」

言必行：「……」

商碧落：「……」

夏黃泉這時候再次動了，她眨了眨眼，一把甩開手中的青年，歪頭盯著言必行看了好半天，直把言小哥看得心慌不已，他左看看右看看，沒發現有哪裡不對，轉而將目光轉向商碧落：「我……做錯什麼了？」

商碧落尚未開口，只聽到女孩怪笑了一聲，聽得兩個青年頭皮一陣發麻，原因無它，這笑聲中居然有種說不出的猥瑣感……

錯覺吧？言必行剛這麼安慰自己，只見女孩走上前，居然一把挑起他的下巴，笑了，這笑容很有西門慶的風韻，她一邊笑一邊說：「這位小娘子長得很是俊俏，不知姓甚名誰，芳齡幾何，家住何方？」好吧，連講的話都頗得西門大哥的真傳。

「……阿商，她到底喝了多少？」這下言必行完全明白是怎麼回事了。

「一杯啤酒。」

「……一杯？」言必行看了看挑著他下巴自顧自地嘻嘻哈哈笑得很開心的女孩，又看了看地上的碎杯子，幾欲吐血，「一杯就這樣了？」

商碧落攤手，沒想到除了「腳怕癢」，女孩還有這個弱點——當然，他不知道的是，「一杯倒」這點連夏黃泉自己都不清楚。他一方面感到驚喜，另一方面一想到居然不止他一人發現女孩的祕密……而且，他抬起頭瞧著夏黃泉摸著言必行下巴的手，覺得很是礙眼。

言必行被他的目光刺得抖了幾抖，淚流滿面：「我才是被調戲的那個啊！」所以能別用殺人的目光看著他嗎？冤枉啊大人！

正糾結間，女孩突然再次鬆開手，雙眼發亮地叫了一聲：「哇，又是一個漂亮的小娘子！」嗖地一下撲著雙手歡脫跑遠。

言必行手中的杯子也「砰」地落地，因為他知道，事情鬧大了啊！這裡有那麼多男人啊啊啊，按照她的力氣……他勒個去，她想要睡誰就是分分鐘的事啊！說扒褲子絕不會扒成鞋子啊！！！

看來他之前想的標題沒有錯，正是——「趁著夜黑風高，獅王陛下後宮戴綠帽，請諸位努力自保小心貞操！」

再一想到萬一妹子真睡了那個誰誰誰，阿商他……救命！這個城市面臨了史無前例的大危機啊！！！

他連忙跑上前去，一邊追一邊喊：「妹子，注意節操啊啊啊！！！」

之後的事情……點蠟燭！

❖

總之，夏黃泉是被某人用「觸手」親自綁回家的。

不論其他人是如何圍觀和參與了這場悲劇，「肇事者」本人卻毫無記憶。她的腦子從喝下酒的那一刻起就跳電了，簡而言之，從那時刻一直到重啟大腦，毫無記憶。

清醒時，夏黃泉迷迷糊糊地感覺到自己正被人抱在懷中餵水喝，她伸出雙手抱住杯子，小口小口地抿著。因為腦袋還很暈，她喝了幾口就不要了，歪頭躺在那個很溫暖很好聞的懷抱裡，蹭了蹭，又蹭了蹭，終於找了個舒適的位置，再次昏昏沉沉了起來。

她感覺自己的額頭被人摸了摸，和她過高的體溫不同，那隻手很是清涼舒適，就像是盛夏時的冰棒。

於是，青年聽到，女孩發出了一聲滿足的哼哼。商碧落覺得這情景很可愛，但是……想起之前她親手製造的那場鬧劇，青年的臉黑了黑，壞水咕嚕咕嚕地往外冒，伸手就給了女孩一個腦瓜崩！

「唔！」發出一聲輕哼，女孩將腦袋更加深地埋入身旁人的懷抱，不露出一絲肌膚，即使掛上了「暈頭轉向Buff」*，她的直覺依舊在運作，看，現在不就打不到了吧？！（*編按：遊戲用語，這裡指給角色增加一種可以增強自身能力的魔法。）

是啊，打不到額頭了，但可以打後腦勺啊。

拍！

「唔嗯！」女孩突然俯下身，將頭鑽入商碧落的腹部，就像準備在地上翻跟頭的大熊貓，圓滾滾傻乎乎的。

過了大約一分鐘，女孩突然整個人坐了起來，抱著腦袋拚命搖：「暈……好暈……」

「……」維持著剛才那個姿勢，不暈才怪吧？

商碧落正想開口說話，女孩驀地撲過來一把抱住他，又是一陣猛蹭：「好暈啊，我好暈啊……」聲音聽起來又淒慘又可憐。

商碧落愣了愣：這是在撒嬌？平時的她倒是很少這麼直白地表露情緒呢，總是擺出一副不太情願的臉被他順毛摸。

「暈啊……暈啊……」

他嘆了口氣，一手摸摸她的頭，另一手拍拍她的背：「不暈了，不暈了……」

效果立竿見影，夏黃泉立刻停止哭訴，在他的安撫下漸漸安靜了下來，對此商碧落的心情相當之複雜——這種提前帶孩子的感覺是怎麼回事？他從來沒發現自己身上居然有如此濃厚的父性啊！

而且……

將夏黃泉放到床上時，他雖然僅幫她脫去外套，她身上還穿著不薄的毛衣，算不上曲線畢露，但兩人此刻的距離是如此親密，她又是毫無防備，磨蹭間，他感覺自己的體溫在漸漸升高。

當然，這是正常的，喜歡的女人就在懷中撒嬌，他要是毫無反應，那才奇怪呢。

他半強制地將夏黃泉的腦袋從自己的頸窩抬起來，一隻手攬住她的腰肢，另一隻手捏住她的下巴，認認真真地注視著她的臉。微惱於被驚擾了睡眠，女孩很不爽地睜開眼眸，眼中一片朦朧，呆呆地看著他，彷彿在問「為什麼不讓我睡覺？」又像無聲的控訴。

這種呆萌的模樣簡直在誘人犯罪。

商碧落的喉頭緊了緊，靠得更加近了，他很壞心眼地問道：「想睡覺？」

歪頭思考了片刻，點頭，聲音軟綿綿的：「想。」

「想要我抱著妳睡嗎？」

繼續點頭：「想。」

某人的嘴角勾起一抹很是腹黑的笑，問了最後一個問題：「那麼，知道我是誰嗎？」

這個問題似乎讓女孩很疑惑，她眯了眯眼眸，也湊近了臉，看了看，又看了看，最終非常肯定地露出一個傻乎乎的笑：「知道。」

這聲音像小貓爪子撓在人心頭，癢癢的。

「我是誰？」

「媽媽！」撲上來，蹭。

「……」被一桶冰水淋透，商碧落幾乎吐血，他咬牙，一字一頓重複，「媽・媽？為什麼不是爸爸？」好吧，他被玩壞了。

女孩嘿嘿嘿嘿地笑：「爸爸才沒有這麼好看，媽媽最漂亮了。」

「……」商碧落突然覺得有點累了……

就在此時，女孩突然一個用力帶著他一起滾在床上，躺下的姿勢無疑更加舒適，她滿意極了，再次撒起嬌來。

「催眠曲，我要聽催眠曲！」

被迫躺下的商碧落抽了抽眼角，揉了揉她的腦袋：「……老實點，睡覺。」唱歌什麼的，完全不是他的愛好！

因為「醉酒Buff」而一下子「回到童年期」的夏黃泉，像是被寵壞了的孩子，心願得不到滿足就滿床打滾，胡亂蹬腿：「不管，要聽，我要聽！」

「乖，別鬧。」商碧落嘗試順毛摸。

結果愈被摸她愈得意，繼續打滾哭喊著：「嗚嗚，要聽要聽就要聽！」

「……」商碧落扶額，看著眼前的場景，他心念微動，一幅畫面突然浮現在他腦中——空空的房間裡，一名臉色蒼白的年輕女子靠坐在床上，她抬頭看了看窗外明媚的日光，嘴角勾起一抹微笑，低下頭拍了拍懷中孩童的頭，一邊輕柔地撫摸一邊輕輕地哼著一支曲調舒緩而優美的不知名歌曲。

「要聽要聽要聽！！！」

女孩的抗議打斷了他的回憶，他想到剛才憶起的畫面，微微怔住，本來以為徹底忘記了，沒想到會再次想起，是因為她嗎？

他注視著還在自己身旁不斷打滾的女孩，微勾起嘴角，伸出雙手將她抱進懷裡，依著回憶中的歌聲，慢慢哼唱起他唯一知道的安眠曲。剛開始有些生疏，後來漸漸流暢……他曾在她的懷中聽過無數次。

從斷斷續續到婉轉流暢的曲調陪伴之下，女孩漸漸安靜下來，陷入了更深的沉眠。

青年一手枕在她頭下，另一手順著歌曲的節拍輕輕撫摸著她的背脊。他不知道，他此刻臉上的微笑，與記憶中的那位婦人是多麼相像。

此刻的他只是專心地注視著女孩小巧的臉，好奇著為什麼會因為她而回想起那段自以為已塵封的往事。

因為——她真的和妳一點都不像啊，媽媽。

隔著厚厚的窗簾，一朵雪花在夜幕的掩護下，悄然降臨在這座喧鬧而快樂的城市。

冬季的第一場雪，在這個聖誕節的夜晚，不約而至。

❖

第二日清晨。

女孩撲扇著密又長的睫毛，自沉睡中醒來，第一個感覺就是——好暖，緊接著就是——有點透不過氣。

而後她發現自己居然將腦袋深深地埋在某人懷中，暖和與呼吸不順暢真是太正常不過了，不，重點不在這裡，而在於——為·什·麼·這·個·人·會·在·她·床·上！

找死嗎？！

幾乎是夏黃泉一醒過來，早已恢復意識的商碧落便發覺了，這狡猾兮兮的傢伙在女孩揍人的前一秒，突然用一種異常可憐的語調說：「妳醒了？」

「……」這種哀怨的語氣是怎麼回事？夏黃泉有點懵，她揉著腦袋坐起身，決定先問清楚，「你為什麼會在我床上？」

商BOSS默默扭頭，語氣更加小媳婦：「妳忘記自己昨晚對我做了什麼嗎？」

「……！！」驚天巨雷！

夏黃泉沒想到自己這輩子居然能聽到這句經典台詞，這種渣男把弱女子吃乾抹淨就不認帳的既視感是怎麼回事？而且扮演男方的是她？別、別開玩笑了！她才不是這種人呢！

問題是，她還真沒覺得商碧落說謊！雖然對昨晚的事情不太有印象，但略痛的腦海一閃而過的畫面中……有她嘻嘻哈哈地把某些男性攆得滿街跑，有她拍飛「雙手變菜刀兄」打算親自去剁肉，還有她勾起言小哥的下巴……她到底都做了些什麼啊啊啊！

夏黃泉只覺想死，但依舊堅強地掙扎著問道：「我我我對你做了什麼？」

商碧落嘆了口氣：「妳不記得就算了吧。」轉身準備下床離開。

「別這樣啊！」夏黃泉一把拉住他的袖子，「你不說我會一直掛心的！」

商碧落側臉看了她一眼，再次嘆氣：「妳忘記自己是怎麼把我推倒在床上的嗎？」

「……！！！」

腦袋再次痛起來，記憶中她推人的畫面一閃而過——居然是真的！夏黃泉一臉慘痛地摀住臉，都說「酒是穿腸毒藥」，古人誠不欺她！可惜她覺悟得太晚了，真的太晚了……不過，她疑惑地問道：「你為什麼不推開我？」

「妳又不是不知道自己的力氣有多大。」商碧落的聲音聽起來委屈極了，好像他曾經奮力反抗卻終究不敵。

所以說，真的是她獸性大發把他先這樣再那樣一百遍啊一百遍嗎？！不過，女子漢大丈夫敢作敢當，夏黃泉吸了口氣，一字一頓地說道：「你放心，我會負責的。」

「……」背對著女孩的青年差點笑出來，他連忙以輕咳掩飾，本來只是想逗逗她，沒想到她居然呆成這樣，不過都有了竿子不爬就是傻瓜，「真的？」

「真的。」

「嗯，那我們什麼時候結婚？」

「……喂！」這個節奏也太快了吧？！能讓她適應一下嗎？

「萬一有了孩子怎麼辦？」

「你儘管生，生下來我養……」等等！這對話完全不對吧！夏黃泉後知後覺地反應了過來，不對啊，她雖然沒有……咳咳，那什麼經驗，但基本知識還是明白的，衣服整齊，床上乾淨，被褥沒有換過的跡象，身上似乎也沒什麼不適，怎麼看都沒發生什麼事吧？！

於是……

她抬起頭，看著背影疑似笑得輕顫的某人，終於意識到——自己被耍了！

「你這混蛋！！！」

「……冷靜點。」

於是，聖誕節的早晨，從毆打與被毆打開始。

才揍完，就聽到言小哥的敲門聲：「妹子，打完沒？吃飯了。」

「哦！」夏黃泉應了一聲跳下床，不知為何覺得有點冷，她抖了抖身體，拿起一旁的大衣披上，想了想，走到窗邊一把拉開窗簾，眼中瞬間浮現出驚訝的神色。

「下雪了？」

「嗯，昨晚開始下的。」

不知是不是之前聽商碧落說過「帶河結冰」的事，夏黃泉心中對於下雪這件事沒有絲毫喜悅，反而湧起了一股濃濃的危機感，她皺了皺眉，舉起雙手呵了口氣，流瀉出的氣息讓玻璃籠上了白色的霧氣，她頭也不回地說道：「有點不太對勁吧？」

「妳指哪裡？」

「老話不是說『下雪不冷化雪冷』嗎？天上還在下雪，為什麼會這麼冷呢？」而且他們還是在屋裡，並非在外面。

吃飯時，言必行也有同樣的感慨，說早上起來做飯時發現廚房裡的積水都結凍了，好在軍方在此之前已經對城市管線進行過維護，希望這個冬天不會出現水管凍裂的悲劇。

早飯後，下了一夜的雪絲毫沒有停歇的跡象，圍觀了初雪降臨的人們明顯發現到，它由小小的雪花快速地化為鵝毛大雪，並且愈來愈大。

北風，也漸漸蕭瑟了起來。

風捲雪，雪連天。

原本興沖沖跑到門外堆雪人的市民都回家了，因為外面根本待不住，好在W市有完備的供暖系統，只是在聖誕節之前的氣溫不低，再加上居民幾乎都來自南方用不慣暖氣、習慣開空調，所以沒有開放，正午十二點，軍方立即開始供應暖氣。

供暖的能源來自燒煤，因為有快速催熟植物的異能者，木炭等燃料屬於可再生資源，故而選用它們最為經濟實惠，至於環境汙染……人都快凍死了，哪有心情管這個？

一天過後，原本欣喜大雪到來還念叨著「瑞雪兆豐年」的市民們都被打臉，因為他們全都被困在家裡了。這座城市的每一個地方，視線所及全都飛蕩著的白茫茫的冰涼羽毛，大雪遮天蓋地。

一旦有人想出門，風雪便爭先恐後撲面而來。風太大，撐不住傘；雪太大，看不清道路；天太冷，穿不住衣裳。喪屍沒打敗人類，反而促成了人類進化；反倒是所有人從小到大聽過無數次見過無數次觸摸過無數次的雪，將他們坑得苦不堪言。

這就是大自然的神祕之處，人類始終無法真真正正地瞭解。

而真正讓她無法釋懷的是——

死氣！

風雪固然大，但異能者相對而言還是比普通人佔優勢，這幾天她出過幾次門，和異能者們開會，以及幫忙運送木炭等等給其他普通居民，她看到的每個人，身上的死氣顏色全部變深了，她明白——喪屍快來了。

蘇玨也下了同樣的判斷，並且對外發佈公告。雖然未必所有人都會相信，但只要多一個人將警告放在心上，也許就能多挽救一個人的性命。

「嘶，好冷……」夏黃泉在玄關處脫下身上的透明雨衣——比起其他道具，這個又能擋風又能擋雪，實在很好用。扯下皮手套。解下脖子上的圍巾。取下臉上的防風眼鏡，這是言小哥不知道從哪裡弄到的，還挺好用，現在出門全靠它了。

「拿著。」她一轉身，商碧落熟稔地遞上了一只熱水袋，她連忙接過，往幾乎凍僵的臉蹭了蹭：「嗚，還是屋子裡暖和……熱水袋也好暖和……」

「那就別出去了。」青年心疼地看著雙頰紅撲撲的女孩，伸出手把她拉進懷中抱緊。因為他身上的體溫太暖，夏黃泉沒有反抗，難得老實地待在他懷中嘆了口氣：「還有些地方沒有足夠的燃料。」真凍死人可就不妙了，再說天氣雖然冷，但搬送東西對她來說並不是什麼難事，沒有辦法讓氣候恢復如常，做一做力所能及的事情也好。

不僅是她，這座城市中的大部分異能者都出去幫忙了，軍方和異能者聯盟採取的是統一調度的形式，身為指揮中心的商碧落不能輕易外出，當然，最重要的是，夏黃泉不讓他出去，隨著風雪加大，這傢伙身上的死氣居然也濃重了些許，她真心不敢讓他隨便出門，萬一沒死於喪屍反倒被風吹跑……她到哪裡去找？

就算用綁的也要讓他老老實實待在家裡！

❖

這場暴風雪持續了一個月，街道上的雪早已堆積到了可怕的地步，哪怕清理了又會很快堆積起來，倒是有些異能者很別出心裁地在街頭砌了不少冰屋，走累了就進去歇會兒，再繼續走。

不僅如此，街頭還有不少冰雕，還有些擁有火系異能者的社區都不用燒水了，異能者們處理積雪的方式就是直接搬來煮，加熱之後直接發放給居民，喝水梳洗都成，這也算是難得的苦中作樂了。

人類的適應力是可怕的。

就在人們愈來愈習慣這種生活並開始創造出更便利條件的同時，一個不好的消息降臨——

帶河上凍，喪屍來襲。

【扛著BOSS拼下限・中冊・完】

027

扛著BOSS拼下限
【中】：前方高能，非戰鬥人員迅速撤離

國家圖書館出版品預行編目(CIP)資料
扛著BOSS拼下限 / 三千琉璃作. -- 初版. -- 臺北市：聯合文學，2016.05-
320面；14.8x21公分. -- (N；027)
ISBN 978-986-323-157-8(上冊：平裝). --
ISBN 978-986-323-158-5(中冊：平裝)

857.7　　　105001995

出版日期／2016年5月 初版
定　價／270元

Published by Unitas Publishing Co., Ltd.

Printed in Taiwan
ISBN 978-986-323-158-5(平裝)
原著書名：《扛著BOSS拼下限》由北京晉江原創網路科技有限公司授權出版。
本書如有缺頁、破損、裝幀錯誤，請寄回調換

作　　者／三千琉璃
發 行 人／張寶琴

總 編 輯／李進文
責任編輯／陳惠珍
封面插畫／Izumi
資深美編／戴榮芝
校　　對／任容　蘇逸涵
業務部總經理／李文吉
行銷企劃／李嘉嘉
財 務 部／趙玉瑩　韋秀英
人事行政組／李懷瑩
版權管理／黃榮慶

法律顧問／理律法律事務所 陳長文律師、蔣大中律師
出 版 者／聯合文學出版社股份有限公司
地　　址／110臺北市基隆路一段178號10樓
電　　話／(02)2766-6759轉5107
傳　　真／(02)2756-7914
郵撥帳號／17623526聯合文學出版社股份有限公司
登 記 證／行政院新聞局局版臺業字第6109號
網　　址／http://unitas.udngroup.com.tw
E-mail：unitas@udngroup.com.tw
印 刷 廠／沐春行銷創意有限公司
總 經 銷／聯合發行股份有限公司
地　　址／234新北市新店區寶橋路235巷6弄6號2樓
電　　話／(02)29178022